KB107527

너라는

우주에

나를

부치다

너라는 우주에 나를 부치다

지은이　　　김경

초판 1쇄 인쇄　　2014년 10월 10일
초판 1쇄 발행　　2014년 10월 20일

발행처　　　이야기나무
발행/편집인　　김상아
아트 디렉터　　박기영
출판팀장　　　오성훈
기획/편집　　　박선정, 김정예, 정지현
홍보/마케팅　　한소라, 윤해민, 김영란
디자인　　　　송민선
인쇄　　　　　미래상상
등록번호　　　제25100-2011-304호
등록일자　　　2011년 10월 20일

주소　　　　　서울시 마포구 양화로 10길 50 마이빌딩 5층 (121-840)
전화　　　　　02-3142-0588
팩스　　　　　02-334-1588
이메일　　　　book@bombaram.net
홈페이지　　　www.yiyaginamu.net
페이스북　　　www.facebook.com/yiyaginamu
블로그　　　　blog.naver.com/yiyaginamu

ISBN　　979-11-85860-02-2
값　　　13,000원

이 도서의 국립중앙도서관 출판예정도서목록(CIP)은 서지정보유통지원시스템 홈페이지(http://seoji.nl.go.kr)와
국가자료공동목록시스템(http://www.nl.go.kr/kolisnet)에서 이용하실 수 있습니다.
(CIP제어번호:2014028684)

『너라는 우주에 나를 부치다』는 이야기나무와 코오롱인더스트리가 리디스토리에 연재한 소설로부터 시작되
었습니다.

김경 장편소설

너라는
우주에
나를
부치다

이야기나무

제가 사랑해 마지않는 작가 커트 보네거트는 이렇게 썼지요.

예술을 한다는 것은 삶을 견딜 만하게 만드는 아주 인간적인 방법이다. 잘하건 못하건 예술을 한다는 것은 진짜로 영혼을 성장하게 만드는 일이다. 샤워를 하면서 노래를 하라. 라디오에 맞춰 춤을 춰라. 이야기를 들려주라. 친구에게 시를 써 보내라. 아주 한심한 시라도 괜찮다. 예술을 할 땐 최선을 다하라. 엄청난 보상이 돌아올 것이다. 존재하지 않았던 새로운 것을 창조하지 않았던가!
『나라 없는 사람A Man Without a Country』 중에서

그리하여 저는 이 소설을 당신에게 보냅니다. 제가 사랑했던 수많은 예술가와 작가들에게 보내는 러브 레터 같은 소설이지요.

2014년 10월 10일

김경

1

나만의 방식대로 내 마음에 드는 남자가

날 알아보게 만들 수 있어.

가만히 기다리지는 않을 거라고.

1. 파스칼을 좋아하세요?

내게 주소를 건네준 한영화 실장의 말이 뇌리에서 떠나지 않는다. '영혼이 아름다운 남자'라고 했던……. 도대체 영혼이 아름다운 남자는 어떻게 생겨 먹었는지 궁금해서 미칠 지경이었다. 그래서 머리를 좀 썼다. 궁금한 건 반드시 확인해 봐야 직성이 풀리는 경험주의자 특유의 잔머리. 통계청 직원을 사칭하여 인구주택 총조사 차 그 남자의 집을 방문할 참이었다.

내비게이션에 안성시 삼죽면 용월리 어쩌고저쩌고하는 상세 주소를 입력했다. 찾기 쉽다더니 정말이었다. 논밭 한가운데 홀로 서 있는 아담한 농가 주택. 노랗게 잘 익은 벼들이 찬란하게 예뻐 보이는 오후 3시 무렵이었다. 일말의 망설임이 없는 건 아니었지만, 아니 사실 무지하게 떨렸지만 내가 아는 세상에서 가장 매력적인 아마추어 여성 탐정 스밀라 – 페터 회$^{Peter\ Hoeg}$의 소설 『스밀라의 눈에 대한 감각$^{Froken\ Smillas\ Fornemmelse\ for\ Sne}$』의 그 스밀라 – 를 떠올리며 과감하게 문을 두드렸다.

"계세요?"

"아무도 안 계세요?"

5분쯤 문 앞에서 기다렸다가 다시 두드렸다.

"계세요?"

"집에 아무도 안 계세요?"

그때 집 앞으로 난 작은 오솔길에서 운동화를 찍-찍 끄는 소리가 났다.

"에?"

170센티미터가 약간 넘어 보이는 키, 주성치처럼 날씬하게 잘 마른 체격, 어깨를 약간 움츠린 듯 살짝 구부정한 자세. 헐렁한 면바지에 살짝 작은 듯 보이는 체크무늬 셔츠와 그 위에 껴입은 방한 내피. 그런데 체격에 비해 좀 커 보이는 손에는 방금 길에서 꺾어 온 것 같은 코스모스 몇 송이가 들려 있었다. 한들거리는 코스모스를 보고 내가 미소 짓자 남자는 손에 쥔 코스모스가 부끄러운지 문득 얼굴을 붉혔다. 그 얼굴이 소년처럼 귀여웠다. 어딘지 순진하고 불완전해 보이는 사랑스러움이라고 불러도 좋을 그런 얼굴.

"아, 다름이 아니고 전 통계청에서 나왔거든요. 인구 총조사 아시죠? 이 집에 몇 가구나 살고 있나요?"

"저 혼자 사는데요."

"혼자요? 그럼 자택이신가요?"

"전-전세인데요."

"이 큰 집에 혼자 사시면 외롭진 않으세요?"

"아니요."

"혼자 있는 걸 좋아하시나 봐요?"

"네."

"얼마나 좋아하세요?"

"네?"

남자가 의심스러운 듯, 혹은 짜증스러운 듯 되물었다.

"아니 주거 환경에 대한 만족도 항목이 있어서요. 1번, 매우 만족한다. 2번, 제법 만족한다…….."

남자는 혼자 있는 시간을 방해받기 싫은지 질문이 미처 끝나기도 전에 잽싸게 대답했다.

"2번, 제법이요."

"네, 좋습니다. 다 됐어요. 마지막으로 불편한 건 없으세요? 안성시에 바라는 게 있다든지?"

"없어요."

그렇게 말하고 남자가 얼른 몸을 돌려 문을 열자 왈칵 음악 소리가 쏟아져 나왔다. 설문 내용을 정리하는 척 뭔가를 끼적이다가 신발을 벗고 안으로 들어가고 있는 남자에게 물었다.

"근데요. 저, 피아노 음악 말이에요. 바흐의 평균율 같은데 누가 치는 거예요?"

그제야 처음으로 내 눈을 똑바로 보며 남자가 답했다.

"에-에-에드윈 피셔Edwin Fischer요. 제가 제일 사랑하는 음악 중 하나예요."

그리곤 엉겁결에 안 해도 될 마지막 말을 뱉은 자신에게 화가 났는지 급히 문을 쾅 닫았다.

파스칼 님

　먼저 허락도 없이 님의 주소로 제멋대로 편지를 보내는 일, 그리고 역시 제멋대로 수신자의 이름을 '파스칼'이라고 지정한 일에 대해서 사과부터 드려야 하는 건지도 모르겠군요. 하지만 전 굳이 사과하지 않겠습니다. 왜냐하면, 만약 제가 그 익명의 편지를 받는 수신자라면 '앗 편지다. 청구서가 아니라 진짜 편지. 누구지?' 하며 한동안 들떠서 조심스럽게 편지 봉투를 뜯어서 읽고 또 읽으며 셜록 홈스처럼 하찮은 구두점에서조차 단서와 의미를 찾아내는 재미를 누릴 테니까요.

　여하튼 편지를 받을 수 있다는 건 기분 좋은 일입니다. 연인에게 온 이별 편지나 빚쟁이에게 온 독촉장 같은 게 아니라면. 그렇잖아요? 요즘은 아무도 편지를 안 씁니다. 이메일도 귀찮고 전화도 귀찮아서 그냥 문자 메시지를 보내는 정도죠. 키보드나 핸드폰에 대고 몇 자 두드리기만 하면 메시지가 전송되는 시대니까요.

　그래서도 전 옛날 방식대로 침으로 우표를 붙여서 보내는 편지가 쓰고 싶었습니다. 이건 일종의 퇴행 심리 같은 걸까요? 게다가 날 전혀 모르는 사람, 나 역시 한 번도 만나 본 적이 없는 사람에게 쓰고 싶은 욕구는 또 뭘까요? '초심자의 행운' 같은 걸 믿는 일종의 도박 심리 같은 건지도 모르겠습니다. 그러니까 만남은, 인연은 '필연'이 아니라 다 '우연'이잖아요? '우연으로

서의 행운'을 지향하는 게임이 바로 도박이고요. 익명의 편지 쓰기라는 도박을 통해 제가 기대하는 잭팟은 '영혼'의 탯줄로 연결된 소울 메이트인데, 실제로는 운이 없어서 '호남이라 생각했는데 알고 보니 연쇄 살인마'일 수도 있는 거잖아요? 그런 생각을 하니 어째 무시무시하네요.

그럴 리는 없겠지요. 파스칼을 좋아하는 분인데. 제가 만약 경마장에서 파스칼이라는 이름의 경주마를 발견했다면 틀림없이 그놈에게 베팅했을 겁니다. 그 말은 아마도 다른 말들에 비해 육체적으로 좀 모자라 보이는 말일 것 같습니다. 어딘지 힘이 없어 보이고 걸음걸이도 시큰둥한 녀석. 감히 아무도 우승마 후보나 복병이라고 점치지 않는. 그런데 그 이름도 거창한 파스칼. 운이 닿는다면 그 이름이 가진 신비로운 힘에 걸맞은 엄청난 기적을 부릴 수도 있을 거라고 터무니없이 믿게 만드는…….

파스칼Pascal을 좋아하신다고요? 모 신문에 실린 전시 리뷰 기사에 그렇게 소개되어 있더군요. '파스칼과 윌리엄 블레이크William Blake를 좋아하는 마흔 살 화가의 첫 개인전'이라니 왠지 호기심이 들었습니다. 전 늘 호기심이 이끄는 대로 움직이는 타입이기에 어느 일요일 오전 만사 제쳐 두고 삼청동에 가서 당신의 그림들을 보았지요. 전 그림은 잘 모릅니다. 그림에 대한 뛰어난 안목이 있다든가 하는 대단한 감상자는 아니라는 얘기지요. 그럼에도 불구하고 전 당신의 그림에 뭔가 대단히 신비스러운 것이 깃들어 있는 것 같다는 확신이 들었습니다. 뭔지 잘 모르겠지만, 대단히 음울한 우주의 한구석을 그리고 있는 것 같았습니다. 그런데 그 이면에는 신비로운 무언가가 깃들어 있었습니다. 그게 뭔지 알고 싶은 강렬한 호기심을 품게 하는…….

한동안 파스칼의 문장을 품고 다녔던 적이 있습니다. 아예 여러 장의 포스트 잇에 두세 글자씩만 적어서 무슨 표어처럼 벽에 줄줄이 붙여 놓았지요.

인간의 모든 불행은 자신의 방 안에서 조용히 혼자 있을 수 없다는 한 가지 사실에서 시작된다.

도시에서의 삶은 매우 분주하답니다. 아침에 일어나면 회사 가기 바쁘고 낮이든 밤이든 행여 낙오자라도 될 새라 강박적으로 일하다가 잠깐 시간이 나면 술집으로, 클럽으로, 쇼핑센터로, 영화관, TV 속으로 달려갑니다. 일종의 보상 심리 때문이죠. 기진맥진 지치도록 일을 하고 해가 지면 공허와 외로움을 잊기 위한 대용물을 찾아 바삐 움직입니다. 자기도 알지 못하는 외로움에 괜스레 멜랑꼴리해져서 뭔가 털어 보고자 애쓰면 애쓸수록 더욱 바빠집니다. 하지만 그렇다고 외롭지 않은 건 아니죠. 나 아닌 다른 것에 의지해 잠깐 도망칠 수 있을 뿐입니다. 가끔은 혼자가 아니라는 그런 바쁜 몸부림들이 나 자신을 더욱 외롭게 만드는 게 아닌가 싶었습니다. 그래서 전 언젠가부터 파스칼의 이 말을 저녁마다 되새기며 혼자 있는 시간이 보다 자족적인 것이 되길 간절한 마음으로 기도하고 있었답니다.

이제 좀 짐작하시겠나요? 제가 왜 하필 유독 당신을 선택하여 편지를 쓰게 됐는지. 파스칼, 작은 우주가 담긴 그림, 그리고 시골에서 조용히 홀로 자족적일 것 같은 당신의 존재 방식. 그런 게 저에겐 일종의 동경과 호기심을 불러일으켰던 거지요.

솔직히 윌리엄 블레이크에 대해선 잘 모릅니다. '모래 한 알에서 천국을 본다'는 그 유명한 시 구절 말고는 아는 게 전혀 없답니다. 하지만 파스칼에 대해서는 조금 알고 있다고 생각합니다. 많이 아는 건 아니고 파스칼을 좋아하는 당신은 아마도 비참한 인간의 조건 ―우리 모두 언젠가 죽을 운명이고, 삶이란 결국 죽어 가는 과정이라는 점!― 속에서 어떤 위대함의 ―그 유한한 삶을 의미 있게 만들기 위해 저마다 분투한다는 점!― 정신을 찾아내고 있을 거라고 상상하게 하는 정도만 압니다.

요즘 파스칼의 『팡세^Pensées』를 다시금 조금씩 읽고 있습니다. 당신이 어떤 사람인지 느껴보기 위해지요. 오늘 밤은 이 문장이 제게로 달려오더군요.

상상력은 모든 것을 마음대로 처분한다. 그것은 미美를 만들고 정의를 만들고 또 행복을 만든다. 이 행복이야말로 이 세상의 모든 것이다. 나는 『Della Opinione Regina del Mondo(세계를 지배하는 의견에 대하여)』라는 책을 기꺼이 읽고 싶다. 내가 아는 것은 제목뿐이지만 이 제목만으로 많은 책들과 견줄 만하다.

그렇다면 저는 어떤 사람일까요? 한번 상상해 보세요. 책 제목보다 더 많은 정보를 이 편지 안에 담았다고 생각합니다. 당신이 아는 이 세상의 모든 여자와 견주어 한번 마음대로 상상해 보세요. 재미 삼아^^.

2009. 10. 18 *Gentee*

애초 계획은 손편지를 쓰는 거였다. 심지어 연필 같은 걸로. 그런데 도무지 쓰이지가 않았다. 모니터를 바라보며 자판을 두드리지 않으면 이젠 문장이 만들어지지 않는 지경에 이르렀기 때문이다. 내 머릿속에서 배열된 문장은 손끝에서 자판을 두드려야만 나오고 펜 끝에서는 꾸물거리며 나오기 싫다고 거의 필사적으로 버티고 있다는 느낌마저 들었다. 예컨대 태아가 자궁 밖으로 나오기 두려워하는 이치랑 똑같은 거다. 자궁 밖은 삭막한 디지털 세상이고 자기는 따뜻한 물 같은 아날로그 세계에서 소생한지라 그 다름이 무서운 거다. 그래서 하는 수 없이 컴퓨터로 편지를 쓰고 'Gentee'라는 서명만 친필로 써서 마무리 지었다.

아마도 직업병일 거다. 너무도 오랫동안 컴퓨터 앞에서 글을 쓰며 살았다. 뭐 시답지도 않은 글이 태반이었다. 주로 연예인 인터뷰 기사를 썼고 보지도 않은 영화며 전시, 읽지도 않은 책에 대해서 본 척, 읽은 척하며 쓴 글이 대부분이었다. 그게 패션지 피처 에디터의 일이었다.

그래도 난 내 일을 좋아했다. 첫 페이지부터 이달의 커버 모델 눈두덩이에는 '옹브르 에끌라 4 셰이드 아이섀도' 441호, 매혹적인 입술은 '루주 G' 67호를 바른 'Guerlain' 제품이라고 선전하는 일로 시작해서, '주얼 장식으로 어깨를 강조한 패션 아이템'부터 '지퍼 장식의 록적인 요소를 가미한 레더 드레스', '한층 파워풀하고 글래머러스해진 코스튬 주얼리'까지 열렬히 이달의 쇼핑 리스트를 제안하는 일이 주목적인 잡지였지만, 그래도 나는 내가 하는 일이 가치 있다고 생각했다. 쇼핑 리스트 틈틈이 책을 소개하고 음악을 소개하고 그림을 보여주고 사람들의 이야기를 들려주는 일이 내 몫의 일이었으니까.

그래도 간혹 함께 일하는 동료들로부터 이런 얘기를 들으면 아주 혼란스러워진다.

"결국, 샤넬과 에르메스일 수밖에 없는 거야. 연애는 수많은 '잇' 백이나 이름 모를 백들과 하고 결혼은 샤넬이나 에르메스와 해야 하는 거지."

책을 만드는 내 동료들은 책보다 백을 사랑한다. 여자의 인생은 어떤 백을 드느냐에 따라 달라지는 거라고 그들은 굳게 믿는 것처럼 보인다. 마치 샤넬이나 에르메스를 사 줄 수 있는 남자와 결혼하는 게 인생의 최종 목표인 듯.

물론 나도 잘 만든 백을 보면 탐이 날 때가 있다. 이른바 솜씨 좋은 장인들이 한 땀 한 땀 만들었다는 고가의 명품 백들 말이다. 사랑하는 남자가 그런 걸 사 줄 능력이 있다면 굳이 마다하지는 않겠다. 하지만 애초부터 그걸 사 줄 수 있는 남자인지 아닌지 계산하며 하는 연애는 어쩐지 비위가 상한다. 지폐에서 나는 비릿한 그 냄새가 역한 것처럼. 그보다는 파스칼을 좋아하는 미지의 남자에게 편지를 쓰는 일이 내게는 더 근사해 보였던 거다. 이것도 일종의 허영심일까? 그런지도 모른다. '난 너희와 달라' 하고 싶은 속물적이지 않은 속물성, 보다 한 차원 높은 속물성이 반영된 일종의 반항심인지도 모르고.

"이 그림 그린 화가 말이야. 어떤 사람이야?"

"영혼이 아름다운 남자."

분명히 그렇게 말했다. 나와 종종 만나서 와인을 마시며 노닥거리기 좋아하는 U갤러리 한영화 실장의 입에서 그런 말이 나올 거라고는 상상도 못 했다. 입에 '씨발', '졸라' 같은 상스러운 말을 달고 사는 여자가 느닷없이 '영혼'을 얘기했다. 갤러리를 운영하는 여자치고는 좀 무식하고 거칠다 싶을 정도로 가식 없고 솔직한 여자였기에 그 입에서 나온 '영혼'이라는 단어는 금방 내 마음을 뒤흔들고 말았고.

"번쩍하고 번개가 치고 베토벤^{Beethoven}의 '운명^{Symphony No.5}'이 들려오는 것 같은데? 그래서? 아니 그리고? 좀 더 정보를 줘 봐."

내가 눈을 반짝이며 덤벼들자 한 실장이 입가에 묻은 와인 자국을 훔치며 말했다.

"마흔인가 둘인가 셋인가 뭐 그런데 아직 싱글이고 시골에서 6년째 혼자 작업하고 있어. 그리고 음악을 좋아해. 피아노 음악 같은 걸 노상 틀어 놓고 작업하더라. 화가치고는 책도 많이 읽는 듯하고."

"주로 어떤 책을 보는데?"

"미안, 내가 책 싫어하잖냐? 책만 펼쳤다 하면 잠이 쏟아져. 아주 수면제 같다니까. 그래서 나 하고는 얘기가 안 되고 러시아 문학 전공한 남편이랑은 대화가 아주 잘 되는 모양인데, 뭐랄까 말하는 거 듣고 있으면 '저 사람 영혼이 참 아름답고 순수한 사람이구나' 하는 걸 단박에 알게 돼."

"그래? 그럼 내가 한번 만나 볼까?"

"근데 숫기가 너무 없고 수줍음은 거의 병적으로 많아. 옛날 애인한테 받은 상처 때문인지 아니면 자신감이 없어서인지 아무튼 여자 소개해 준다고 하면 질색하며 싫다 해."

"오, 좋아. 그런 타입이라면 더더욱 맘에 들어. 그럼 내가 알아서 할 테니까 나한테 주소만 넘겨줘."

"어쩌려고?"

"스칼렛 요한슨Scarlett Johansson이라는 여배우 알지? 〈사랑도 통역이 되나요Lost In Translation〉와 〈진주 귀고리를 한 소녀Girl With A Pearl Earring〉 뭐 그런 영화들로 요즘 각종 영화제의 여우주연상을 휩쓸며 베니스 영화제 최연소 심사위원 자리까지 해 먹은 애 말이야. 기네스 팰트로 Gwyneth Paltrow 나 니콜 키드먼 Nicole Kidman 같은 스타들을 느닷없이 구닥다리로 보이게 할 만큼 매력적인 존재로 급부상했잖아, 걔가 요즘…… 모르나? 여하튼 무엇보다 시나리오 보는 눈이 남다르다 싶어 인터뷰를 찾아봤더니 이런 얘기를 하더라고. '마음에 드는 시나리오가 없으면 찾으러 나서 야 한다. 집 안에 음식이 없다고 굶어 죽을 순 없으니까' 그게 자 기만의 성공 비결이라는 거야. 그 배짱, 행동성 멋져 보이더라 고, 나한테는……. 21세기의 매력적인 여자는 저렇게 진취적이 지 않을까 싶기도 하고 말이야."

"무슨 말이야? 주소를 주면 한번 찾아가 보겠다는 거야?"

"왜? 그럼 안 돼? 나만의 방식대로 내 마음에 드는 남자가 날 알아보게 만들 수 있어. 가만히 기다리지는 않을 거라고."

"넌 스칼렛 요한슨이 아니잖아?"

"난 나지. 그러니까 내 방식대로 할 거야. 선배 말대로 정말 '영혼이 아름다운 남자'라면 말이야."

그렇게 된 일이었다. 내 편지의 수취인은 결코 살인마일지도 모르는 완벽한 미지의 존재가 아니었다. 그리하여 서른일곱의 여자가 다시 꿈꾸기 시작했다.

'영혼이 아름다운 마흔의 독신남이라니, 과연 어떤 사람일 까?' 하고.

2

'가소'롭게도 하나인 듯

편안한 일치감 속에서

소멸되기는커녕 함께 성장하고

'재탄생'하는 사랑도 있을 거라고 믿으며

그걸 찾고 있는 중이랍니다.

2. 자기만의 섬, 뉴욕에서

오랜만에 가는 뉴욕 출장이다. 9·11 테러가 있기 전 2002년 봄에 갔으니까 무려 7년 만이다. 내 돈 한 푼 안 들이고 간간이 뉴욕이나 런던, 파리 같은 세계 주요 도시를 둘러볼 수 있다는 점에서 보면 내 직업은 무척이나 우아하고 이상적인 직업처럼 보이리라. 하지만 실상은 전혀 그렇지가 않다. 한 번 마감을 치를 때마다 뇌세포가 5백 마리쯤 죽는 느낌이고 온몸의 나사가 풀린 듯 너덜너덜 기진맥진한 상태가 되곤 하는데, 출장이라도 끼어 있으면 적어도 3~4일씩 마감을 빨리 치고 가야 해서 평소보다 두 배는 더 괴로운 시간을 보내야만 한다. 며칠씩 회사에서 밤을 새우고도 마감을 미처 끝내지 못해 공항 가기 직전까지 회사에서 자판을 두드려야 하는 상황이 발생하기도 하는데, 그러면 정말 제정신이 아니다.

오늘만 해도 그렇다. 눈에 불을 켜고 마지막 기사를 쓰고 있는데 하필이면 그 시간에 회장님이 미국 본사에서 나온 제니인가 뭔가 하는 여자를 나한테 소개해 줄 게 뭐람? 비록 다크서클이 진하게 내려앉은 초췌한 몰골이긴 했지만 그래도 제니가 건네주는 명함을 받는 순간까지는 그럭저럭 괜찮았다. 회장님이 뭐라 뭐라 나를 소개하고, 제니가 감탄하는 척 고개를 끄덕이고, 나는 그저 겸손하게 미소만 지었으니까. 그런데 그러는 사이, 내 손에 들고 있는 명함의 출처를 잊어버리고 말았다. 막판에 '만나서 반갑다'며 명함을 줬는데 그게 그만 제니에게 받은 제니의 명함을 되돌려준 꼴이 되고 말았다. 망신, 망신……. 무안해 하는 제니도 제니지만 회장님이 어찌나 당황하시던지……. 기어들어가는 목소리로 간신히 사과했다.

"쏘리. 마이 테러블 미스테이크……. 저스트 호프 마이 헤드 이즈 낫 마인."

다행히 제니가 나의 저질 영어에 웃어 주었다. 회장님이 유창한 영어로 마감의 고단함과 나의 덜렁대는 엉뚱한 면에 대해 재밌게 마무리 지어 주시길래 약간 용기가 나서 하마터면 나도 모르게 이렇게 말할 뻔했다.

'우라질 출장, 그따위 안 가도 좋으니 제발 날 이 지옥 같은 마감에서 해방시켜 달라고 믿지도 않는 신에게 간청하게 된다니까요.'

휴, 영어가 딸려서 안 하길 잘했지. 틀림없이 'Fuck'이라는 단어를 썼을 게 분명하다. 사실 정말 옛 같은 상황인 거다. '만나서 반갑다'니……. 누구든 만나는 게 전혀 반가울 수 없는 상황에서 눈곱만큼도 반갑지 않은 사람을 만나 '나이스 투 미트 유'라는 뻔한 영어를 늘어놓아야 하는 상황! 그게 넌더리 날 정도로 뻔할뿐더러 심지어 모욕감을 동반하는 일이라도 할 건 해야 한다는 거 나도 안다. 회사에서 잘리지 않고 그럭저럭 살아가려면. 그게 월급 노동자의 인생이라는 거.

다행인 건 어쨌든 마감을 마쳤고 지금은 비행기 안이라는 사실. 여권과 재킷, 속옷만 챙겨서 그야말로 간신히 탔다. 뉴욕으로 7박 9일 출장 가면서 나처럼 짐이 가벼운 손님도 없을 거다. 달랑 배낭 하나가 전부니. 집에서 여행 가방 챙길 시간은 물론 공항에 와서 따로 짐 부칠 시간도 없었다. 속으로 되레 잘됐다고 생각했다. '이참에 뉴욕에서 쇼핑이나 맘껏 해 보지 뭐' 하는 야무진 꿈을 가슴에 품고.

이제 좀 자야겠다. 자는 게 최고다. 좁아터진 이코노믹 좌석에 앉아 가장 빠르게 목적지로 가는 최상의 방법은 음주 상태에서 자는 길밖에 없다는 사실. 승무원에게 와인을 무려 두 번이나 청해 마시곤 -그것도 잔 말고 병째로- 그야말로 곯아떨어져 버렸다. 다행히 옆자리가 비어 있어서 두 개의 좌석을 점령한 채 모로 누울 수 있었다. 속으로 이렇게 외치면서 말이다.

'사람들아, 너무 흉보지 마라. 마감이 있는 인생은 원래 우아하지 못하다. 거머리 같은 마감에 시달리고 나면 상견례 자리에서도 다리를 뻗고 싶다.'

비록 새우잠이긴 했으나 정말 달게 잘 잤다. 5시간쯤 죽은 듯이 잔 것 같다. 하지만 허리랑 어깨가 너무 아파서 더는 잘 수도 없을 것 같았다. 책을 읽을까, 음악을 들을까 하다가 영화를 보기로 한다. 기내 책자에 실려 있는 상영 영화 소개 페이지를 빠른 속도로 넘긴다. 최신 영화 패스, 한국 영화 패스. 고전 영화편을 꼼꼼하게 들여다보다가 우디 앨런Woody Allen 영화를 발견했다. 심봤다. 심지어 〈맨하탄Manhattan〉이다.

'혹시 이번 뉴욕 출장길에는 행운의 여신이 나와 함께하시려는 걸까?'

'그럴 리가?'

혼자 묻고 혼자 답하며 플레이 버튼을 누른다. 아, 역시 탁월한 선택. 모두 잠든 기내에서 혼자 헤드폰을 끼고 영화를 보며 유령처럼 소리 없이 웃는다. 그러다 문득 무언가에 홀린 듯 백팩 앞주머니에서 펜과 수첩을 꺼내 영화 속에 나오는 대사들을 받아 적기 시작한다.

파스칼 님

좋은 소식과 나쁜 소식이 있어요. 좋은 소식은 제가 지금 뉴욕에 있다는 사실. 그 말은 파스칼 님이 뉴욕 우체국 소인이 찍힌 편지를 받아볼 수 있다는 거죠. 굉장히 멋진 일 아닌가요? 혹시 그렇게 생각하는 제가 유치한가요? 뭐 유치해도 상관없습니다. 어린 시절 제 영혼의 친구였던 빨간 머리 앤 때문인지 몰라도 전 제가 느끼는 이 세상의 모든 아름답거나 근사하거나 멋진 것들에 대해서 사심 없이 감탄사를 남발하기를 매우 즐긴답니다. 그럼 어떤 울적한 상황 속에서도 기분이 좋아지거나 그럭저럭 견딜 만한 느낌이 들거든요.

아, 참 나쁜 소식은 출장비 900달러를 고스란히 잃어버렸다는 겁니다. 은행 봉투에 담겨 있던 그 돈을 도대체 어디서 분실한 건지 짐작조차 못 하겠어요. 백 팩 앞주머니에 넣고 다녔는데 혹시 그걸 어떤 하이에나 같은 놈이 훔쳐간 걸까요? 아님 제가 기내에서 수첩이나 펜 따위를 찾는다며 가방을 뒤적거리다가 그 거금을 흘리고도 전혀 몰랐던 걸까요? 솔직히 자주 있는 일이라 저로서는 놀랍지도 않습니다. '팔푼이' 기질이 충만하다고 할까요? 어릴 때부터 노상 뭔가를 잃어버리고는 늘 울고불고 난리를 치곤 했거든요. 이젠 면역이 돼서 웬만한 분실 사고엔 그다지 오래 절망하지 않게 됐답니다. '으 씨, 또 X됐다. 하지만 할 수 없잖아? 내가 저지른 짓이니 내가 감당해야지. 그 와중에 뭔가 경험하는 게 있겠지. 아님 말고……' 뭐 이런 식으로 내 죄의 앙갚음을 달게 받는다고 할까요? 어찌하여 그렇게 아둔하고 비극적인 결함을 고집스럽게 방치하고 있냐고 물으신다면 이렇게 대답하겠습니다.

자주 뭔가 잃어버리고 사는 게 꼭 나쁜 것만은 아니라는 점. 덕분에 값비싼 보석 같은 것에 현혹되지 않는 여자가 됐다고 할까요? 예컨대 사랑하는 남자에게 선물 받은 1억 원짜리 다이아몬드 반지를 여자가 칠칠치 못한 언행으로 홀라당 날려먹었다고 생각해 보세요. 방금 결혼한 사이라도 순식간에 끔찍한 지옥행 열차 속에서 남자는 여자의 부주의함을 저주하고 여자는 또 남자의 속 좁음을 한탄하게 될 겁니다. 불행한 일이죠. 그래서 전 몸에 지니고 다닐 수 있는 값비싼 물건에 대해 욕심이 전혀 없다고 해도 좋을 만한 상태의 '가벼운 여자'가 됐답니다. 그건 좋은 일이죠. 여행하기도 좋고, 삶의 방식을 변화시키기도 좋고. 여하튼 나쁜 게 꼭 나쁜 것만은 아니라는……. 뭐 일종의 자기 합리화 같은 애티튜드라고 해도 할 말은 없지만, 한편으로는 '자기 합리화가 나쁜 건가?' 하는 생각도 해 봅니다.

덕분에 가난한 여행자가 되어 싸구려 호텔들을 전전하며 열흘을 보내게 됐답니다. 좀 길지요? 출장에 휴가를 붙였거든요. 차일피일 미루다 사용하지 못한 여름휴가까지 붙였더니 이리 길어졌답니다. 그런데 그거 아세요? 요즘 뉴요커들은 월스트리트의 금융 위기 때문에 모두들 허리를 바짝 졸라매는 분위기라고 하더군요. 두 개의 비정규직 직장을 가지고 종일 일하지만 집을 살 여유가 없어서 노숙자 쉼터에 사는 뉴욕의 새로운 계급이 나타났다는 기사가 『뉴욕타임스The New York Times』에 실리기도 했구요. 거리 노점상 중에 고학력 화이트컬러 출신도 많이 늘어났다고 하는데, 그 모든 분위기를 다소 낙관적으로 표현하자면 이런 게 아닌가 싶어요. '이제 세계의 중심이라고 잘난 척 으스대는 뉴욕은 없다. 그들은 점점 소탈해지고 있다' 그러니까 그 말은 제가 앞으로 일주일 동안 진짜 뉴요커처럼 이 도시를 경험하게 될 거라는 얘기이기도 하고요. (저 '자기 합리화 테라피 센터'라도 하나 차릴까 봐요.^^)

근데 뉴욕은 별로 변한 게 없네요. 10년 전에 왔을 때 너나 할 것 없이 모두 바쁘게 걷는 와중에 식당에서 혼자 밥 먹는 사람들이 많아서 좀 외롭게 느껴졌는데, 지금도 여전한 것 같아요. 뉴욕이라는 자기만의 섬에 갇혀 사는 일 중독자들의 도시답다고 할까요? 사랑을 갈구하지만, 누군가에게 먼저 다가가 손 내밀 여유가 없기에 모두 각자 자기만의 고독 속에서 무덤덤하게 회사와 집 사이를 시계추처럼 왔다 갔다 하는 게 아닌지. 안타깝죠. 제가 아는 한 사랑은 '응답'이 아니라 '부름'이라는 점에서⋯⋯. '부름'이 없으면 '응답'이라는 게 있을 수 없으니까요. '어머, 파스칼 씨. 거기 혼자 계셨군요? 어마 예뻐라. 그 꽃, 말이에요. 이름이 뭐죠?' 그렇게 먼저 알아봐 주고 말 시키고 손 내미는 거⋯⋯. 바로 그때부터 관계와 소통이 시작되는 거잖아요?

그나저나 왜 사랑의 감정이라는 건 이다지도 잘 변하는 걸까요? 마침 뉴욕으로 오는 비행기 안에서 우디 앨런이 1979년에 만든 흑백 영화 <맨하탄>을 봤거든요. 너무도 냉소적인 캐릭터라 사랑을 믿지 못하면서도 끊임없이 사랑에 빠지는 42살의 중년 뉴요커 얘기인데 그 남자가 저는 참 안돼 보였어요. 이미 두 번이나 결혼했는데 17살 여자랑 연애하면서도 또 다시 친구의 여자와 사랑에 빠지고 한편으로는 이미 떠나 버린 운명의 여자를 기다리고⋯⋯. 그 여자가 6개월 만에 돌아와서 그에게 이렇게 말하죠.

"사람에 대한 믿음을 가지세요."

남들 보기에 도덕적으로 문제가 있어 보여도 누군가를 사랑하는 게 아무도 사랑하지 않는 것보다 낫다. 저는 늘 그렇게 생각해 왔거든요. 도덕이라든가 윤리는 결국 주관적인 문제니까요. 하지만 연애 대상이 자주 바뀌는 거, 그게 본인에게도 결코 좋은 것만은 아니거든요. 계속 새로운 대상에게 몰입할 수 있는 것도 재능이라면 재능이겠지만, 그 재능 때문에 평생 이 사랑에서 저 사랑으로 죽을 때까지 방황하도록 선고받았다고 생각해 보세요. 끔찍하게 피곤할뿐더러 그렇게 사는 것도 혼자 사는 것 못지않게 아주 외롭고 쓸쓸한 일일 것 같습니다.

사랑이 어떻게 변하냐고 울면서 칭얼거릴 수 있는 나이가 아니라는 것 정도는 압니다. 어떤 섬광처럼, 혹은 어떤 소요처럼 부지불식간에 요란하게 피어오르다가 이내 잠잠해지고 결국 소멸되는 사랑의 종말을 이미 여러 번 경험한 나이니까요. 하지만 전 그럼에도 불구하고 포기할 수가 없습니다. '가소'롭게도 하나인 듯 편안한 일치감 속에서 소멸되기는커녕 함께 성장하고 '재탄생'하는 사랑도 있을 거라고 믿으며 그걸 찾고 있는 중이랍니다.

2009. 11. 16. *Gentee*

P.S 제가 '재탄생'이라는 표현을 쓴 건 랭보Rimbaud의 영향 때문일 겁니다. '허튼소리'인가 하는 산문시에서 그랬거든요. 자기는 여자를 사랑하지 않는다고. 사랑은 재창조해야 하는 것인데 여자들은 안전한 자리밖에 원하지 않는다고. '자리'가 잡히면 아름다움이나 사랑은 어느새 사라지고 차디찬 멸시만 남는데도 그 자리만 원한다고. 그게 요새 결혼의 먹이라고. 모든 여자가 다 그런 건 아니겠지만 장차 태어날 아이를 위해서 남자를 통해서 그 '안전한 자리'를 확보하려는 동물적 본능 같은 게 유전자에 각인되어 있기 때문일까요? 전 용케도 먹잇감이 되는 결혼을 피해 왔는데, 친구가 번역해 준 랭보의 시를 읽고 정말이지 내 처지가 천만다행이지 싶었습니다. 제가 알기로 파스칼 님도 아직 미혼인 걸로 알고 있는데 문득 그 이유가 궁금해지는 밤입니다.

정말로 파스칼의 생각이 궁금했다. 예컨대 난 '종의 번식'에는 눈곱만큼도 관심이 없는 여자다. 대를 이어 자본주의 사회의 쳇바퀴를 굴리는 일에 동참하고 싶은 마음이 없다고 할까? 무엇보다 자본주의 사회는 인간을 귀히 여길 줄 모른다. 돈과 돈을 만드는 조직과 '자리'를 귀히 여기지……. 다른 사람들은 어떤지 모르겠지만 적어도 난 그런 곳에서 아이를 낳아 키우는 불안감을 감당할 수가 없을 것 같다. 게다가 이 지구에게 인간만큼 해로운 존재도 없지 않은가?

내가 읽은 책들 때문일까? 언제부터인가 양육을 위해 기꺼이 자신을 희생하는, 보통의 여성적 삶에 대한 거부감이 내 안에 단단히 뿌리내린 건……. 안다. 그런 점 때문에 다른 사람들, 특히 아이가 있는 여자들 눈에 나라는 인간이 매우 가소로워 보인다는 것도. 하지만 할 수 없는 거다. 그게 나니까. 내 육체와 정신 속에서 내 삶을 사는 건 그들이 아니라 나 자신이다. 그러므로 다른 누구도 아닌 나 스스로 내 스타일을 존중해야만 한다.

지금 이 순간처럼 말이다. 잘 교육받은 조신한 숙녀라면 나처럼 센트럴 파크에서 잠드는 일은 없을 거다. '카네기 델리'에서 사온 샌드위치를 먹으며 무려 두 시간 동안이나 천천히 음미하듯 편지를 쓰다가 그만 살짝 잠이 들고 말았다. 그런데 그 오수가 얼마나 달콤하던지…….

"아가씨, 이런 데서 너무 깊이 잠들면 안 돼. 해가 지면 위험하다고."

누군가 내 어깨를 살며시 흔들며 말했다. 그 소리에 벌떡 일어나 앉았다. 올려다보니 모건 프리먼Morgan Freeman처럼 선량하게 생긴 늙은 공원 관리인이 빗자루를 들고 서 있었다.

고맙다고 인사하고 시계를 보니 오후 네 시 무렵이었다. 이제 뭘 할까? 이곳저곳 구경거리를 찾아 바쁘게 돌아다니는 걸 난 좋아하지 않는다. 그런 여행은 딱 질색이다. 해야만 하는 자잘한 일 더미 속에 매몰되어 허둥대기 일쑤인 일상에서 겨우 떨어져 나왔다. 그러니 지금 이 순간만큼은 그냥 아무 할 일도 없는 상태에서 가만히 있고 싶었다. 눈앞에 펼쳐진 호수를 바라보며.

그렇게 시간을 보내고 있자니 문득 '홀든' 생각이 났다. 호수에 둥둥 떠서 평화롭게 노닐고 있는 오리 떼 때문이었을 거다. 『호밀밭의 파수꾼The Catcher in the Rye』의 그 홀든 말이다.

고등학교를 정학 당하고 혼자 뉴욕에 온 홀든이 한 뉴요커에게 물었다. 겨울이 되어 호수가 얼어붙으면 센트럴 파크의 오리 떼들은 도대체 어디로 사라지는 거냐고. 누가 트럭 같은 걸 가져와서 다른 데로 데려가는 건지, 아니면 자기들 스스로 어디 따뜻한 남쪽 나라 같은 곳으로 날아가는 것인지…… 택시 기사였던 그 뉴요커는 홀든의 진심은 몰라주고 되레 화를 냈다. 오리 따위 무슨 상관이겠냐는 거다. 그런 일에는 아무 관심도 없고 기껏해야 '캐딜락'을 살 수 있는 신분이 되기 위해 애쓰는 엉터리 어른들로 득실거리는 이 세상의 저속함을 홀든은 정말이지 죽도록 경멸했었다.

문득, 나라도 홀든을 위해 오늘 밤 뉴욕에서 뭔가 해야겠다는 생각이 들었다. 뭘 할 수 있을까? 존 레논을 암살했다는 그 미친놈 -마크 데이비드 채프먼Mark David Chapman. 심지어 존 레논에게 총을 쏜 후 경찰이 도착할 때까지 태연히 『호밀밭의 파수꾼』을 읽고 있었다고 한다- 처럼은 안 되겠지. 그렇게 지독하게 거창한 거 말고 나만의 시시한 방식으로 홀든의 순수에 내가 한때 경도되었음을 기념할 수 있는 일 말이다. 아차, 그 전에 우체국에 가야 한다. 47번가와 2번가 모퉁이에 우체국이 있다는 사실을 아까 공원으로 오기 전에 미리 확인해 두었던 터다.

그리하여 우체국으로 가는 길. 잡지와 복권과 문방구를 파는 가판대에서 편지 봉투를 샀다. 그리곤 우체국에 들어가서 편지 봉투에 주소를 쓰고 풀이 묻는 부분을 혀로 핥는데, 보는 사람에 따라 조금 섹시할 수 있겠다 싶어서 문득 주위를 둘러보며 나 혼자 웃었다. 쳇, 그런데 아무도 내게 관심 없는 것 같아서 살짝 실망하고 말았다. 하지만 파란색 우체통에 편지를 집어넣자 금세 다시 기분이 좋아졌다. 무려 네 장이나 쓴 내 편지가 '퉁' 하고 편지 더미 위에 사뿐하게 내려앉는 소리를 들었다. 그 소리가 어찌나 듣기 좋던지……. 마치 뉴욕이 스페인 아라곤에 있는 내 친구의 집처럼 아득한 가운데 다정하게 느껴지는, 그런 소리였다.

3

기질상 연애는 계속해야만 하는 타입이고

더는 소모적인 연애는 싫고.

그러다 '아 그럼 편지를 쓰면 되겠네' 한 거지.

연애가 창조의 시간이 될 수 있다면

그보다 근사할 수 없겠다 싶었거든.

3. 연애, 그 창조의 시간

파크뷰 호텔은 뉴욕에서 30년을 산 사람도 놀라서 입을 다물지 못할 만큼 숙박비가 아주 저렴한 곳이었다. 49.95달러. 인터넷으로 예약했다. 싸기도 하거니와 센트럴 파크 바로 옆에 있어서 가벼운 차림으로 아무 때나 산책을 나갈 수 있어서 좋아 보였다. 게다가 그곳에서라면 스탠퍼드처럼 한국인들과 빈번하게 마주쳐야 하는 민망스러운 일도 없을 거라 계산했다. 그곳에서 맞는 세 번째 아침. 스타벅스가 아니라 델리 그로서리라고 부르는 가까운 식료품점에서 방금 내린 커피와 『빌리지 보이스The Village Voice』, 그리고 2달러짜리 작은 튤립 한 다발을 샀다. 호텔 방에 돌아와 길이를 짧게 만든 꽃을 유리컵에 꽂고 -그러면 호텔이 내 집처럼 여겨진다. 출장이나 여행 갈 때마다 일종의 의식같이 치르는 나만의 습관이랄까?- 커피를 마시며 『빌리지 보이스』 페이지를 팔랑팔랑 넘겼다. 그러다 시선을 끄는 전면 광고를 발견했다. 뉴욕 현대미술관, 모마의 입장료 없는 날을 알리는 광고였다.

"어땠어? 공짜로 모마의 특별 전시를 본 기분이?"

모마 앞에서 기다리고 있던 미선이 하는 말이었다. 일로 만나 언니 동생처럼 지내던 미선이 뉴욕으로 이주한 지 거의 2년

만의 만남이었다.

"잠시 뉴요커가 된 기분이랄까? 오랜만이다, 미선. 보고 싶었어."

우리는 잠시 한껏 포옹한 채 서로의 어깨를 토닥였다.

"뭐야, 5일 전에 뉴욕에 왔다면서 왜 이제야 연락한 거야? 서운하게시리."

"실은 나 출장비 900달러를 몽땅 잃어버렸거든. 이럴 때 널 만나면 아무래도 민폐 끼치게 될 것 같아서 좀 고민했어. 연락할까 말까 하고."

"민폐 좀 끼치면 어때?"

미선이 그렇게 말해 주니 기뻤다. 자주 만나지는 않지만 뭐랄까, 언제 만나도 내부의 장벽이 느껴지지 않는 사람이 있는데 미선이 내게는 그런 친구였다는 사실을 잠시 잊고 있었다.

"호텔에 짐 가지러 가자. 남은 기간은 우리 집에서 지내게. 뉴욕에 있는 내내 언니 먹을 건 내가 챙긴다, 앞으로……."

"짐 없어. 달랑 이 배낭이 전부인걸."

"그래? 그럼 바로 가면 되겠네."

전철을 타고 브루클린으로 향했다. 미선의 집은 브루클린 인스티튜트 근처였다.

"그래서 일은 끝냈어?"

미선이 물었다.

"응. 대충."

"대충? 대충 잘했겠지, 뭐……. 안 그래?

포토그래퍼인 미선과는 종종 함께 출장을 다닌 적도 많아서 서로가 어떤 방식으로 일하는지 잘 알고 있던 터였다.

"너도 알다시피 내가 루이뷔통도 싫어하고 카니예 웨스트Kanye West도 싫어하잖냐? 그런 둘이 만나서 100만 원 넘는 고가의 스니커즈 라인을 만들든 말든 나는 아무 관심 없다고. 그래서 대충 했지. 어차피 카니예 웨스트가 나한테 단 10분이라도 단독 인터뷰 시간을 주는 것도 아니라 더더욱 대충 했어. 그런 식의 행사 취재는 이제 이골이 난 터라 안 보고도 쓸 수 있는 지경에 이르기도 했고 말이야. 그나저나 래퍼가 루이뷔통 마니아라니, 내가 정이 가겠니?"

"음, 알만 해. 에미넴Eminem을 좋아하는 언니가 보기에 그 자식은 완전 가짜인 거지?"

"시와 가장 비슷한 현대 음악 장르가 랩이야."

"그런 점에서 래퍼는 시인이고."

"그래 맞아. 그것도 세상의 온갖 꼴사나운 것들에 대해 새까만 분노와 눈부신 조롱을 노래하는 시인. 그런데 그 시인이 루이뷔통 마니아라니······. 그놈의 루이뷔통 가방에 똥을 넣어 주고 싶은 심정이었다니까."

오랜만에 만나 얘기하는데도 손발이 척척 맞는 기분이었다.

"예전에 언니가 해 줬던 말 기억나?"

"뭐?"

"카미유 클로델Camille Claudel이 그랬다며. 경멸스러운 인간들한테 개똥을 포장해서 보내 줬다고. 그렇게 말해 준 게 언니 아니었나?"

"응, 맞아. 어느 책에선가 그 얘기 읽고 나 실은 엄청난 동질감 같은 걸 느꼈거든. 왜 그런 애들 있잖아? 어릴 때부터 싫은 게 있음 반드시 싫은 내색을 해야만 직성이 풀리는 애들. 설사 그 대상이 집안 어른이라고 해도 말이야. 그래서 나 엄마한테 욕도 많이 먹었다. 돼 먹지 못한 년이라고."

"에이, 나만 하려고?"

아, 맞다. 미선이 나보다 한 수 위였다. 뭔가 자기 기질이랑 안 맞는다고 고등학교 중퇴하고 검정고시 봤다는 여자아이는 미선이 말고 만나 본 적이 없으니까. 심지어 검정고시 합격하고 성악 공부한다고 피렌체에 갔다가 사진에 꽂혀 갑자기 전공을 바꾼 아이였다.

"그러고 보면 너희 부모님도 보통 분들이 아니야. 그 개방성으로 치면 대한민국 상위 1퍼센트 안에 들어가실 분들이지."

"아무렴. 검정고시 준비하는 딸이 처음 연애할 때 말리기는 커녕 밖에서 외박하지 말고 차라리 그 녀석을 데리고 와서 집에서 자라고 했으니."

"와 정말 대단한 분이다, 네 아버지."

"그런데 언니, 요즘 그 대단한 아버지가 아프신가 봐. 사업도 거의 망하기 직전 같고. 아무래도 뉴욕 생활 접고 나 서울로 돌아가야 할 것 같아."

"나야 대환영이지. 사진가로 활동하기에 서울이 뉴욕보다 좁긴 해도 네가 가진 인맥을 생각하면 그편이 훨씬 유리할 거야. 너처럼 매력적인 포토그래퍼라면 에디터들이 줄을 설 거다."

"정말? 정말 그렇게 생각해?"

그렇게 되묻는 미선의 얼굴이 방긋 웃는 아기처럼 환했다.

파스칼 님

먼저 소개할 사람이 있어요. 뉴욕에 사는 미선이라는 친구예요. 제가 만난 가장 사랑스러운 여자 중 한 명일 겁니다. 심수봉 노래를 기가 막히게 잘하고 랭보나 쇠라^{Seurat}, 카미유 클로델 같은 지난 세기의 죽은 예술가들을 살아 있는 이들만큼이나 소중히 여기는 친구랍니다. 귀여운 미소에 옷도 자기만의 스타일로 얼마나 멋지게 소화하는지……. 어느 정도인가 하면 팔에 야자수 문신이 있을 정도랍니다. 성숙한 여자의 팔에 야자수 문신이라니, 정말 신비로울 정도로 엉뚱하잖아요?

참, 홀든 아시죠? 『호밀밭의 파수꾼』의 그 홀든 말이에요. 제가 제일 좋아하는 책은 읽는 사람을 이따금 웃겨주는 책인데, 지금까지 홀든만큼 저를 그렇게 자주, 많이 웃겨준 이도 없었거든요. 그래서 뉴욕에 온 김에 홀든을 위해서 뭔가 하려고 해요.

미선도 재미있다며 어떤 일이 됐든 동참하겠다고 했고요. 홀든을 기념할 만한 일이라니, 그런 게 뭐가 있을까요? 다음 리스트 중 하나를 골라 보세요.

1. 초등학교나 유치원, 동네 놀이터를 돌아다니며 벽에 '씹할 (Fuck)' 같은 외설스러운 욕이 있는지 찾아본다. 그 욕을 귀여운 양 그림 같은 걸로 덮는다.
2. 센트럴 파크 관리 사무소에 가서 겨울이 되면 오리들이 어떻게 되는 건지 물어본 다음 문제가 있으면 마이클 블룸버그 시장에게 시정해 달라는 내용의 편지를 쓴다.
3. 홀든 이름으로 카니예 웨스트라는 래퍼 놈 앞으로 '개똥'을 포장해서 보내 준다.
4. 브렌타노 서점에서 『호밀밭의 파수꾼』을 한 권 훔친다. 그 책을 뉴욕에서 공부를 제일 못하는 고등학생에게 선물한다.
5. 빨간 사냥 모자를 사고 회전목마를 타러 간 후 돌아오는 길에 제일 추워 보이는 뉴요커에게 사냥 모자를 선물한다.

몇 번이 마음에 드시는지요? 진정 제 마음에 쏙 들었던 건 4번이었답니다. 그런데 책을 훔치는 것까지는 그럭저럭할 수 있을 것 같은데, 문제는 뉴욕에서 공부를 제일 못하는 고등학생을 어디서 찾아내야 할지 도무지 엄두가 안 나더군요. 그때 미선이 재밌는 얘기를 하는 거예요. 자기 동네에 길거리 구두닦이 소년이 있는데 동네 델리 앞 신문 가판대 앞에 앉아서 더러운 구두를 신은 사람이 구두를 내밀 때까지 그냥 기다린대요. '구두 닦아요' 뭐 이런 호객 행위는 절대 하지 않은 채 온종일 고요히 앉아서 기다리는 소년이 있다고 해서 미선과 그 아이를 보러 갔어요. 정말 있더라고요. 몸집이 작고 조용한데다가, 길모퉁이에 서서 시선을 끌지 않으려고 애쓰는 표정을 하고 있어서 어딘지 애틋하게 보였어요. 그래서 다음 날 그 아이에게 일부러 공들여 더럽힌 워커를 신고 가서 닦아 달라고 했어요. 그러곤 돈 대신 『호밀밭의 파수꾼』과 빨간색 사냥 모자를 줘도 되는지 물어봤어요. 소년은 조용히 눈으로 웃으며 고개를 끄덕였답니다.

굉장히 낭만적인 얘기 아닌가요? 앞으로 많이 외로울지도 모르는 소년의 고요한 인생을 홀든이 함께하게 될 거라고 생각해 보세요. 자기 신분이나 돈, 혹은 자동차 때문에 자존감을 잃는 어른이 되지는 않을 겁니다. 적어도……. 그런 생각을 하면 가슴이 두근두근 들떠서 잠이 안 올 것 같다, 고 쓰려는 찰나……. 나도 모르게 그만 하품을 하고 말았답니다. 밤늦은 시각, 도시 전체가 이불 속에 들어간 듯 조용해졌습니다. 저도 그만 자야 할 것 같아요.

2009. 11. 21 뉴욕에서 *Gentee*

미선이네 아파트 주방 테이블에 앉아 편지를 쓰고 난 다음 와인을 한 잔 따라 마시고 있었다. 밤 1시 무렵이었다.

"악, 두려워. 10년 만에 가장 추운 겨울이 뉴욕을 덮친대. 도시 전역에 내복이 동나고 뉴스에 의하면 쥐들도 굴을 더 깊이 팠다는데?"

체질적으로 알코올에 약한 미선이 맥주와 소다를 섞어 만든 자기만의 칵테일 한 잔을 손에 들고 맞은편 테이블 의자에 앉으며 하는 말이었다.

"쥐들이 굴을 얼마나 더 팠는지 알아보는 기자가 있다니, 난 그게 더 놀랍다. 그 기자 정신, 한국에서는 좀처럼 볼 수 없는 거라서 말이야. 너 그거 아니? 쥐새끼한테 짓밟힌 다음 마지막 자존심마저 포기한 언론인들이 한국에 얼마나 많아졌는지? 국민의 알 권리를 아쌀하게 포기한 기자들이 모두 염세적 기회주의자들로 탈바꿈하고 있단 말이지. 부끄러운 줄도 모르고……."

"한국 상황은 모르겠고 미국 상황은 좀 알지. 언니도 그랬겠지만 나 오바마 상당히 좋아했어. 부시랑은 종자가 다른 사람인 줄 알았으니까. 그런데 별로 다르지 않더라고. 〈오바마의 속임수The Obama Deception〉라는 다큐멘터리 필름 보고 알았어. 전 세계인이 주목하고 희망한 오바마 역시 월스트리트 금융가들과 연방준비은행의 꼭두각시일 뿐이라는 거. 대중매체가 오바마에게 무결점의 왕관을 씌워 주고, 돈을 움직이는 진짜 실세들이 오바마의 그 좋은 이미지를 이용해서 국민을 계속 속인다는 점에서 부시보다 그가 더 나쁠 수도 있겠구나 싶더라고."

"수긍이 되네, 그 얘기……. 근데 내 생각은 좀 달라. 오바마가 힘이 없는 건 알겠다만 그래도 '권력에 취한 침팬지' 부시랑은 다르지. 생긴 것도 훨 낫고. 토크빌Tocqueville이라는 사람이 지금으로부터 약 1백60여 년 전에 이런 말을 했어. '지구 상의 모든 나라 중 우리 미국에서만 유독 돈에 대한 애착이 인간에 대한 애정을 압도한다'고. 지금은 거의 모든 나라에서 그리됐지만……. 여하튼 그게 바로 자본주의의 문제인 거야. 돈에 대한 애착으로 돈에게 가장 큰 자유와 권력을 준다는 점. 백만장자를 억만장자로, 억만장자를 조만장자로 만들어 주기 위해 심지어 전쟁을 벌이지. 오바마는 적어도 그 전쟁에 종지부를 찍고 싶은 마음일 거야. 하지만 힘이 없는 거지. 미국 경제가 워낙 군수와 금융 산업에 집중되어 있기 때문에 그 중심에 있는 기득권 세력들이 오바마를 끊임없이 방해하고 견제하겠지. 하지만 부시처럼 전쟁을 선포할 수 있는 권력에 취해 있지는 않을 거야. 스스로도 허울뿐인 대통령 권력에 회의감을 느끼면 느꼈지. 하지만 그렇다고 또다시 부시 같은 놈한테 권력을 내줄 수는 없으니까 최선을 다하는 거지. 설사 허울뿐인 꼭두각시라 해도."

말을 마치자 미선이 약간 슬픈 듯한 표정으로 날 빤히 보고 있었다. 두 손으로 턱을 괸 채……. 나도 왠지 슬픈 느낌이 들었고 왜 그런 느낌이 드는 건지 내 스스로 설명하고 싶었다.

"모르겠어. 그건 그냥 내 추측일 뿐이야. 커트 보네거트^{Kurt} Vonnegut의 『나라 없는 사람^{Man Without a Country}』이라는 책을 보면 부시 욕이 엄청 나와. 아주 즐거울 정도로 재밌게 조롱해 주지, 커트 보네거트 아저씨가……. 그런 여러 사람의 힘으로 다행 히 부시에서 오바마로 바뀌었어. 그런데 사람들의 기대감과 달 리 미국 사회는 그다지 달라지지 않았고. 슬프지, 그런 생각하 면……. 그가 설사 대통령이라도 정의롭고 선량한 한 사람의 힘 으로 세상은 절대 바뀌지 않는다는 거. 민중이 모두 일어나 끝 까지 피 흘리며 저항해야지 바뀔까 말까 한데 난 사실 그것도 무서워. 그 과정에서 죄 없이 죽는 사람들이 너무 많을 거 아니 야? 그래서도 난 모두가 각자 자기만의 방식대로 저항하는 수 밖에 없다고 생각해. 좀 더 인간답게, 나답게 행복해지기 위한 목표 아래."

"그럼 편지 쓰기도 언니 방식대로의 저항하기 같은 거야?"

"그런 면이 있겠지, 아무래도……. 일부러 작정하고 그런 건 아니지만……."

"근데 언니 편지 받는 그 남자 말이야. 언니가 뭘 하는 사람 인지 알아? 내 말은 패션 잡지 에디터인 걸 아냐는 말이야."

"노를 설? 내 직업에 대해 일부러 아무 정보도 안 줬으니까."

"왜?"

"인간이 일을 통해 자아실현을 이루고자 한다는 사실은 동 의. 그런데 직업이 마치 그 사람을 대표하는 것인 양 받아들이는 현실이 싫다고 할까? 우리는 직업 그 이상의 가치가 있고 또 그 이상의 것을 꿈꿀 수 있어. 그래야만 하고. 그런데 자꾸만 사람들이 내 직업만 보고 날 판단하는 거야. 그게 싫은 거지."

"그래서 편지를 쓰기 시작한 거야? 내가 아는 한 그 직업 때문에도 언니는 끊임없이 연애를 해 온 타입이잖수? 내가 아는 상대만 해도 다섯 명은 넘을 정도니까. 그런데 그런 언니가 굳이 미지의 대상에게 편지를 쓴다는 게 나 처음엔 솔직히 이해가 좀 안 됐거든. 다양한 직업의 남자들을 일 핑계로 얼마든지 만날 수 있는 직업이잖아. 그 직업……."

"그랬지. 영화감독부터 소설가, 와인 평론가, 인테리어 디자이너, 보석 감정사 등 정말 다양한 남자들을 만났어. 네 말대로 그 직업 덕분에 열정의 대상을 끊임없이 바꿀 수 있었지. 그런데 그게 다 오래 못 가더라고."

"혹시 모든 실패한 연애의 원인이 언니 직업에 있다고 생각하는 거야?"

"어느 정도는……. 피상적으로 눈에 띄게 반짝이는 걸 찾아내고 그 발견의 기쁨을 독자들에게 호들갑스럽게 전하는 게 내 직업이잖아? 그 방식에 너무 익숙해져서 정말 오래 열광하고 사랑할 수 있는 대상을 못 보는 게 아닌가 싶었어."

"그럼 굳이 편지라는 방식을 택한 이유는 뭔데?"

"그 사람, 나 자신, 그리고 우리로 하여금 서로를 발견하게 해준 그 경이로운 만남은 금방 지나가 버려. 그 순간이 지나면 어느새 사랑의 상황이라는 게 어떤 견딜 수 없는 것이 돼 버리고. 사랑에 빠지고, 마구 술을 마시고, 타인에게 나를 알리고, 별것도 아닌 연인의 미덕에 감탄하고, 질투하고, 의심하며 나 자신을 소모하느라 이리저리 헤매고 다니며 동분서주하다가 끝난 다음 나 자신에게 물어보면, 집에 앉아서 책이나 읽고 글이나 쓰는 게 낫지 않았을까 생각하게 되는 거야. 나는 기질상 연애는 계속해야만 하는 타입이고 더는 소모적인 연애는 하기 싫고……. 그러다 '아 그럼 편지를 쓰면 되겠네' 한 거야. 연애가 창조의 시간이 될 수 있다면 그보다 근사할 수 없겠다 싶었거든."

"우와, 진정한 연애의 고수다 싶다. 언니."

"그렇다고 나 연애만 하며 살고 싶은 건 아니야. 나도 정착하고 싶어. 다만 내가 찾는 걸 얻을 때까지 정착 안 하겠다는 거지."

"그러니까, 진짜 고수라고."

"고맙다. 고수라니, 드디어 한 잔 더 마실 자격을 부여받은 것 같다."

남은 와인을 한 잔 가득히 따르고 미선의 눈에 건배하며 내가 웃는다.

4

생각해 봐.

내일 죽게 된다면 어떤 게 후회스러울지…….

내 심장이 이끄는 대로 사랑하지 못한 일

먼저 후회하지 않겠니?

4. 존 버거인지, 햄버거인지

1년에 두 번 런웨이의 계절이 오면 파리나 뉴욕, 혹은 밀라노나 런던으로 출장을 다녀온 패션팀 에디터들이 늘 화두로 올리는 주제가 있다. 아무개 쇼 맨 앞줄에 누가 앉았냐는 거다. 안나 윈투어Anna Wintour나 케이트 모스Kate Moss 같은 초특급 글로벌 패셔니스타 얘기를 하자는 게 아니다.

"『보그 코리아Vogue Korea』 막내가 앞줄에 앉았는데 네가 그 뒷줄에 앉았단 말이지? 우리 막내는 아예 서서 보고? 브랜드 담당자한테 정식으로 컴플레인은 한 거야?"

"당연히 했죠. 뭐, 『보그』의 이 국장님이 오신다고 해서 빼놓은 자리인데 국장님은 안 오고 막내가 와서 어쩔 수 없이 그랬다고 하더라고요."

"뭐, 그게 한두 해 쓰는 수법이니? 거의 모든 매체가 매해 써먹는 수법이지? 그렇다고 절대 대충 넘어갈 수 없지. 본때를 보여 줘야 한다는 거 알지? 이달부터 유가 광고 빼고 그 브랜드 건 아무것도 실어 주지 마. 어시스턴트들이 모르고 그 브랜드 픽업하는 일이 없도록 철저하게 단속하고. 알았지?"

기획 회의 시간에 패션팀 에디터들과 패션팀 에디터 출신의 편집장이 엄청 흥분해서 열을 내는 소리다. 그럴 때 우리 피처팀 에디터들은 서로의 노트에 낙서를 해대며 시간을 때운다.

'다시 시작된 그들만의 리그'

'자존심인가? 자격지심인가?'

'경쟁 사회 틀에 맞추어 알맞게 구겨진 자아들의 자격지심'

'자격지심은 그들 안의 맹수를 자극하는가?'

'아무렴……'

지희와 내가 그 문장들을 보며 서로 미소를 주고받자 편집장이 본능적인 자기방어로 잽싸게 잽을 날렸다.

"피처팀, 니들 뭐해? 오목 두냐?"

'오목'이라는 표현에 여기저기서 웃음이 터져 나온다. 그러고 보니 런웨이 앞자리, 프론트로우를 두고 경쟁하는 게 일종의 오목 게임 같은 게 아닐까 하는 생각에 나도 피식 웃는다.

"시시하게 오목요? 부장님. 그냥 기획안에 대한 아이디어 좀 교환했어요."

내가 그렇게 둘러대자 편집장이 '그럼 그 잘난 기획안 어디 한번 펼쳐 보라'는 듯 명령한다.

"그래? 그럼 오늘은 피처팀부터 시작해 봐."

보통은 막내부터 시작하기 마련이지만 오늘은 나부터 시작해야 남 몰래 구겨진 편집장의 자존심이 살지 않을까 싶었다.

"존 버거John Berger를 찾아가는 여정에 대해 써 보고 싶어요. 글을 뛰어나게 잘 쓰는 작가는 많지만 이렇게 모든 면에서 아름다운 작가는 정말 드물거든요. 뭐랄까? 진정한 예술가상에 대한 답을 보여 준다고 할까요? 영국이 자랑하는 최고의 문필가인 사람이 1970년대 알프스 시골 마을로 이주한 이래로 지금까지 평범한 농부들과 어울리며 똥을 치우고 건초를 만들면서 글을 쓰는 삶을 살고 있다니 정말 다르잖아요. 그뿐만이 아니라 여든이 넘은 나이에도 체 게바라^{Che Guevara}처럼 검은색 괴물 바이크를 타고 다니며 세계를 여행하는가 하면, 이 세계가 더 나은 방향으로 나아가도록 지성인으로서의 자신의 책임을 양심껏 다하는 사람이에요. 근데 이 분 인터뷰를 무척 싫어해요. 기자와의 인터뷰보다는 마을 양치기와의 일요일 점심을 더 중요하게 생각하는 사람이라 그런 것 같은데, 전 그 마음 이해해요. 그렇다면 제가 그 마을에 들른 '우연한 방문자'인 척하면서 존 버거를 만나고 돌아온 이야기를 쓰면 멋지지 않을까요?"

아무래도 우리 편집장님께서 오늘은 작정하고 웃기기로 한 날인가 보다. 대뜸 이렇게 논평했다.

"존 버거인지, 햄버거인지가 그렇게 좋으면 너 혼자 몰래 만나 봐. 『보그』는 파울로 코엘료^{Paulo Coelho}를 인터뷰하는데 우리는 생전 들어보지도 못한 작가 인터뷰도 못해서 심지어 너 출장 가서 염탐하겠다는 거잖아? 아니니?"

'햄버거'라는 표현이 웃겨서 그냥 웃어넘길까 하다가 그래도 이건 아니다 싶어서 한마디 했다.

"죄송하지만 부장님, 전 그게 『보그』와 우리 매체의 정체성 차이라고 생각해요. 하이 패션을 다룬다는 점에서 비슷한 매체지만, 어떤 예술가를 어떤 방식으로 다루는가 하는 작은 차이가 그 정체성을 좌우하는 게 아닐까 싶어요. 예컨대 파울로 코엘료 인터뷰, 저희가 못해서 안 한 게 아니에요. 신간 출간에 맞춰 페이지 넉넉히 주겠다고 하고 출판사에 어레인지 부탁하면 된다고요. 근데 전 궁금한 게 없어요. 세계적으로 유명한 그 베스트셀러 작가한테……."

"나야말로 미안한데, 피처팀 팀장인 네가 그런 생각을 하고 있으니까 우리 매체 보고 비주류, 인디 취향이 너무 강해서 문제라는 얘기가 나온다고 본다. 니들 생각은 어때?"

바로 그때였다. 두목과 부두목 사이의 불꽃을 이쯤에서 진화해야 한다고 판단했는지 패션팀 막내가 엄청난 비보를 비수처럼 꽂았다.

"부장님, 꽃님 언니한테 문자 왔어요. K가 자살했대요. 파리 자택에서."

파스칼 님

한 여자아이가 있었답니다. 8살 때 부모를 따라서 싱가포르에 이민을 간 아이죠. 생김새도 다르고 말도 통하지 않아서 친구가 없었다고 합니다. 그때부터 외로움이 뭔지도 모른 채 외로움을 앓았을 겁니다. 유일한 친구는 옆집에 사는 화가 아저씨였답니다. 그 아저씨네 집에서 자주 그림을 그리곤 했답니다. 그래도 시간이 남으면 책을 읽었습니다. 책과 그림은 아이의 가장 친한 친구가 됐죠. 책을 읽고 그림을 그릴 때만큼은 외롭지 않았으니까요. 하지만 불행하게도 책과 그림은 또래 친구들과 잘 어울리지 못하는 아이를 더 외롭게 만들었는지도 모릅니다. 영어로도, 중국어로도, 프랑스어로도 말할 수 있었지만 아이는 말하는 게 왠지 부끄럽고 두려웠습니다. 그래서 사람들 앞에 서면 언제나 어눌하게 말을 더듬거리곤 했죠.

어느 날, 그 아이에게 행운의 여신이 찾아왔습니다. 13살 때 길거리에서 우연히 세계적인 화장품 회사의 모델로 발탁된 이후, 데뷔 2년 만에 전 세계 패션계 사람들이 주목하는 '런웨이의 혜성'으로 떠올랐답니다. 그리고 얼마 전 '패션의 제왕'이라는 칼 라거펠트Karl Lagerfeld –미술계로 치면 거의 살아생전부터 최고의 명성을 누린 피카소Picasso 같은 존재죠– 의 총애를 받는 샤넬 모델로 발탁돼 한국 패션계를 깜짝 놀래켰습니다. 자기 경력의 정상을 차지한 셈이죠.

그런데 그 아이가 며칠 전 자살했답니다. 2009년 11월 18일 미니 홈피에 'Say hi to forever'라는 제목 아래 짐 리브스Jim Reeves 의 노래를 게시해 놓고……

제가 9살 되던 해에 돌아가신 제 아버지 때문일까요? 저는 자살이란 나약하고 무능력한 동시에 이기적인 패배자들의 마지막 도피처라고 생각했습니다. 그런 아버지를 미워했다기보다 사실은 모른 척하고 살았지요. 애초부터 없었기에 그 부재의 결핍 따위는 난 모르겠다는 듯이……. 그렇게 20년 넘게 나 자신을 속이며 살았습니다. 그러다 돌아가신 지 21년째 되던 해에 아버지를 만났습니다. 처음엔 꿈속에서 만났는데, 만나서 함께 낚시를 하고 담배를 피우며 한담을 나누었지요. 그다음엔 리스본에서 만났습니다.

저를 리스본으로 이끈 건 정확히 아버지가 아니라, 존 버거의 『여기, 우리가 만나는 곳Here is Where We Meet』이라는 소설책이었습니다. 말하자면 전 소설 속의 그 주인공을 모방하고 싶었던 겁니다. 소설에서 소설의 화자이며 작가 그 자신의 분신이기도 한 소설가 존은 망자들이 머무는 도시 리스본에 가서 십여 년 전에 돌아가신 그의 어머니를 만납니다. 그는 죽은 어머니와 팔짱을 끼고 리스본 시내의 광장을 걷고, 주택가의 계단을 오르고, 사람들로 붐비는 전차를 타고, 수산시장에서 생선들을 구경하고, 카페의 작은 테이블에 마주 앉아 이야기를 나누는데 그 모든 것이 제게는 이 세상 무엇보다 애틋하고 부러운 것이었던 모양입니다. 현실과 비현실, 시간과 공간을 넘나드는 존의 여정을 지켜보는 일이 얼마나 놀라운 경험이었는지 어떻게 표현할 수 있을까요?

젊은 날의 존 버거는 글을 쓰기 전 먼저 그림을 그렸다고 하더군요. 그림을 그만둔 이유는 재능이 없어서라기보다는 현실 참여에 한계를 느껴서였고요. 그 때문인지 몰라도 그가 쓴 글을 읽고 있으면 손에 잡힐 듯 그림이 그려집니다. 무엇보다 역사가 기억해 주지 않는 한 개인의 삶을 들여다보는 거장의 손길이 너무도 아름답게 느껴지지요. 특히 해발 1,500미터 알프스 고지대에서 50마리의 소를 키우며 혼자 사는 노인 마르셀의 일상을 들여다보며 쓴 책이 생각나네요. 『말하기의 다른 방법Another Way of Telling』이라는……. 그 글을 보면서 전 또 아버지를 생각했지요. 도시에 아내와 아이들을 남겨둔 채 혼자 고향에 돌아가 농사를 지으며 살았던 제 아버지의 삶을…….

전 정말이지 존 버거의 책들을 통해서 많은 것을 알게 됐답니다. 돌아가신 다음, 정확히 돌아가신 지 20년이 지나 아버지를 더 많이 느끼고 사랑하게 됐답니다. 아버지가 살아 있을 때보다……. 무엇보다 죽은 자와 대화하는 법을 배우게 됐고요. 아버지의 죽음과 K의 자살 사이엔 사실상 아무런 관련이 없는 듯 보이지만 존 버거를 사이에 두고 연결된 두 사람이 지금 제 안에서 함께 지금 이런 문장을 만들고 있는 것 같습니다.

자본이라는 폭군 아래 실패한 자와 성공한 자, 두 종류만으로 구별되는 세상인가? 하지만 이기고 지는 문제는 조금도 중요하지 않다.

그렇다면 뭐가 중요한 걸까요? 존이 그러더군요. '문명과 도시화가 인간의 근원적 공간인 집을 와해시키자 영원히 떠돌게 된 우리에겐 오직 사랑만이 소중해졌다'고.

제가 아는 K는 사랑에 대한 집착이 강한 아이였습니다. 어릴 때부터 너무 많이 외로웠고 또 너무 오래 떠돌았으니까요. 잘 아는 건 아니지만 개인적으로 몇 번 만난 일이 있었거든요. 일 때문에 만났고 일을 마치고 호프집에서 같이 맥주를 마셨습니다. 그때 깜짝 놀랐습니다. 카메라 앞에서 봤던 모습과 너무도 달라서……. 여전히 자기 안에서 울고 있는 어린아이를 어르고 달래고 혼내고 격려하느라 하루하루가 벅차 보였습니다. 고독한 타국에서 혼자 살인적인 스케줄을 감수하면서 그녀는 때때로 사람들 앞에서 쾌활하게 웃었고, 카메라 앞에서 허스키한 종달새처럼 조잘거릴 때도 있었습니다. 심지어 기분이 좋으면 배트맨 흉내를 내는 7살짜리 남자아이가 되기도 했지요.

하지만 힘들었던 모양입니다. 매일 밤 잠들기 어려울 만큼……. 지나치게 광적인 모델 일이 주는 중압감은 여전하고, 미친 듯이 사랑했던 연인도 그 아이를 힘들게 하고……. 서로에게 '독약'이 된 연인 관계를 정리해야 한다고 생각하면서도 헤어지는 걸 무척이나 두려워했다고 하더군요.

오늘 밤, 제가 그 아이를 위해서 무엇을 할 수 있을까요? 그 아이를 좋아했거든요. 그 아이가 그린 그림도 좋아하고, 강박적으로 토해내듯 쓴 글도 좋아했습니다. 어쩌면 질투하고 있었는지도 모릅니다. 그 빛나는 얼굴과 날씬한 몸과 그 많은 재능을……. 서울에 있는 동안 제 친구와 잠깐 사귀기도 했던 그녀입니다. 공항에서 헤어지면서 제 친구에게 머리카락을 한 움큼 잘라 이별 선물로 줬다고 하더군요. 전 무엇을 할 수 있을까요? 내가 한때 너무도 특별하게 생각했고, 더 많이 이해하고 싶었던 한 여자아이를 떠나보내면서.

가장 서울다운 거리를 배회하다가 이별주나 한잔할까 합니다. 서울이 자기한테는 너무도 매력적인 도시라고 했거든요. '한국에서 사는 건 힘들지만, 서울에서 느껴지는 에너지는 어디서도 느낄 수 없다'며 심지어 '뉴욕보다 서울이 시크하다'고 했거든요. 물론 가장 서울다운 곳이 어디인지도 알려 줬답니다. 종로라고 하더군요. 세운상가가 있고, 금속 노동자들의 일터가 있고, 낙원상가 옥상에는 씨네마테크가 있고, 그 인근에 국일관 같은 극장식 카바레나 나이트클럽이 있는 곳. 오늘 밤 그곳으로 한잔하러 갈까 합니다. 아직도 무희들이 나오는 극장식 카바레가 남아 있을지 모르겠네요.

2009. 11. 30 *Gentee*

침울한 분위기 속에서 기획 회의를 마치고, 나와 편집장만 회의실에 남아서 배당 회의를 진행했다.

"존 버거 쓰고 싶으면 얼마든지 써. 여행기식으로 쓰든 작가론식으로 쓰든. 그리고 K 추모 기사도 써야 할 거고."

"제가요?"

"그럼 니가 써야지, 누가 쓰니? 우리 매체를 대표하는 모델로 뽑아서 권오상한테 K의 사진 조각상까지 만들게 한 장본인이 너 아닌가?"

아, 그랬다. 지난 창간기념호 때 13명의 아티스트와 13곳의 편집매장을 묶어서 하는 특별 전시 기획안을 제출했고, 그걸 진행한다고 정말 죽도록 고생했더랬다. K는 그때 만났다. 사진을 재료로 인상적인 조각 작품을 만드는 아티스트 권오상으로 하여금 K의 전신상을 만들게 했었다. 지금 그 전신상이 누구 손에 있는지는 모르겠지만…….

"어디 가서 소주 한 잔 안 하실래요? 배당 회의 끝나고."

의견이 달라서 후배들 앞에서 티격태격할 때도 많았지만, 편집장과 나는 인간적으로 서로를 좋아하고 또 신뢰했다. 서로 다른 의견 차이를 오래 마음에 담아 두지 않을 만큼……. 그때는 그렇게 생각했다.

"안 돼. 할 일이 너무 많아. 당장 오늘 밤 에르메스 사장님이랑 우리 회장님이 같이하는 저녁 식사 약속도 있고, 이번 주말에는 출장도 가야 해서 그 전에 할 일이 태산 같다고. 종종 의무감 따위 잊고 기분 내키는 대로 살 수 있는 너나 마셔라."

'그거 아세요? 의무감은 일하는 데는 유용하지만 인간관계에서는 때때로 거리감과 답답함을 불러일으킨다는 거?' 하려다 말았다. 그냥 힘없이 대답했다.

"뭐, 그럼 할 수 없고요."

"나머지 배당은 니가 알아서 정리하고 내일 아침 내 책상에 올려놔."

"네."

회의실을 나오니 지희가 기다리고 있었다. 어떤 종류의 울적함이든 함께 나눌 만한 녀석이었다.

"어디 가실래요? 어디든 제가 함께 가 드릴게요."

"종로. 낙원상가 옥상에서 맥주나 한 잔 마시고 '치마 구경' 하지 뭐."

마침 첫눈이 오고 있었다. 눈은 퍼부었고 붐비는 인파 속에서 거리는 조용히 젖어들고 있었다.

"K가 그날 밤 개를 잃어버렸던 모양이에요. 세계적인 모델로 받는 화려한 스포트라이트보다 예쁜 밥솥에 밥을 짓고 시장에서 신선한 과일을 사는 진짜 삶을 사랑했던 아이인데……. '지금까지 너무 앞만 보고 달렸다. 내 삶을 지키고 싶다'고 블로그에 썼더라고요. 그런데 남자 친구와 헤어지고 키우던 개마저 잃어버리면서 아무리 노력해도 스스로 지킬 수 없는 삶을 그만 놓아 버리고 싶었던 모양이에요."

지희가 눈송이를 바라보며 혼자 중얼거리듯 말했다.

"혹시 자살이 일종의 특권일 수도 있다는 생각해 봤니? 감-히 육체의 무거움을 떠나 영혼을 새처럼 가볍게 만들 수 있는 용기를 발휘할 수 있는 자들의 특권……."

"하지만 그 용기가 가족이나 연인에게는 너무도 가혹한 슬픔일 수도 않잖아요."

"그렇지. 근데 요조라는 아가씨가 그러더라. 사고로 동생을 잃은 큰 슬픔을 겪고 난 뒤 작곡을 할 수 있게 됐다고. 인생관도 바뀌었대. 내일, 미래 이런 게 다 부질없다는 생각을 하게 되면서 갖고 싶은 게 있음 갖고, 먹고 싶은 게 있음 먹자는 주의로……. 아버지가 일찍 돌아가셔서 그런가? 나랑 인생관이 같네, 하면서 얼마나 좋아했는지……. '바나나 파티' 같은 귀엽게 섹시한 음악이 그런 인생관 속에서 나왔다고 생각하니 삶이라는 게 참 신비롭더라고."

그러자 지희가 한동안 멍청히 눈을 바라보다가 조심스럽게 물었다.

"근데요, 혹시 한 번이라도 자살 기도해 본 적 있으세요?"

"있었지. 내 삶이 산산조각 난 것 같은 절망감이 한동안 날 집어삼켰던 적이 있었거든. 그것도 살면서 여러 번. 그때 나도 죽고 싶다는 생각을 했었을 거야. 근데 말이야, 어떤 시련이든 지나가기 마련이거든. 그 시간이 지나가면 단지 그 이유만으로 세상이 느닷없이 빛으로 충만해 보이고……. 그래서 레너드 코헨Leonard Cohen이 이렇게 노래했나? '모든 것엔 금이 가 있다. 빛은 거기로 들어온다' 이제 와 하는 말이지만 K한테도 그 말을 들려주었더라면 좋았을 걸 싶다."

낙원상가 옥상에서 첫눈 오는 인사동 거리를 내려다보며 내가 그렇게 말하자 지희가 옆에서 음미하듯 읊조렸다.

"모든 것에는 금이 가 있다. 빛은 거기로 들어온다. 거의 은 총 같네요, 그 말……. 차장님, 그럼 우리 이제 그만 세상의 빛을 느끼러 갈까요? 음악도 있고, 술도 있는 곳으로."

"차장님은 무슨 얼어 죽을……. 그냥 언니라고 해. 술 마시면 나오는 네 버릇대로."

"아직 그 정도로 안 취했거든요."

"그럼, 빨리 취하러 가자. 명동의 '필' 어때? 거기 가서 한대수도 듣고 노브레인도 듣고 요조도 듣고 레너드 코헨도 듣자. 요조가 있을지 모르겠지만."

내가 그렇게 말하자 지희가 '좋죠'하며 덥석 내 팔을 끌어당겨 팔짱을 꼈다.

"근데 그 녀석이랑 잤냐?"

"아직요."

"야, 씨 도대체 몇 번을 말해. 너무 뜸 들이지 마. 계산하지도 말고. 생각해 봐. 내일 죽게 된다면 어떤 게 후회스러울지……. 내 심장이 이끄는 대로 사랑하지 못한 일 먼저 후회하지 않겠니?'

"알았어요."

지희가 눈송이를 맞으며 공감한다는 듯 내 팔을 더 꼭 당겼다.

5

이별해도 취향은 남는 거겠죠?

좋은 취향이 사랑을 통해 계속 돌고 돈다면,

아무리 실패한 연애라도 모욕하지 말자는 생각이 듭니다.

5. 이별해도 취향은 남는다

"내일이 토요일이지? 그럼 세 시쯤 씨네마테크에서 보면 어떨까? 마침 〈미치광이 피에로Pierrot Le Fou〉를 볼 참이었거든. 혹시 영희도 영화 볼 생각 있으면 아예 한 시 정도에 만나도 좋고 말이야."

조 선생이다. 한때 잘나가는 와인 평론가 겸 영화 제작자였던 조영진. 그러나 지금은 그 운이 다해 한껏 처량해진 한량.

"그 영화 전 봤으니까 그냥 세 시에 봐요. 씨네마테크 밑에 있는 그 카페에서."

"아, 그래. 그럼 내일 봐."

그는 딜레탕트Dilettante였다. 인간 실존의 온갖 쾌락과 예술을 모두 경험해야 한다는 소명으로 사는 취향 애호가. 그리고 그 취미 수준의 온갖 애호를 하나씩 직업으로 바꾼 남자. 처음엔 고전 영화 애호가에서 출발해 영화 제작자가 됐고, 그다음 와인 애호를 와인 평론가로, 미식 애호를 미식 평론가로 이전시켰다. 게다가 거의 편집증적으로 LP를 사 모으는 컬렉터인가 하면, 온갖 종류의 책을 무지막지하게 읽어대는 지식 수집가이기도 했다. 그러다가 그 모든 걸 한 공간에서 즐길 수 있는 와인 바를 청담동에 열어 '사장님'이 됐다. 사장님이 된 다음에는 그림을 사 모으기 시작했는데 그러는 사이 그림 공부를 얼마나 열심히 해댔는지 이제 미술 평론가나 전시 기획자로 나서도 될 정도였다. 다소 의심스럽긴 했지만 그야말로 열정적인 향락가로 명성이 자자한 인물이었다.

"내가 만난 남자 중 가장 지적인 남자였어. 대단한 독서광인데다가 기억력이 얼마나 좋은지 자기가 읽는 그 모든 걸 다 외우고 있는 게 아닐까 싶을 정도였다니까."

스스로 '인간의 내면을 탐색하는 피처 에디터'라는 엄청난 자부심 속에 사는 J선배가 한 말이었다. 이혼하고 나서 조 선생과 한창 열애 중일 때 내게 전화해 10년 만에 다짜고짜 만나자고 해서 나간 날이었다. 그날 빨간 구두를 신고 나온 J선배가 레드와인 한 병을 사 주면서 내게 들려준 이야기 중에는 이런 것도 있었다.

"같이 파리 여행한 적이 있거든. 그런데 그 사람이 공항 면세점에서 자기 중학생 아들한테 준다고 루이뷔통 백 팩을 사는 거야. 그 순간 나 그 아들한테 엄청난 질투심을 느껴서 이렇게 말하고 말았어. '나도 루이뷔통 백 팩 좋아하는데……' 그런 심리 넌 이해하니?"

"솔직하게 말해서 유아적이다, 싶어. 그 질투심……."

그러자 J선배가 갑자기 화를 냈다.

"넌 무슨 말을 그렇게 거칠게 하니? 좀 더 섬세하게 못 해? 메타포도 몰라?"

"메타포? 지금 나랑 대화하자는 거야? 아님 시詩 배틀이라도 하자는 거야? 선배야말로 가식 좀 그만 떨고 좀 더 편하고 담백하게 말할 수 없는 거야?"

그러자 J 선배가 한참 동안 나를 노려봤다. 무안했다. 그래서 그냥 일어서려고 하니 무슨 조울증 환자처럼 기분이 금방 풀어져서 갑자기 내 볼을 잡아당기는 너스레까지 떨며 이렇게 말하는 게 아닌가?

"아휴, 귀여워. 우리 경솔이, 넌 여전하구나?"

어느 장단에 춤을 출지……. 한때 '경솔'이라 불렸던 건 사실이다. 경솔하다고, 경솔할 정도로 솔직하다고, 심장의 해방감을 줄 정도로 경솔하다고. 누군가 그런 애칭을 붙여 줬다. 10년 전에 말이다. 그래서 방글방글 웃고 있는 J 선배의 기분을 더 확실히 풀어 줄 겸 이렇게 답해 줬다.

"나 참, 그래, 나 지금도 경솔하다. 오래 묵은 내 심신의 결점들이 어디 가겠어? 안 그래?"

그건 사실이다. 신중한 구석이라곤 눈곱만큼도 없다. 특히나 연애에 대해선 자제심이라는 걸 전혀 모르고 살았다. 그러니까 그로부터 1년 후, J 선배가 차 버린 남자가 내게 의도적으로 접근해 왔을 때 아무 경계심 없이 냉큼 넘어간 거겠지만 말이다.

조 선생과는 와이너리 투어를 같이 가게 되면서 급격히 친해졌다. 소펙사라고 부르는 프랑스 농식품 진흥공사에서 초대한 부르고뉴 와이너리 투어였다.

"조 선생님이 김 기자님을 추천하던데요."

소펙사 홍보담당자에게서 그 얘기를 들으며 속으로 '왜 하필 나야? 날 언제 봤다고?' 하며 의심했다. 근데 난 역시 머리가 나쁘다. 공항에서 처음 만날 때까지만 해도 잔뜩 경계심을 품고 있었다. 그런데 금방 잊어버렸다. 경계심 따위. 부르고뉴에 도착한 첫날부터 그랬던 것 같다.

부르고뉴에서의 첫 번째 저녁 식사 때부터였다. 에스까르고라고 부르는 프랑스 특유의 달팽이 요리에 1등급 부르고뉴 와인을 마셨는데 내 입에서 '오, 예술인데요'라는 감탄사가 절로 흘러나왔다. 그러자 조 선생이 덧붙였다.

"모레 생 드니 마을 중에서도 뒤작이라는 도멘에서 만든 1등급 와인이에요. 어릴 때부터 엄청난 미식가였던 아버지를 따라서 최고급 레스토랑의 음식과 와인을 마음껏 맛볼 수 있었던 자끄 세스Jacques Seysses라는 남자가 만든 도멘이죠."

"도멘이요? 그게 무슨 뜻이죠?"

"샤토라는 단어는 많이 들어보셨죠? 보르도에는 포도밭을 소유한 대형 양조장이 많은데 그걸 샤토라고 부르고, 부르고뉴에는 가내수공업 형태의 매우 작은 양조상이 대부분인데 그걸 도멘이라고 하죠. 그래서 어떤 사람들은 보르도를 '회사의 와인'이라고 하고, 부르고뉴를 '농부의 와인'이라고 합니다."

"와, 정말 근사한 얘기네요. 일개 농부의 와인이 이렇게 우아하고 투명하면서도 정신이 혼미할 정도로 관능적인 맛을 낼 수 있다는 사실이……. 그래서 '신의 물방울'이라고 하나 보죠?"

"예컨대 보르도에서는 세 가지 혹은 네 가지 이상의 포도 품종을 브랜딩해서 만들지만, 부르고뉴 와인 중 레드 와인의 경우는 피노 누아르 품종 하나만을 사용해요. 그래서 보르도에서는 파워가 넘치고 묵직한 와인들이 생산되는 반면 부르고뉴에서는 맑고 화사한 와인들이 나오는 겁니다."

정말 놀라운 건 견고하고 구조감이 좋은 어떤 와인은 잘 익은 과실들, 미네랄, 향신료 같은 복합적인 향기 속에 깨소금과 후추가 섞인 듯 스파이시하면서도 아주 고소한 맛이 난다는 거다. 그때 생각했다. 한두 잔이라도 매일 부르고뉴 와인을 마실 수 있는 인생은 참 황홀할 것 같다고.

실제로 그랬다. 적어도 연애 초기엔, 확실히……. 부르고뉴에서 5박 6일을 함께 보낸 우리는 서울에 돌아오자 자연스럽게 연인 관계로 발전했다. 매일 밤 질 좋은 부르고뉴 와인이나 샴페인을 마시는 나날이었다. 처음 몇 달간은 좋았다. 그래, 황홀할 정도로. 완전히 정신이 나가 있었다.

비 오는 어느 날이었다. 우리는 부르고뉴에서 생산된 최고급 화이트 와인 폴리니 몽라셰를 마시며 마우리치오 폴리니Maurizio Pollini가 연주하는 쇼팽의 '녹턴Nocturne'을 듣고 있었다.

"2006년 『디캔터Decanter』에서 선정한 세계 최고의 화이트 와인이야. 르 플레브^{Le Haive}라는 생산자가 만든 풀리니 봉라셰 1등급, 레 퓌셀."

조 선생의 설명을 듣고 한 모금 더 마셔 보니 역시 내가 마셔 본 최고의 화이트 와인이 아닌가 싶었다. 미국에서 만든 샤르도네에 비하면 살짝 밍밍하다고 느낄 수도 있지만 훨씬 더 기품 있고 복합적인 맛. 부드러우면서 집중도가 높고, 냉철하면서도 잔잔한 여운이 길게 남는 폴리니의 명연주와 꼭 어울리는. 우리는 그렇게 일요일 대낮부터 시작해서, 폴리니의 손가락이 경쾌하게 건반 위를 달려가면서 밤이 완전히 깔릴 때까지 같은 음악을 들으며 와인을 마셨다. 그러다 어느 순간 조 선생이 고양된 목소리로 쇼팽^{Chopin}과 파리의 밤에 대해 읊었다. 마치 시처럼.

"그거 알아? 러시아의 침공을 피해 조국 폴란드를 떠나 파리로 온 쇼팽이 별천지 같은 파리의 밤을 처음 체험하면서 작곡한 음악이 바로 '녹턴'이라는 거? 그러니까 밤의 신비로움을 음악으로 옮긴 거지. 낮과 달리 감정이 고양되는 밤의 시간 말이야. 그때가 죽음조차 아름답던 낭만주의 시절이었잖아? 쇼팽이 폐결핵에 걸렸다고 해도 그건 슬픈 게 아니라 아프고, 아름다운 것이었다고 생각해, 난……. 그래선가? '녹턴'을 듣고 있으면 존 밀레이^{John Millais}가 그린 '오필리아^{Ophelia}' 같은 그림이 떠올라."

영화의 한 장면 같았다. 사랑에 관한, 아니 사랑의 환상을 담은, 아니 연애에 관한 온갖 환상으로 공들여 완성된 장면들. 그런데 그게 재앙인 거다. 그런 영화들을 보면서 사랑에 대해 안다고 착각하게 만드는 바람에 필연적으로 맞게 되는 재앙 말이다. 결코 영화처럼 해피엔딩으로 끝나지 않는 그 대부분의 연애는 결론적으로 어떤 함정과 오류, 미숙함 속에 빠져 종말을 맞게 된다. 그런데도 영화는 그 전체 과정을 보여 주지 않고 언제나 찬란하게 눈부신 시작에만 집중하기 때문에 문제라는 걸 알랭 드 보통Alain de Botton이 초지일관 강조했는데도 머리가 나빠서 또 잊고 있었다. 줄까지 치면서 두 번, 세 번 그토록 열심히 읽고도 말이다.

정확히 조 선생과의 연애가 그랬다. 처음엔 매일매일의 삶이 한 편의 로맨스 영화처럼 혹은 축제일처럼 느껴졌더랬다. 그런데 순식간에 재앙이 되고 말았다. 무엇보다 난 두려웠다. 이 남자와 함께하면 예술적인 주정뱅이로서 위업을 달성하는 일 말고는 아무런 미래가 없을 것 같은⋯⋯. 너무도 음악적이고 너무도 문학적인 술판이 영원히 계속될 것 같은 느낌. 하지만 술판은 술판일 뿐이다.

게다가 언젠가부터 그 남자가 제공하는 그 훌륭한 와인들에서 어떤 부패의 냄새가 나기 시작했다. 대부분이 대금을 지불하지 않은 와인이었다. 외상으로 가져온 와인들이 와인 바 창고에 가득 쌓여 있었고 가게 월세며 집세, 전기 요금, 수도 요금, 심지어 발레 파킹 청년들에게 지불해야 하는 빚이 눈사태처럼 쌓여 있었다.

결국, 그는 짐도 빼지 않은 채 집주인을 피해 도망 다니다가 내게 빌려간 돈으로 가게만 간신히 정리했다. 그러고도 매일 밤 술판은 계속됐다. 심지어 아직 쓰지 않은 와인 책을 빌미로 와인 수입상들로부터 와인을 얻어 오는 뻔뻔함을 보고 나는 완전히 넌덜머리가 나고 말았다. 그때 알았다. 사랑의 장밋빛 가능성들은 그 환상으로 망가진다는 걸. 그렇게 손상되고 타락하고 만다는 걸.

그런데 왜 갑자기 보자는 거지? 혹시 내게서 더 뜯어낼 돈이 있다고 생각하는 건 아니겠지? 설마. 아님 내게 맡긴 LP와 책들을 찾아가려고 하나? 솔직히 돈은 안 갚아도 되니 그 애물단지들을 제발 내 집에서 당장 빼 줬으면 하는 마음이 간절했다. 내가 사는 아파트는 그다지 넓지도 않다. 그런데 헤어진 남자 친구가 맡긴 LP가 무려 1만 장이나 되고 책이 1톤 트럭 분량이나 됐다. 그가 맡긴 와인들은 나 혼자 마셔 버리고 남은 게 많지 않았지만, LP와 책은 먹을 수도, 팔 수도, 버릴 수도 없었다. 아예 가장 큰 방 하나가 조 선생의 이삿짐으로 가득 차 있는 상태라 얼마 전부터 같이 살게 된 엄마가 가장 비좁은 방에서 자며 날마다 LP와 책들을 향해 저주를 퍼붓고 있었다.

"안녕? 잘 지냈어?"

닳아 번들거리는 무스탕 코트 차림의 조영진이 실실 웃으며 다가와 내가 먼저 자리 잡고 앉은 카페 테이블 맞은편에 앉았다. 행색이 다소 초라해 보이긴 했지만 여전했다. 애교스러울 정도로 다정한 미소하며, 진지하고 발랄한 말투, 낭만적으로 뻗쳐 있는 곱슬머리까지. 한마디로 전성기를 구가하는 운 좋은 한량, 그러나 지금은 그 운이 다해 처량해진 한량다웠다.

"크림이나 좀 바르고 다녀. 그 얼굴 애처로울 정도니까."

"아, 이거. 아들 녀석 휴학시켜 놓고 같이 유럽 여행을 좀 다녔거든. 3개월 동안. 그때 얼굴이 좀 많이 상했어. 막 노숙하고 그랬거든."

"잘했네. 학교생활에 적응 못 해서 걱정했잖아. 게다가 좋아하는 것도, 관심 있는 것도 아무것도 없다고……."

사실 내가 그 아들이라도 그랬을 것 같았다. 엄마는 영어를 쓰는 외국인이고, 아빠는 집 밖으로 나돌아다니며 사는 한량이라 대화 상대가 안 되고. 부모의 긴 별거는 결국 자동 이혼 사유가 됐고.

"응, 많이 나아졌어. 엄청 굴렀거든. 비바람을 맞아 본 사람은 비를 피할 지붕만 있어도 행복한 법이라며. 아, 그리고 혹시라도 여행 경비 궁금해할까 봐 하는 말인데 여행기로 책 계약하고 오뚜기 협찬을 좀 받아 냈어. 노상에서 먹을 수 있는 온갖 인스턴트 식품에 여행 지원금까지 얹어 주더라고."

조영진이 어린애처럼 약간 으스대며 말했다.

"어련하겠어? 그 허풍스럽고 사치스러운 언변에 속아 나조차도 은행에서 대출까지 받아 2천만 원을 빌려 줬는데?"

"사실은 그것 때문에 만나자고 했어. 일부 갚을 수 있을 것 같아. 외국인을 위한 한식 다큐멘터리 영화를 찍겠다고 하고 정부에서 지원금을 좀 끌어냈거든. 2천만 원. 그 돈 들어오면 영희한테 먼저 5백만 원 갚고 나머지 돈으로 아껴서 영화 찍으려고."

"암튼 재주도 좋아. 그런데 조영진이 빚진 사람이 한둘이 아닐 텐데 어떻게 그런 기특한 생각을 다 했어? 내 돈 갚을……."

"영희가 나한테 속아서 돈 꿔 준 거 아니라는 거 알아. 연민 때문이었겠지. 덕분에 난 영희네 집에 얹혀 지내며 책을 세 권이나 쓸 수 있었어. 헤어졌지만 그 진심에게 내 진심이 전하는 말을, 말이 아닌 행동으로 보여 주고 싶었어."

울컥하고 뭔가 뜨거운 것이 목구멍으로 올라오는 것 같았다. 하지만 물건값을 말하듯 최대한 비애감 없이 대답해야 할 것 같았다.

"그럼 책이랑 LP는?"

"책은 내 오피스텔 주소 줄 테니까 월요일쯤 용달 불러서 좀 보내 줘. 그리고 LP는 나머지 돈 갚을 때 찾아갈게. 혹시 3년이 지날 때까지도 못 갚으면 그땐 팔아 버려. 장당 5백 원이면 업자들이 통째로 매입한다 할 거야."

그 말을 들으니 기뻤다. 잃은 줄만 알았던 도박에서 결국 이긴 것처럼 기뻤다. 내 진심이 진정 기쁘다는 걸 어떤 식으로든 표현하고 싶었다.

"당신도 알 거야. 사치스럽고 고상한 무위無爲를 어떤 대가도 바라지 않고 순수한 현재의 기쁨으로써 즐기는 당신에게 내가 처음에 무척 현혹됐다는 거. 그런데 그 온갖 종류의 호사를 자기 돈이 아니라 남의 돈으로 즐기는 걸 보고 현란한 사기꾼 같다고 생각했어. 다행인 건 책임감이 없긴 했지만 당신 의도는 항상 순수했고, 다소 비열한 데가 있긴 해도 어딘지 인간적이라는 점이었지. 그래서 마지막까지 당신에게 일말의 애정과 연민이 있었어. 그런데 오늘 보니까 내가 생각했던 인간보다 좀 더 나은 인간 같아서 고맙고 기쁘고 뭐 그래. 그러니까 잘 살아. 어디 가서 무슨 사기를 치며 한 건 올릴 궁리를 하든 상관없으니 계속 그렇게 터무니없이 발랄한 인간으로 살면 좋겠다고."

내가 그렇게 말하자 한동안 고개를 푹 숙이고 있던 조영진의 눈가에 눈물이 맺혀 있었다. 아이쿠, 저 감수성. 속으로 '그 나이에 채신머리없는 것도 여전하네' 했다. 그 순간 조영진이 물었다.

"마지막으로 하나만 물어볼게. 나랑 만나면서 언제가 제일 좋았어?"

"어느 일요일 오전 씨네마테크에서 자크 타티Jacques Tatischeff의 〈나의 아저씨Mon Oncle〉인가 〈월로씨의 휴가Les Vacances De M. Hulot〉인가 보고 근처 할머니 칼국수 집에서 4천 원짜리 칼국수 먹었을 때. 마법 같은 순간이었어. 뭐랄까? 승차권도 없이, 시차도 없이 문득 1950년대의 파리에 갔다가 종로에서 점심을 먹는 기분이었거든."

"난 당신 집에서 와인 마시며 당신 노트북으로 〈카사블랑카 Casablanca〉를 함께 볼 때가 제일 좋았어. 그러다 기분이 좋아서 같이 춤도 췄던 날 말이야."

"그래, 알아. 그게 뭘 의미하는지."

'파스칼 님, 이별해도 취향은 남는 거겠죠? 저 불량한 남자 덕분에 저도 씨네마테크와 자크 타티를 사랑하게 됐거든요. 전, 그 좋은 걸 언젠가 또 다른 연애 상대와 공유하겠죠. 좋은 취향이 사랑을 통해 계속 돌고 돈다면, 아무리 실패한 연애라 도 모욕하지 말자는 생각이 듭니다. 자기가 아는 가장 좋은 걸 타자와 함께 나누며 삶을 고양하는 게 바로 연애고, 연애는 취 향을 남기고, 그 취향은 사랑으로 또 다른 누군가에게 전파되 고……'

파스칼에게 전할 말을 떠올리니 그만 일어서야겠다는 생각 이 들었다. 지체 없이. 해가 지고 어영부영 함께 술이라도 마시 고 음악이라도 들으면 문득 자제심이 무너질 수도 있으니까.

"그만 가자, 해 지기 전에."

이렇게 말하고 먼저 냉큼 일어서서 나왔다. 조영진이 쭈뼛쭈 뼛 따라나서는 걸 등 뒤로 느끼며 정거장을 향해 성큼성큼 걸었 다. 발걸음이 유난히 가볍게 느껴졌다. 방금 카페 의자에 한때 사랑했던 남자에 대한 실망과 분노와 원망을 내려놨고, 그만큼 가벼웠다. 날아갈 수도 있을 것처럼.

6

중요한 건 대화야.

말 통하고, 정서 맞고, 같은 리듬으로 살 수 있는 남자.

이마나 머리에 키스하는 남자라면 금상첨화고.

섹스보다 중요한 게 키스거든. 적어도 나한텐 그래.

6. 쇼팽과 카텔란, 그리고 섹스

파스칼 님

마우리치오 폴리니가 연주하는 쇼팽의 '녹턴'을 듣고 있습니다. 오! 세상에, 처음 듣는 음악 같아요. 들을 때마다 놀랍니다. 이게 다 녹턴이란 말이지! 하면서요.

마우리치오 폴리니를 알게 된 건 마우리치오 카텔란Maurizio Cattelan이란 아티스트 덕분이었습니다. 고백하자면, 그를 알기 전 저는 현대의 개념 미술에 대해 매우 시건방진 생각을 가지고 있었답니다. 개념 미술의 정점은 마르셀 뒤샹Marcel Duchamp이 '샘Fontaine'이라고 사인한 남성용 변기를 전시장에 들여놓았던 1917년이었고, 그 이후로는 더 이상 새로운 것은 없다, 다 뒤샹의 영향력 아래 나온 아류작일 뿐이다! 뭐 이런 식으로요. 실제로 2004년 영국 터너상 시상식에 참여한 미술계 인사 500명을 대상으로 한 설문 조사에서 '가장 영향력 있는 현대미술 작품' 1위에 뒤샹의 '샘'이 뽑혔습니다. 2위가 피카소의 '아비뇽의 처녀들Les Demoiselles d'Avignon'이었고요.

하지만 카텔란은 뒤샹도 피카소도 모르는 매우 무지하고도 순수한 상태에서 아티스트가 됐습니다. 한 번도 미술교육을 받은 적이 없었으니까요. 트럭운전사인 아버지와 청소 일을 하던 어머니 사이에 태어나 아주 어린 나이부터 육체노동에 시달렸다고 하더군요. 시장에서 짐을 나르는가 하면 20대의 몇 년간은 병원에서 간호사로 일했고, 한때는 가구 디자이너의 삶을 살기도 하다가 암중모색 끝에 아티스트가 됐다더군요. 그런데 말입니다. 제가 울었다는 거 아닙니까? 사기꾼 같은 '잘못'된 아티스트로 명성이 자자한 카텔란의 작품을 보고서. 심지어 이 아저씨, 웃다가 울게 하는 아주 특별한 재주가 있더군요. 제가 아는 한 뒤샹은 전 역사를 통틀어 가장 유머러스한 아티스트이고, 동시에 명성이나 돈에 초연한 가장 품격 있는 아티스트였다고 생각합니다. 하지만 카텔란처럼 작품으로 절 울리진 못했습니다. 뭐랄까요. 카텔란은 비극을 안다고 할까요? 얼핏 어릿광대처럼 희극적으로 보이지만, 이 세상이 품은 온갖 '비극'에 연민을 품고 있는 아티스트라고 할까요? 그런 점에서 아류는커녕 되레 뒤샹을 뛰어넘는 작가일 수도 있겠다는 생각이 들더군요.

제겐 약간 스토커 기질이 있답니다. 이제 막 호기심이나 열정을 품게 된 대상이 생기면 그에 대해 더 많이 알고 싶어 무엇이든 닥치는 대로 찾아 읽는다고나 할까요? 그러다가 카텔란 씨가 자기와 이름이 같은 피아니스트 폴리니를 매우 존경한다는 사실을 알게 된 거지요. 카텔란에 의하면 이 거장은 연주 전날, 피아노 밑에 엎드려 잠을 잔다고 하더군요. 왠지 가슴 뭉클한 일화 아닌가요? 여하튼 카텔란은 폴리니가 치는 '녹턴'을 즐겨 듣는 모양인데 그걸 들으며 간혹 이렇게 읊조린다고 합니다. 'It's tragedy!(이건 비극이야!)'

비수처럼 꽂히는 쇼팽의 낭만적 비극성과 꼭 닮은 소설 한 편이 떠오르네요. 산도르 마라이Sandor Marai의 『열정Die Glut』이라는 작품입니다. 혹시 읽어 보셨는지요? 결코 음악을 좋아하지 않는 자신의 성향 때문에 무려 41년을 고독하게 산 남자 이야기랄까요? 쇼팽의 '환상 폴로네즈Polonaise Fantasie in A flat, Op.61'를 들으며 음악에 대한 열정을 나누던 헨릭의 아내와 헨릭의 친구 콘라드가 아마도 서로 사랑하게 됐던 것 같습니다. 헨릭을 죽이고 싶은 충동을 느낄 만큼……. 다행히 그 충동을 행동으로 옮기지는 않았지만 헨릭은 그들에 대한 배신감으로 긴 세월을 자기만의 감옥에서 홀로 외롭게 살지요. 거의 아무 방문자도 받지 않고. 그리곤 41년 만에 나타난 친구 콘라드에게 이렇게 말합니다.

삶은 인간에게 무엇이든 줄 수 있고 또 인간은 삶에서 무엇이든 얻을 수 있네. 그러나 인간의 취향, 성향, 사람의 리듬은 바꿀 수 없어.

이 문장을 발견하고 처음에는 매우 단순하게 생각했답니다. '나와 평생을 함께 살 사람은 콘라드와 크리스티나처럼 같은 음악이나 책을 보며 함께 기뻐할 수 있는 사람이어야겠구나, 그게 가장 이상적인 관계겠구나'하고요. 하지만 취향, 성향, 사람의 리듬이라는 건 결코 쇼팽을 좋아하느냐, 아니냐의 문제가 아니라는 걸 아주 최근에야 알게 됐답니다. 엄청난 수업료 -농담이 아니라 한 2천만 원쯤 될 겁니다- 를 치르고요. 그건 타고난 기질의 문제지요. 또한 세계관의 문제이며, 삶을 어떤 리듬으로 살 것인가 스스로 선택하는 인생관의 문제이기도 합니다. 심지어 제가 아는 시인은 그와 관련해서 이런 무시무시한 말을 했답니다.

같은 리듬의 사람을 만나기 위해 우리는 전 생애를 허비하기도 한다.

전 생애를 허비한 헨릭은 다행히 고독에서 많은 걸 배웁니다. 아내의 정조를 의심하며 오랜 세월, 아내는 물론 자기 자신조차 지독한 고독 속에 버려뒀던 헨릭은 41년 후에 이렇게 자문하지요.

정조는 가증스러운 이기주의가 아닐까? 인간이 좇는 대부분이 그렇듯이 허영심의 산물이 아닐까? 우리는 정조를 요구하면서 과연, 상대방이 행복하길 원하는 것일까? 상대방이 정조라는 것에 구속되어 행복할 수 없는데도 정조를 요구한다면 우리는 진정으로 사랑하는 것일까?

파스칼 님, 미리 말씀드리건대 저는 정조를 중요하게 생각하는 정숙한 여자가 아니랍니다. 어쩌면 좀 헤픈 여자였는지도 모르겠습니다. 지금까지 열두 번도 넘게 사랑에 빠졌고, '한동안 살아보지도 않고 결혼하는 건 인습에 젖어 사는 어리석은 짓'이라고 주장하던 동거주의자였으니까요. 그러니 혹시라도 여자의 과거를 문제 삼는 분이라면 처음이자 마지막으로 메일 주십시오. 이쯤 해서 편지는 그만 보내는 게 좋겠다고.

중요한 답변이라 여겨 오직 파스칼 님 한 분을 위한 이메일을 계정했답니다.

주소는 FromGenteeToPascal@hotmail.com이랍니다.

그럼, 안녕.

2009. 12. 9. *Gentee*

편지를 쓰고 한숨을 푹 내쉬었다. 벌써 마감이라니……. 할 일이 얼마나 많은지 배당표를 노려보며 속으로 비명을 지르고 싶은 심정이었다. '주제에 한가하게 편지라니……' 부장이 알면 아마 그렇게 비웃었으리라. 그때였다.

"저, 차장님 피처팀 어시스턴트 지원한 친구 중에 최종적으로 뽑힌 애가 회의실에 와 있어요. 선배들 말로는 차장님이 대표로 오리엔테이션하고 당장 오늘부터 야근 작업 투입시키면 된다고 해서요."

패션팀 어시스턴트 신여름이 하는 말이었다. 햇수로 벌써 3년째 상근직 어시스턴트로서 제 몫을 1백20퍼센트 해 주고 있는 녀석이었다.

"그래, 여름. 금방 갈 테니 회의실에 커피 두 잔만 넣어 주라."

잡지사의 상근직 어시스턴트 일은 결코 쉬운 일이 아니다. '어시스턴트'라는 말은 결국 '시다바리'라는 말이다. 선배 에디터들이 시키는, 보통은 자기들이 직접 하기 싫은 온갖 귀찮은 업무를 척척 해내야 한다. 그것도 밤낮으로. 아무리 힘들어도 웃으면서. 그뿐만 아니라 그렇게 벅찬 업무에 굴복하지 않고 능동적으로 배우고 자발적으로 행동하며 스스로 에디터로서의 자질을 키워 내야만 한다. 지치지 않는 열정과 의지, 호기심을 엔진 삼아서 말이다. 말이 쉽지, 그게 어디 쉬운 일인가?

"쉽게 할 수 있는 일 많죠. 하지만 쉽게 하는 건 싫었어요. 금방 지루해지고 재미도 없고. 뭔가 타협하는 것 같고."

이름이 윤태정이라고 했다. 금방 도망치지는 않겠구나 싶어서 얼굴을 찬찬히 뜯어봤다. 미인은 아니었다. 하지만 예뻤다. 강아지처럼 귀여운 눈이 날 뚫어지게 쳐다보고 있었다. 주인에게 완전히 몰입해 있는 듯 촉촉하게 빛나는 눈. 그러다가 왠지, 금방 울 수도 있을 것 같은 눈이었다. 그런 눈에 어울리지 않게 아이섀도가 짙게 발려 있었다. 마치 친절한 금자씨인 듯. 다소 감상적이고 상처받기 쉬운 자기 내면을 감추려는 것처럼.

"혈액형은?"

"A형이요."

"난, A형이 학을 떼는 B형이야. 그 말은 네가 상처받을 일이 많을 거라는 얘기야. 나뿐 아니라 여성지든 남성지든 잡지사라는 조직은 유별나게 B형 인간들이 많아. 특히 '면전에서 빈정대기'가 주특기인가 싶을 정도로 입에서 나오는 대로 지껄이는 인간들이 많은데, 웬만하면 상처받지 마. 그냥 돌려 말하는 법을 못 배워서 그런다고 생각해. 뒤끝 없고 다른 꿍꿍이도 전혀 없으니까."

윤태정이 눈을 크게 뜨고 '네' 하는데 여전히 그 눈이 마음에 걸렸다. 금방 울 것 같은 그 눈.

"너무 징징대지 마. 너무 추궁하지도 말고. 너절한 변명도 금물. 네가 선배들에게 상처 좀 받았다고 꿍해 있지도 말고. 매사에 시원시원하고 대범하게 굴면서 시킨 일만큼은 꼼꼼하게 해낸다면 어느 조직에서든 사랑받을 수 있다는 거 잊지 말고."

"네."

"오늘부터 우리는 마감 모드야. 얼마나 할 일이 많은지 이걸 보고 짐작하고, 각오하길 바란다."

그리곤 윤태정에게 내 배당표를 던져 줬다.

2010년 1월호, 피처팀, 김영희 차장

1. 코리안 파워, 해외에서 활동하는 한국인 디자이너 6인 인

터뷰 (6페이지)/ 사진+원고 마감 10일

2. 코리안 파워, 아티스트 김아타 스페셜 인터뷰 (4페이지)/ 사진+원고 마감 11일

3. (외고) 코리안 파워, 뉴욕 통신원 편/ 정리 후 송고 12일

4. 『보통의 존재』 이석원 인터뷰 (2페이지)/ 촬영 12일, 송고 13일

5. K 추모 기사 '굿바이, K'/ 사진+원고 송고 14일

6. We Loves & Hot List (이달의 책, 전시, 영화, 음악)/ 15일

7. 목차 & 교환 광고/ 16일

"네가 어시스턴트해야 할 피처팀 선배들은 나를 포함해서 3명이야. 난 피처팀은 물론 패션, 뷰티팀 기자들이 쓴 모든 원고를 1차 데스킹하는 자리라 배당이 적은 편이지. 선배들은 더 많아. 그러니까 그 말은 니가 지금 보고 있는 배당표보다 무려 4배, 어쩌면 5배쯤 많은 기사에 니 도움이 필요하다는 거야. 오늘부터 당장 선배들이 쓸 인터뷰 기사의 녹취 파일을 풀어 주는 일부터 해야 할 거야. 첫날부터 밤을 새우게 될지도 몰라. 할 수 있겠어?"

"네, 각오하고 있습니다."

"집이 어디지?"

"왕십리요."

"난 보광동. 퇴근 시간이 맞으면 내 차 타고 가다가 나머지 구

간은 택시 타고 가. 택시비는 마감 끝난 후 정산하고. 오케이?"

때마침 노크 소리 뒤에 신여름이 회의실 문을 열고 들어왔다.

"차장님, 밥 왔어요."

"그래. 근데 이 친구도 야근해야 할 것 같은데 여분의 음식 있니?"

"그럼요. 당근이죠."

인근 식당의 배달원이 등장하고 순식간에 회의실 탁자에 음식물이 세팅됐다. '명품을 위한, 명품에 의한 짝퉁 드라마' 〈스타일〉에는 절대 나올 리가 없는 패션 잡지사의 진짜 마감 풍경. 손톱 다듬을 시간은커녕 밥 먹으러 나갈 시간도 없어서 편집장부터 막내 어시스턴트까지 조르르 앉아 인근 식당에서 배달시킨 저녁밥을 먹는 자리. 모두 생기 없이 자기 앞에 놓인 생을 소비하듯 꾸역꾸역 밥그릇을 비우고 있는 사이, 누군가 한숨을 내쉬었다.

"아~, 〈아이리스〉도 끝났는데 이제 무슨 낙으로 사냐?"

한동안 이병헌 보는 즐거움에 푹 빠져 살았다는 교정 담당 P 선배의 한숨이 깊었다. 하지만 이병헌 얘기가 나오자 급전환되는 분위기. 전성기의 경주마를 연상하게 하는 날씬한 근육질의 몸과 번식기의 수사슴 같은 촉촉한 눈빛, 치아가 시원스럽게 드러나는 달콤한 미소. 그리고 끈끈한 타액이 묻은 '사탕 키스'의 맛을 떠올리며 여자들이 대놓고 전율하는 시간. 급기야 이병헌 같은 남자랑 한번 사귀어 봤으면 됐지, '결혼 빙자 간음 식의 소송이 웬 말이냐'는 탄식마저 이어지고 있었다.

"근데 이병헌이 동네 배관공이었어도 여자들이 그렇게 좋아했을까?"

누군가 그렇게 묻자 편집장이 대답했다.

"며칠 전에 냉장고를 바꿨거든. 근데 냉장고 설치해 주러 온 청년이 얼마나 섹시하던지, 애들이랑 TV 채널 두고 싸우는 남편이 미워지더라니까. 엉덩이를 걷어차고 싶을 정도로."

모르는 사람이 같이 밥을 먹고 있는데 아무도 관심이 없었다.

"왜 저녁 무렵에 온 거야? 오전부터 오지 않고?"

내가 그렇게 묻자, 김밥 넣은 입을 손으로 가리며 윤태정이 답했다.

"대학원 마지막 학기 논문을 오늘 오후까지 내야 했거든요."

"논문 주제가 뭔데?"

"고전 문학과 최신 영화 속의 '헤픈 여자들'이요."

순간 밥알이 입 밖으로 튀어나올 정도로 웃었다.

"예컨대 최신 영화 어떤 거?"

"〈가족의 탄생〉의 정유미 캐릭터 재밌더라고요. 봉태규가 '넌 너무 헤프다'고 욕하니까 정유미가 되묻잖아요. '헤픈 게 나빠?'"

"그래서 그 질문에 대한 네 생각은 어떤데?"

"헤프다는 건 일종의 인류애 같은 건 아닐까 생각했어요."

그 말을 듣고 부장이 냉큼 이죽거렸다.

"잘 뽑았네, 피처팀 막내. 사수의 약점까지 인류애로 승화시킬 수 있을 오지랖 넓은 어시스턴트라니. 김영희 차장 아주 뿌듯하겠어?"

내가 들은 척도 안 하자 TV 드라마에 나오는 연예인에게 연애 감정을 느끼는 유부녀 P 선배가 난데없이 물었다.

"영희 씨, 영국 남자랑 사귄 적 있었잖아? 어땠어?"

아무렇지 않은 듯, 전혀 당황하는 기색 없이 태연하게 대답하고 싶었다. 그냥 툭 던지듯.

"별로였어요. 특히 잠자리에서는……. 전희는 없고 지 하고 싶은 대로 아주 제국주의적으로 들이대죠."

"선배, 그럼 프랑스 남자는요?"

여름이가 신이 나서 물었다.

"걔들은 금기를 좋아해서 상대방에게 묻지도 않고 뒷문을 찾는 경향이 있으니까 조심해야 해."

여기저기서 '꺅' 소리가 터져 나오며 난리가 났다.

"그럼 미국 남자는 어때요? 예를 들면 뉴요커요."

"내 경험으로 양말 신고 한다는 것만 빼고 괜찮아. 영국 남자들처럼 뻔뻔하게 막무가내로 오럴을 요구하지도 않고 말이야. 하지만 아직까지도 달콤하게 느껴지는 건 캐나다 남자뿐이야. 나보다 5살이나 어렸는데 내 이마나 정수리에 자주 입맞춤을 해 주더라고. 길거리에서조차."

몇몇 후배들이 감탄 어린 시선으로 나를 우러러보는 가운데 이쯤에서 쓸데없는 동경심의 싹을 잘라 줄 필요가 있겠다 싶었다.

"근데 중요한 건 섹스가 아니야. 기껏해야 넣다 뺐다, 넣다 뺐다 하는 몇 분이야. 지겨운 일이지. 내 말은 처음엔 황홀하던 그것도 나중에 다 지겨워진다는 말이야. 게다가 아이 낳고 나면 한 달에 한두 번도 안 한다며? 중요한 건 대화야. 모국어로 대화할 수 있는 한국 남자가 최고라는 말이지. 말 통하고, 정서 맞고, 같은 리듬으로 살 수 있는 남자. 이마나 머리에 키스하는 남자라면 금상첨화고. 섹스보다 중요한 게 키스거든. 적어도 나한 텐 그래."

몇몇 후배들이 날 보고 있었다. 약간 넋 빠진 얼굴로……. 이럴 때 의기양양하게 계속 앉아 있으면 재수 없다는 거 안다. 그래서 얼른 일어서서 이렇게 말했다.

"자, 그만 마감하러 가자. 밥값은 해야지. 소여물 같은 밥이라도 밥은 밥이잖아?"

7

오스카 와일드를 좋아하는 사람은

인생의 어느 순간 즐거움을 위해

기꺼이 유혹하고 유혹당하는 실수를 범한다는 말이다.

.

7. 집에 가자, 네르발

12일 저녁에 인터뷰와 촬영을 마치고 13일 밤에 사진과 원고를 미술팀에 송고했다. 시간을 보니 새벽 3시. 윤태정이 아니었다면 불가능한 스케줄이었다. 내가 『보통의 존재』라는 책을 낸 뮤지션과 인터뷰하는 사이 윤태정은 유령처럼 조용히 앉아 노트북에 대화 내용을 기록했다. 그리고 그날 밤 다시 녹취 파일을 들으며 인터뷰 내용을 거의 완벽에 가까울 정도로 정리한 모양이다. 13일 오전에 넘겨받은 파일을 보고 감탄하고 말았다. 조사 하나 빠뜨리지 않은 것은 물론 인터뷰이가 어느 부분에서 물을 마시고 짧은 탄식을 내뱉었는지, 혹은 목소리가 갈라진 부분, 몇 초간 침묵 같은 비대화적인 내용까지 빠짐없이 기록한 파일이었다. 심지어 내가 발음이 씹혀서 잘못 말한 것까지 기록하고는 그 뒤에 이런 표시(^^)를 해 두었다. 그걸 보며 몇 번이나 웃었다.

"뭐 하니?"

"아, 정민 선배님이 장쯔이章子怡 자료를 번역해 달라고 해서요."

그렇게 말하는 윤태정의 얼굴이 꼭 판다 같았다. 다크서클이 훌라후프 모양으로 내려앉아 눈알을 감싸고 있는 것이…….

"시간 나면 한번 읽어 봐. 네가 정리해 준 인터뷰 대화록이 기사로 어떻게 가공됐는지. 자! 그리고 삼십 분 후에 집에 가자.

동물원으로 가든지. 네 얼굴 좀 봐. 완전 신경쇠약 직전의 판다 같아. 암튼 오늘은 이쯤에서 대충 정리해."

불현듯 화가 났다. 왜 어시스턴트에게 영어 자료 번역까지 맡긴단 말인가? 바로 정민을 회의실로 불렀다.

"나라면 이 코피 터지는 마감에 어시스턴트한테 영어 기사 번역까지 맡기진 않을 것 같아. 게다가 영어는 쟤보다 니가 더 잘하지 않나? 미국에서 대학원씩이나 다닌 건 바로 너잖아?"

그 말에 박정민이 바로 정색하며 대들었다.

"제가 선배한테 그런 것까지 허락받고 어시스턴트를 부려야 하나요?"

"곡해하지 마. 나한테 허락받으라고 말하지 않았어. 장쯔이에 대해 더 완벽한 기사를 쓰고 싶은 니 마음 이해해. 그래서 외신 자료가 필요했겠지. 그런데 스스로 번역할 시간은 없었을 거고. 그럴 때 나라면 전문 번역가한테 맡겨. 원고료 올리기 눈치 보여서 내 돈으로 번역료를 주는 한이 있더라도. 무슨 말인지 알겠어? 내 허락받지 말고 네 마음대로 어시스턴트 부려. 다만 배려심을 좀 가지라는 얘기야. 윤태정, 우리 사무실에 출근하자마자 3일 동안 집에도 못 들어갔어. 그거 알긴 아니?"

"알겠어요. 무슨 말인지……. 다만 신배도 저에 대한 배려심이 없었다는 점만큼은 지적하고 싶네요. 이런 얘기를 한창 신경 예민한 마감에, 심지어 이 새벽에 할 게 아니라 좀 참았다가 마감 끝나고 얘기했을 것 같아요. 제가 선배라면요."

듣고 보니 맞는 말이었다. 설익은 정의감, 생각한 대로 내뱉는 경박함. 난 항상 그게 문제다.

"인정. 그 점 미안하게 생각해. 진심으로."

할 말을 잃었는지, 아님 더 이상 대꾸하기가 싫어졌는지 박정민이 '네, 알겠어요' 하고 일어섰다.

새벽 3시 반쯤 윤태정과 함께 네르발에 올라탔다. 네르발은 나의 자동차 레토나 크루져의 애칭이다. 마치 달래듯 '집에 가자~ 네르발' 하면서 시동을 걸자 네르발이 중증 천식 환자처럼 덜덜거렸다.

"얘가 추위 타나?"

다행히 시동이 걸렸다. 섬세한 구석이라곤 조금도 없는 특유의 디젤 엔진 소리를 내며.

"근데 왜 이름이 네르발이에요?"

윤태정이 재밌다는 듯 물었다.

"비싸지 않고 허세 없는 진짜 군용 지프차를 원했거든. 무쇠처럼 튼튼하지만 디자인은 모던하고 클래식한 느낌이 딱이다 싶어서 레토나를 중고로 사려고 했더니, 편집장이 난리를 치는 거야. 우아하지 못하게 힘만 세고 무식해 보이는 돌쇠 같은 녀석을 탄다고. 니가 그거 타면 우리 잡지에 먹칠하는 거라고. 하지만 그건 어디까지나 자기 취향이지. 왜 자기 취향을 남에게 강요하냐고? 아무리 상사라도. 그래서 오기로 끝까지 밀어붙이고 이름도 네르발이라고 지어 줬지. 네르발이라는 사람 알아?"

"아니요. 잘 모르는 정도가 아니라 처음 듣는 이름이에요."

"아마 19세기 인물일 거야. 어쩜 18세기인지도 모르고. 내가 숫자에 약해. 19와 18을 구분하지 못할 정도로. 수학을 하도 못해서 대학도 간신히 갔다니까. 그것도 지방대를……. 여하튼 네르발Nerval이라는 프랑스 시인이 있었는데 파란 리본에 가재를 묶어 뤽상부르 공원을 돌아다녔어. 애완동물에 대한 기존 관념에 순응하기 싫었던 거지. 그걸 보고 사람들이 그를 괴물 취급했겠지? 그러자 그가 이렇게 말했어."

왜 개는 괜찮은데 가재는 우스꽝스러운가? 도대체 무슨 상관인가? 나는 가재를 좋아한다. 가재는 평화롭고 진지한 동물이다. 무엇보다 개처럼 짖지 않고 사람의 귀중한 사생활을 갉아먹지도 않는다.

"우와, 되게 참신하고 멋진 발상이네요. 심지어 매우 용기 있고 도발적으로 느껴져요."

네르발이 발정기의 수사슴 같은 소리를 내며 한남대교를 올라가고 있었다.

"글을 쓰려면 용기가 필요해. 네가 피처 에디터라는 직업을 어떻게 생각하는지 모르겠지만, 소설가나 시인에게만 용기가 필요한 게 아니야. 패션지는 유행을 만들고 전파해. 근데 너도 알다시피 유행이 결코 좋은 건 아니잖아? 유행이라는 일반적인 흐름이나 경향에 따르다 보면 어느새 독립적인 사고가 아예 불가능한 사람이 될 수도 있거든. 스스로 판단하지 못하고 대세만 따르는 사람은 자기 삶의 진짜 주인이 될 수도 없고. 그런 점에서 나쁘다고도 할 수 있어. 그래서 피처 에디터가 필요한 거야. 한편에서는 유행을 만들고 다른 한편에서는 유행에 따르는 순응주의를 경계하게 만들어야 하지, 그래야 밸런스가 맞으니까. 그렇다고 오해하지는 마. 피처가 패션이나 뷰티보다 윤리적으로 우월하다 뭐 그런 얘기는 아니니까. 그냥 역할이 다른 거야. 회사에 돈을 벌어다 주는 파트가 주로 패션팀과 뷰티팀이라는 점에서 피처는 항상 뒷전일 수 있는데 그런 것에 열등감 느낄 필요도 없는 거고……."

"아, 듣고 보니 그게 세상의 이치 같아요. 어둠이 있어야 빛이 있는 거고, 빛이 있어야 어둠이 있는 거잖아요. 빛만 있거나, 어둠만 있다면? 생각해 보니 그거 되게 끔찍한데요?"

"오! 너 제법이다. 뭔가 보고 들은 걸 자기 식대로 변주할 줄 아는 것도 대단한 능력이거든. 그런 의미에서 우리 '골드베르크 변주곡Goldberg Variations'이나 들을까?"

당연히 글렌 굴드Glenn Gould가 연주하는 것이어야만 했다. 정확히 몇 살 때인지는 잊었지만, 여하튼 그는 20대의 젊디젊은 나이에 자기 생애 첫 레코드로 18세기 유물 같은 음악 '골드베르크 변주곡'을 녹음했다. 바흐Bach가 불면증 치료 음악으로 작곡한 그 곡은 더할 나위 없이 훌륭했지만 시대에 맞지 않게 약간 무미건조했다. 그런데 글렌 굴드가 그 곡에 젊은이다운 격정, 그만의 독특한 조울증적인 발랄함, 그리고 전대미문의 속도와 장식음을 넣어 생기 있게 변주했다. 때로는 바흐 특유의 고요함을 그대로 살리기도 하면서. 사실상 이 앨범 하나로 글렌 굴드는 젊은 거장의 반열에 올라 죽어도 죽지 않은 불멸이 됐다.

"온갖 새로운 트렌드가 난무해도 왜 진짜 안목 있는 사람들은 결국 클래식으로 돌아오는 줄 아니?"

"세상이 아무리 변해도 변하지 않는, 불멸에 가까운 힘이 있기 때문이 아닐까요?"

윤태정이 이번에도 제법 똑똑하게 대답했다.

"그래, 클래식은 그러니까 안경 같은 거야. TV를 너무 많이 보거나 가까이서 보면 시력이 나빠지잖아? 마찬가지로 우리 일상은 온갖 종류의 대중매체라든가 광고 같은 것에 노상 노출된 삶이어서 계속해서 시력이라든가 지각력 같은 게 떨어질 수밖에 없어. 결국 눈앞의 모든 것이 흐릿해지면서 뭐가 정말 좋은 건지 알 수 없게 되지. 그럴 때 클래식이라는 안경을 쓰면 잘 보여. 뭘 선택할지, 어디로 가야 할지. 그래서 쇼팽도 그런 말을 한 게 아닌가 싶어. '바흐로 돌아가자! 평균율을 너의 일용할 양식으로 삼아라!'"

'아, 네' 했다. 그리고 잠시 뜸을 들이다가 윤태정이 물었다.

"하지만 차장님은 한국의 인디 밴드 음악도 좋아하시잖아요?

잡지 부록으로 인디 밴드 음악만 담은 편집 앨범까지 만들 정도로. 저 그 앨범 좋아했거든요. 한국 잡지 역사상 최고의 부록이었다고 평가할 만큼."

"알아주니 고맙다. 태정."

태정을 집 앞에 내려 주고 음악을 바꿨다. 그녀가 말한 편집 앨범 중 내가 가장 좋아하는 구간을 카 오디오에 걸었다. 못^{Mot}의 '날개'부터 모조소년의 'La Rosa', 3호선 버터플라이의 '사랑은 어디에', 청년실업의 '기상 시간은 정해져 있다', 아마츄어 증폭기의 '금자탑'까지. 그걸 들으며 네르발과 함께 새벽녘의 텅 빈 도로를 질주했다.

집에 돌아와 시계를 보니 5시였다. 장화 신은 나의 히말라얀 고양이 '곰탱이'가 현관에서 날 보자마자 무너지듯 배를 보이며 드러누웠다. 그 배를 쓰다듬어 주고 이마에 '쪽' 소리가 나도록 키스해 주니 그제야 녀석은 흡족한 듯 벌떡 일어나 방으로 들어가 버린다. '영희 오는 거 봤으니 이제 그만 잘란다' 뭐 그런 의미 같다.

하루를 마치는 마지막 의식을 치를 차례였다. 편의점에서 사 온 청하 한 병을 투명 글라스에 붓고, 라임과 장미 허브, 탄산수를 섞어 만든 '나만의 취침주'를 들고 곰탱이 옆으로 가서 누웠다. 그리곤 자기 전에 혹시 파스칼에게 이메일이 왔는지 확인해 보고 싶어서 아이폰을 켰다.

파스칼에게 온 메일은 없-었-다. 다행인지 불행인지. 대신 친구들에게만 알려 준 G메일에 뭔가 와 있었다. 세상에, 영국에서도 '호랑이도 제 말 하면 온다'는 속담이 통용되는 게 분명하다. 오스카였다. 며칠 전에 '제국주의적 섹스'라고 놀린 내 옛 애인. 날 보러 서울에 오겠단다. 취재차 일본에 간 김에. '12월 22일, 서울 도착 예정'이라고 적혀 있었다.

오스카를 만난 건 바르셀로나의 한 신호등 앞에서였다. 그가 내게 길을 물었다.

"몰라. 나 이방인."

그렇게 대답하면서 180센티미터도 넘을 것 같은 큰 키의 백인 남자를 올려다봤다.

'근데 왜 이 아저씨는 하필이면 동양 여자한테 길을 물어. 많고 많은 현지인 놔두고.'

속으로 그런 생각을 하고 있자니 그 저의가 귀여워서 절로 미소가 흘러나왔다. 짜식, 나한테 반했구나 뭐 이러면서.

"어디서 왔는데요?"

역시나. 입으로는 멋진 영국식 발음으로 국적을 물었지만 눈으로는 '나 당신이 마음에 들거든요'라고 얘기하고 있었다.

"한국. 제발 묻지 마. 북한인지 남한인지."

그러자 남자는 낄낄거리며 웃었다.

"지겨웠죠? 여행하면서 수도 없이 들었던 그 뻔한 질문이.

'북한일 리가 없잖아? 이 멍청이들아' 그렇게 말하고 싶었죠? 걱정 말아요. 벌이가 시원찮긴 해도 난 프리랜서 저널리스트고, 저널리스트들이 대개 양심이 불량하고 입만 살아서 신용하기 어려운 종자들이긴 해도 그런 뻔한 질문을 할 정도로 무식하거나 센스 없지는 않으니까."

그가 하는 말을 완벽하게 이해하지는 못했다. 아마 반쯤, 어쩌면 삼 분의 일쯤 알아들었을 거다. 하지만 저널리스트라는 말은 분명히 들었다.

"당신 저널리스트? 나도 저널리스트. 아마도."

"정말요?"

"패션 잡지 『모즈』 알아? 나 거기 피처 에디터."

"그럼 출장 온 거예요?"

"아니 휴가. 1년의 롱 배케이션. 하지만 월급 없어."

"근데 어디 가는 중이었어요?"

"도서관. 바르셀로나에 대한 핫 인포메이션이 필요해. 기사를 써야 하니까."

"그럼 당신이 커피 사요. 당신이 필요로 하는 자료는 나한테 뭐든지 다 얻을 수 있으니까."

"정말? 좋아. 두 잔 살 수 있어. 커피."

"만나서 기뻐요. 난 오스카 피츠페트릭이에요."

"오스카 와일드Oscar Wilde의 오스카?"

"오스카 와일드를 알아요?"

"물론. 내가 좋아하는 작가야."

"우와! 우리 말이 좀 통하겠는데요."

오스카 와일드를 좋아한다는 건 이런 의미다. 일단 동성애에 대한 편견이 없다는 걸 의미한다. 그 말은 또한, 사람의 인격을 결코 관습적 도덕으로 재단하지 않는다는 걸 의미하기도 한다. 자기 체험으로 검증되지 않은 도덕은 불신해야만 하는 어떤 것이기 때문이다. 오스카 와일드는 이런 생각 때문에 심지어 감옥에 갔다. 당대의 도덕이 혐오하는 남색가라는 죄목으로. 하지만 그는 후회하지 않는다고 했다. 오직 즐거움과 예술을 위해 살았던 자기 인생의 모든 순간을. 반인습적이고 퇴폐지향적이라고 할까? 당연히 그 추종자들도 남색 취미까지는 아니어도 어느 정도 비슷한 성향의 사람들일 거다. 그러니까 오스카 와일드를 좋아하는 사람은 인생의 어느 순간 즐거움을 위해 기꺼이 유혹하고 유혹당하는 실수를 범한다는 말이다.

"오늘 저녁에 동방박사들의 화려한 거리행진이 있는 거 알아요? 그걸 우리 집 테라스에서 볼 수 있어요. 그리고 나면 저녁으로 스키야키를 먹을 수 있고요. 저녁 먹으러 올래요?"

거절할 수가 없었다. 오스카는 내게 바르셀로나 여행에 필요한 거의 모든 것을 알려 줬다. 풋내기들은 결코 알 수 없고 어떤 여행 가이드 책에도 실려 있지 않은, 살아 있는 진짜 보석 같은 정보들. 게다가 난 정말이지 스키야키가 너무나도 먹고 싶었다.

입에 침이 고일 정도로. 덤으로 테라스에서 무슨 크리스마스 퍼레이드 같은 걸 볼 수 있다니, 얼마나 근사할까?

과연 잊지 못할 밤이었다. 테라스에서 동방박사들이 오기를 기다리며 미리 차갑게 식혀둔 카바^{Cava, 스페인산 샴페인} 한 잔을 마시는 동안 오스카는 잽싸게 연두부를 살짝 튀겨 내왔다. 연두부 위에 가쓰오부시 국물과 포를 살짝 올린 후 자그마한 일본식 볼에 깔끔하게 담아낸 요리였다. 말하자면 애피타이저였는데 그렇게 뜨겁고 또 그렇게 부드럽게 맛있는 두부요리는 처음이었다. 그때 때마침 커다란 마차에 사탕을 가득 실은 동방박사들이 도착했다. 우리는 테라스에 서서 카바를 한 잔, 두 잔, 석 잔 마실 때까지 동방박사 행렬과 불꽃놀이를 구경했다. 그리고 나서 함께 식탁을 차렸다.

오스카는 두툼한 두 권의 책 사이에 12개의 작은 촛불을 켜고 그 위에 냄비 받침대를 올린 후, 그 받침대 위에 다시 스키야키 국물이 끓고 있는 냄비를 올리는 재치를 발휘했다. 오래된 스피커에서는 보헤미안 정서가 가득한 세계 각국의 월드 뮤직이 흘러나왔고 촛불을 켠 방은 적당히 어두웠다. 스키야키 국물에 얇게 저민 고기를 적셔 먹으며 나누는 대화는 더할 나위 없이 즐거웠다. 서로 못 알아듣는 내용이 절반 이상이었다 해도.

그로부터 일주일 후 나는 오스카의 아파트로 짐을 옮겼다. 각자 자기 몫의 기사를 쓰는 틈틈이 바르셀로나의 가장 매력적인 구석구석을 음미하러 함께 외출하곤 했는데 한 번은 가까운 해변 마을에 가서 성게를 따먹기도 했다. 오스카가 그 긴 다리와 긴 팔을 이용해 성게를 집어 올리면 내가 신고 있는 앵클부츠 굽으로 밤송이 으깨듯 까서 노란 성게 알을 손가락으로 집어 먹으며 얼마나 좋아라 웃어댔는지……. 내가 산티아고 순례에서 돌아온 날도 기억난다. 오스카는 나를 위해 욕조에 목욕물을 받고, 욕실에 촛불을 켜고 디도^{Dido}의 'Thank You'를 틀어 줬다. 목욕이 끝난 후에는 맛있는 카레 요리에 샴페인을 내줬고. 그래도 하이라이트는 세비야 여행이었지 싶다. 집시 무리가 연주하는 기타 연주에 맞추어 나로 하여금 막춤에 가까운 플라멩코를 추게 한 날 말이다.

이런 생각을 하면서 잠들었기 때문일까? 꿈에서 나는 여행 중이었다. 오스카와 함께. 스페인의 세비야를 거쳐 마드리드, 이탈리아의 로마와 헝가리의 부다페스트까지 함께 여행했던 장소들이 파노라마처럼 펼쳐졌다. 그러다 문득 드넓은 벌판에서 한 무리의 양떼를 이끄는 목동을 만났다. 파스칼이었다. 헉, 이 분이 왜 여기에 있지?

8

세상에는 유통기한이 지난 사랑을

가능하면 우정으로 보존하고 싶어 하는

깔끔하지 못한 성격의 휴머니스트 여자들도 있는 법인데,

나도 그들 중 한 사람이다.

8. Why Not? 그럼 안 돼?

나는 헤어진 남자 친구들을 결코 미워하지 않는다. 22살에 만났던 그놈만 빼놓고. 놈은 다시 만나면 귀싸대기를 한 대 때려 주고 싶을 정도로 '개자식'이었고 지금도 그 잔인하고 비겁한 성품은 변함없을 거라 믿는다. 하지만 그 뒤에 만난 남자들은 다 인간다웠다. 한때 찬란해 보였으나 광란의 시간이 지나고 나면 볼품없이 찌그러져 나약한 존재로 격하되는 '보통의 존재'들. 하지만 세상에는 유통기한이 지난 사랑을 가능하면 우정으로 보존하고 싶어 하는 깔끔하지 못한 성격의 휴머니스트 여자들도 있는 법인데, 나도 그들 중 한 사람이었다.

"안녕, 나의 작은 새. 그동안 잘 지냈어?"

홍대입구역 서교호텔 앞에서 만난 오스카가 내 양 볼에 가볍게 키스했다. 바르셀로나식 인사법이었다. 우리는 그 사랑스러운 영토 안에서 만났던 터라 그게 자연스러웠다.

"당신 코리안 치킨 좋아하잖아? 두 번 튀긴. 매우 바싹한. 그 진수를 맛보러 가는 거 어때?"

"오, 좋아. 기왕이면 『뉴욕타임스』가 극찬한 한국식 프라이드 치킨을 제대로 맛볼 수 있는 곳으로 안내해 줘."

스페인에 있을 때 오스카는 내게 안락한 잠자리를 제공했다. 무려 두 달 동안이나. 싸구려 호스텔의 더러운 침상에서 물린

빈대 자국이 내 얼굴을 온통 붉게 물들였을 때 오스카는 당장 자기 집으로 짐을 옮기라고 했다. 그 배려에 비하면 좀 섭섭한 환대일지도 모르겠다. 하지만 그게 나답다고 생각했다.

홍대입구역 초입에 있는 벌떼치킨은 내가 가장 좋아하는 동네 호프집 중 하나였다. 아직 프렌차이즈화 되지 않았고 앞으로도 그런 '개성 없는 영광'으로 번성할 것 같지 않은 평범한 호프집. 문을 열고 들어가니 분위기가 역시 홍대스럽게 매우 거칠고 분방했다. 한 무리의 여학생들이 의자 위에 한 발을 얹고는 왁자지껄 떠들며 치킨을 뜯다가 다 먹은 뼈를 스테인리스 통에 소리 나게 던지는 살풍경이 바로 우리 옆 테이블에서 펼쳐지고 있었다. 오스카가 그걸 보고는 피로에 젖은 파란 눈을 반짝거리며 좋아했다.

"와, 천국에 온 것 같아. 도쿄에서 얹힌 체증이 이제야 뚫리는 것 같단 말이지."

24시간 전, 도쿄에서 일본인들의 지나치게 절제된 예절과 관습적 태도에 경직되어 있다가 온 늙은 장난꾸러기가 감동에 젖어 말했다. 그리곤 바싹하게 튀겨진 닭 다리 하나를 매운 소스에 찍어 입에 넣고는 진심으로 행복한 표정을 지었다. 짜식, 예의에 대한 감각이 역시 남달라. 기분이 좋아진 내가 건배를 청했다.

"자, 불쌍한 아일랜드계 영국인이여. 그대 배고픔에 건배!"

그렇게 말하며 놀리자 오스카가 손가락에 묻은 기름기와 매운 양념 소스를 혀로 핥으며 억울하다는 듯 말을 이었다.

"당신 알잖아? 아일랜드 음식이 한국에 비하면 매우 볼품없다는 거. 그래서 몇몇 아일랜드인들은 삶은 감자만 봐도 기절할 듯 좋아하지. 그게 싫어서 런던으로 이주했는데 거기 음식은 더 흉측한 거야. '피시 앤 칩스'라는 간판만 봐도 이젠 구토감이 밀려올 정도라고."

생각해 보면 우리는 섹스보다 식도락을 더 좋아했다. 둘 다 요리하기 좋아했고 요리한 음식을 나눠 먹으며 감탄하는 걸 삶의 첫 번째 기쁨으로 알았다. 물론 외식도 좋아했다. 레스토랑을 고르는 기준이 너무 신중해서 탈이었지만. 지금은 이름도 생각나지 않는 이탈리아 소도시에서 마음에 드는 레스토랑을 발견하지 못한 오스카를 따라다니며 무려 세 시간이나 걸은 적도 있었다. 레스토랑을 찾아가다가 죽을 뻔했던 적도 있고. 문득 그날이 떠올라 오스카에게 물었다.

"당신 생각나? 만델라에서 우리 처음 외식하러 갔어. 이웃 마을 산 위에 있는 레스토랑에. 중간에 강도 건넜어. 양말을 벗은 채. 나 그날 당신이 죽을지도 모른다고 생각했어."

"기억나. 내가 멍청하게 천식약을 집에 놓고 밥 먹으러 간 게 화근이었지. 산 넘고 물 건너 하염없이 걷다가 갑자기 호흡 곤란이 와서 내가 길바닥에 누워 한참을 헐떡거렸으니까. 천신만고 끝에 겨우겨우 식당에 도착한 우리는 결국 라비올리를 먹었지. 당신은 너무 맛있어서 눈물이 난다고 했고, 나는 이제 죽어도 여한이 없다고 했어."

프랑스의 정치가이자 『미식 예찬Physiologie du Gout』이라는 명저를 쓴 미식가 브리야-사바랭Brillat-Savarin이 한 말이 있다. '식탁 위의 쾌락은 다른 모든 쾌락과 결합할 수 있으며, 다른 모든 쾌락이 사라진 뒤에도 마지막까지 남아 우리를 위로해 준다'고. 마치 우리 두 사람을 위해 미리 준비해 둔 말이 아닌가 싶은⋯⋯.

아마 그때였을 거다. U갤러리 한영화 실장에게 전화가 온 게.

"진짜? 진짜 그 사람이 온대?"

한영화 실장 말에 의하면 내일 하는 전시 오프닝 파티에 파스칼이 온다는 소식이었다.

"알았어. 갈게. 무슨 일이 있어도 가야지."

삶이 더 영화 같다고 느끼는 순간들이 종종 있다. 이제 50이 된 남자 앞에 핵물리학자였던 아버지가 실종된 지 40여 년 만에 한국어를 못하는 미국인이 되어 나타난다든지, 아버지에게 여자 친구를 소개했는데 그녀가 자신보다 그 아버지와 결혼하고 싶어 해서 고향을 떠난 남자 이야기 같은 거. 실제로 내가 만난 사람들 이야기다. 그에 비하면 이런 건 아무것도 아니다. 내 과거의 두 남자 오스카와 조영진 그리고 어쩌면 내 미래의 남자가 될지도 모르는 파스칼이 모두 한자리에 모였다는 사실. 물론 그

중심에는 내가 있다. 나를 위한 파티는 아니지만 내가 주인공인 셈이다. 물론 이렇게 물을 수도 있다. '말도 안 돼. 어떻게 그런 일이 생길 수 있지?'라고. 하지만 실제로 내 앞에서 벌어지고 있는 일들이다. U갤러리의 한영화 실장을 내게 처음 소개한 사람은 조영진이었고, 조영진과 헤어진 다음 한영화는 내게 파스칼을 간접적으로 소개했다. 그리고 나는 갈 곳 없는 영국인 방랑자를 데리고 그의 전시회에 왔다. 〈STAR WARS/ Winter, 2009〉라는 타이틀의 그룹전이었다. 그리고 공짜 와인 좋아하고 그림 좋아하는 조영진이 오다가다 초대받지 않은 몸으로 그 오프닝 파티에 들렀고.

"여기는 영국에서 온 프리랜서 저널리스트 오스카 피츠페트릭. 주로 『가디언The Guardian』이나 『인디펜던트The Independent』 같은 매체에 기고하는데 아주 가끔 『뉴욕타임스』를 위해 글을 쓸 때도 있어요. 미술을 좋아할 뿐만 아니라 직접 그림을 그리는 아마추어 화가이기도 해요."

오스카를 한영화와 갤러리 대표이자 그녀의 남편인 남자에게 소개하고 주위를 둘러보니, 저 멀리 조영진이 와인 잔을 손에 들고 한껏 촐랑거리며 몇몇 사람들과 한담을 나누고 있었다. 그로부터 얼마 떨어지지 않은 위치에서 파스칼이 저 홀로 그림들을 둘러보고 있었고. 내 눈길이 파스칼을 향하자 눈치 빠른 한영화가 내 귀에 대고 속삭였다.

"저 남자가 최지암이야."

"알고 있어. 근데 저 계집애는 누구야? 최지암 뒤에 들러붙어서 관심 끌려고 아주 지랄 블루스를 추고 있는 쟤 말이야. 어라, 어디서 본 얼굴인데? 언니 설마?"

"어, 맞아. 미술 전공했다고 내 앞에서 아는 체하고 까칠하게 구는 년들 다 필요 없어."

"그렇다고 술집에서 일하던 애를 큐레이터로 앉혀도 돼?"

"뭐 어때. 내 마음이지. 너도 쟤가 마음에 든다고 했잖아?"

"그야 내가 그날 취했었고. 그리고 뭐야? 술 따라주면서 미소 짓는데 싫다 할 술꾼이 어딨어? 남자든 여자든. 안 그래?"

"술 따르는 거 그만하고 싶대. 좀 더 고상하고 떳떳한 일 하고 싶다는 거야. 좋잖아? 예쁘고 싹싹하고."

"월급 조금만 줘도 되고."

"그것도 그렇고. 헤헤."

한영화 실장의 전공이 뭔지 모르겠다. 미술은 틀림없이 아니고 문학도 아니다. 한때 영화홍보사에서 일했다는 건 안다. 그런 그녀가 지금의 남편을 만나 갤러리를 차렸다. 남편은 예술에 대한 식견과 열정이 남달랐고 한영화는 예술은 모르지만 집에 돈이 있었다. 그리하여 남편이 작가들을 발굴하고 전시회를 기획하는 동안, 한영화는 계산기를 두드리고 기자들을 상대하는 일을 맡았다. 경리부장 겸 술 상무. 그게 한영화의 주 업무다. 남편은 술을 한 방울도 못 마시고 한영화는 술을 사랑했으므로 그녀에게는 안성맞춤인 분업이었다. 특히 일종의 로비로써 기자들을 데리고 술집에 가는 걸 유별나게 좋아했던 그녀다.

"그런데 저 개를 데리고 온 여자는 또 뭐야? 쟤도 파스칼, 아니 최지암한테 관심 많아 보이는데?"

"나 저년 알아. 악명 높은 갤러리스트야. 순진한 남자 작가 따먹기로 유명한⋯⋯. 뭔 짓 해서 벌었는지 모르겠지만 돈이 더럽게 많은가 봐. 남이 애써 발굴해 놓은 작가를 돈과 섹스로 훔쳐가는 아주아주 더럽게 나쁜 년이야, 저년이⋯⋯."

난해한 밤이었다. 눈에 보이는 경쟁자만 해도 무려 두 명이나 되는⋯⋯. 게다가 그녀들은 나보다 섹시한 옷차림을 하고 있다. 한 여자는 가느다란 허리를 강조한 펜슬 스커트에 목에는 사랑스러운 도트 무늬 스카프를 매고 있다. 럭셔리해 보이는 개와 함께 온 다른 한 여자는 옷깃만 스쳐도 스르륵 벗겨질 것 같은 실크 원피스에 지미 추로 보이는 엄청나게 섹시한 하이힐을 신고 있고. 그에 비하면 난, 여자도 남자도 아닌 중성적인 모습이다. 남자 친구 옷장에서 가져온 것 같은 헐렁한 블레이저에 화이트 T셔츠와 블랙 팬츠 차림. 내가 좋아하는 이른바 '패티 스미스Patti Smith 룩'이었다. 남자들 눈에 전혀 섹시해 보일 리 없는⋯⋯.

"어, 영희도 와 있었네."

실없이 생글생글 잘도 웃는 남자, 조영진이었다. 지난번보다 행색이 많이 나아진 것이 좋아 보였다. 그 얼굴을 보니 순식간에 야비할 정도로 좋은 아이디어가 떠올랐다.

"〈카사블랑카〉의 닉처럼 멋있는 남자가 되는 거 당신 로망 중 하나 아니야? 사랑하는 여자를 위해 연적을 돕는 남자 말이야. 오늘 밤이 그 절호의 기회야. 영화에서처럼 낭만적인 남자가 될 수 있는."

"무슨 말이야?"

"저 남자 보이지? 바로 우리 뒤에 있는 그림을 그린 사람인데 나 얼마 전부터 저 사람을 좋아하게 됐어. 얼마 만에 해 보는 짝사랑인지 몰라. 내가 먼저 남자를 좋아한 게 말이야. 그래서 하는 말인데 저 남자 옆에서 계속 조잘대는 귀여운 여자 보이지? 당신이 오늘 밤 저 여자를 좀 맡아 줘. 꼬시기 쉬울 거야. 당신의 그 화려한 지성과 언변을 아주 조금만 사용해도 될 정도로."

"좋아. 얼마든지. 그게 영희에게 크리스마스 선물 같은 게 될 수 있다면. 아주 확실하게 해 주지."

조영진이 우연히 돈다발이라도 주운 듯 신이 나서 말했다. 입을 푸는 시늉에, 바보 같은 함박웃음까지 지으며. 내가 좋아했던 모습이기도 해서 왠지 가슴이 짠해졌다. 신이 나면 속옷 차림으로 내 고양이를 안고 흔들며 샹송을 따라 부르던 남자. 부장은 그런 내 취향을 비웃곤 했다. '아주 가지가지 모은다. 남자 컬렉션 하냐? 연상에 유부남, 막냇동생 같은 연하, 고졸, 전과자, 외국인, 그리고 이젠 천하의 한량까지' 그랬다. 나이, 직업, 국적, 성격, 지성과 인격의 깊이 등 어이없을 정도로 모든 게 너무도 다른 남자들이었지만 그들 사이에 한 가지 공통점이 있다는 걸 부장은 몰랐을 거다. 순진함. 어느 순간 어린아이가 되는, 결코 나잇값 하려고 애쓰지 않는……. 그만큼 나에게 순진무구함은 '사랑과 열정을 꽃 피우는 토양' 같은 거였다. 존재 자체의 가장 자연적인 매력인 동시에.

그때 오스카가 내 등 뒤에서 파스칼의 그림을 보고 있었다. 마치 냄새라도 맡을 것처럼 그림을 가까이서 보다가, 이내 서너 발자국 물러서서 팔짱을 끼고 봤다. 미안하지만 난 좌절한 화가로서의 그의 절망을 안다. 그가 너무도 사랑했던 일본인 여자 친구도 화가였다. 런던 미술계는 섹시한 외모의 그 일본인 여성 아티스트의 작품만 품어 주고 그녀의 남자 친구인 아일랜드 촌놈의 그림은 깡그리 무시했다. 여자는 남자를 떠나 다른 영국인 아티스트 집으로 갔고 -물론 성공한!- 남자는 홀로 남겨져 일본으로 갔다. 그곳에서 한동안 영어를 가르치다가 나름대로 행운을 잡았던 모양이다. 일본의 요상한 성문화와 세련된 식문화에 대해 쓴 글들에 몇몇 영국 신문이 주목하기 시작한 거다. 프리랜서 저널리스트의 길은 그렇게 실패한 연애의 훈장인 듯 시작됐다. 그런 그가 파스칼의 그림을 어떻게 보는지 궁금했다.

"어때?"

"전혀 아시아적이지 않은 그림이야. 그렇다고 미국적이지도 영국적이지도 독일적이지도 않아. 처음 봐, 이런 스타일의 그림은……. 내가 배운 어떤 미술사에서도 한 번도 본 적이 없는 화풍이야. 아시아에서보다는 미국이나 유럽에서 더 먹힐 그림이지."

"저기 개 데리고 온 여자 보이지? 그 여자가 이 두 작품을 사겠다고 했대. 돈이 엄청 많은가 봐."

이럴 때 난 매우 영악하다. 오스카에게 무엇보다 돈과 여자가 필요하다는 걸 알고 미끼를 던져 보는…….

"나랑은 벌써 인사했어. 이 그림을 사도 괜찮을 것 같냐고 묻기에 그러라고 했지. 그랬더니 조만간 쾰른이나 마이애미 아트 페어에 한번 가져가 보고 싶다고 하더군. 나로서는 금방 팔릴 것 같지는 않은 그림이라고 생각했지만 작가를 위해서 굳이 그런 말은 안 했어. 어쨌든 그한테는 기회일 테니까."

"안 팔린다고? 왜? 왜 그렇게 생각하는데?"

"아무리 세계적인 수준의 미술 시장이라 해도 사실은 장사꾼들이 하는 짓이라 수준이 그냥 그래. 요즘 유행하는 극사실주의 미술만 해도 그래. 세계를 잘 베껴내는 게 최고의 예술인 듯 생각하는 모양인데, 난 아니라고 봐. 게다가 우리는 오스카 와일드가 말한 것처럼 아름다움에 대한 추상적인 감각을 대부분 잃어버렸어. 그 말은 이 그림을 발견할 수 있는 안목을 가진 장사치가 사실은 그다지 많지 않을 거라는 얘기야. 좀 더 시간이 걸릴 거라는 얘기지. 끝내 주목받지 못할 수도 있고."

모르겠다. 왜 그랬는지…….. 나도 모르게 화가 났고 그 분노를 마음껏 이용하고 싶었다. 그래서 이렇게 말하고 말았다.

"당신 그거 알아? 내일은 크리스마스이브고, 나는 당신과 섹스하지 않을 거고 당신은 홀로 잠들 수도 있다는 거. 서울이라는 이 낯선 도시에서. 내일뿐만이 아니야. 난 앞으로도 당신과 섹스하지 않아. 절대로. 그러니까 오늘 밤 저 여자를…… 저 여자를……."

갑자기 단어가 생각나지 않았다. '유혹하다', '꼬시다'를 뜻하는 평범한 영어 단어가……. 아, 나의 보잘것없는, 이 빌어먹을 뇌여…….

"그러니까 내 말은……, 당신 저 여자랑 놀아. 오늘 밤. 내일 밤도. 해브 펀!"

"너무하는군. 난 당신을 찾아왔어. 그리고 사실은, 사실은 프러포즈하려고 했어. 크리스마스 즈음에."

"너무 늦었어. 난 지금 다른 사람을 좋아해. 게다가 우리는 말도 잘 통하지 않잖아? 당신이 말했어. 언제까지 초등학생 같은 대화로 이 관계를 유지할 수 있겠냐고. 그리곤 당신이 먼저 날 밀쳤어. 그것도 당신의 또 다른 일본인 스튜어디스 여자 친구가 로마에 오기 하루 전날. 난 그때 비참한 바보가 된 기분이었어. 왜 영어 때문에 내가 바보가 돼야 하는 거지? 나 더는 그렇게 살고 싶지 않아. 사전을 끼고 사는 나, 멍청이 같아. 싫어."

"하지만 내가 당신을 찾아 부다페스트에 갔을 때 당신이 그랬잖아? 엉터리 영어로 쓴 나와 당신의 러브 스토리를 소설로 쓰고 싶다고, 언젠가 같이 그걸 써 보자고?"

"바보. 그건 이미 다른 여자가 썼단 말이야. 영국에 영어 연수받으러 갔다가 영국인 애인을 만나게 된 어떤 중국인 여자애가 얼마 전에 썼다고. 심지어 무지 잘 썼어. 『가디언』은 물론 미국 『선데이 타임스The Sunday Times』에도 기사가 실렸으니까. 그런데 내가 그걸 다시 쓰면 그땐 정말 '짝퉁 바보'가 되는 거라고. '메이드 인 차이나'를 따라 하다니, 수치스럽게."

이제야 알겠다는 듯이, 조소를 품은 미소와 함께 오스카가 답했다.

"그런 비보가 있었군. 당신이 내 메일이나 전화에 응답하지 않은 건 혹시 그것 때문이었던 거야? 더 이상 당신 글에 이용할 '가치'가 없어져서?"

순간 얼어붙고 말았다. 아니라고 말할 수가 없어서. 그렇다고 할 말이 없는 건 아니었다.

"와이 낫? 그럼 안 돼? 남자는 섹스를 위해 여자를 이용해. 예전이나 지금이나, 언제나……. 뭐 늘 그런 건 아니겠지만. 아니야?"

오스카가 할 말을 잃은 듯 슬픈 표정으로 날 바라봤다. 분노는 아니었다. 분명히…….

9

그렇게 말하는 내 눈을 파스칼이 잠시 들여다보다

해맑은 표정으로 물었다.

"술 한 잔 더?"

9. 술 한 잔 더?

제기랄, 전시장 바닥에 누군가 먹다 흘린 바나나 조각 같은 게 있었던 모양이다. 노랗고 미끈미끈한 물체를 밟고 쭉 미끄러지고 말았다. 안 돼! 주성치 스타일의 이런 개그는 싫어. 이제 막 파스칼에게 말을 붙여 볼 참이었는데······. 내 언제든 넘어져 주마. 하지만 지금은 안 돼! 하지만 예감이 나쁘다. 역시나. '쿵' 하고 엉덩방아를 찧었다. 폭소까지는 아니었지만 피식 웃고 있었다, 파스칼이······ 으, 쪽팔려. 속으로 웃기긴 했겠다 싶으면서도 살짝 화가 났다.

"왜 웃으세요? 제가 '얼레리꼴레리 바지 지퍼 열렸네' 하고 놀리면 좋겠어요?"

성난 황소처럼 다가가서 파스칼에게 그렇게 물으니 그가 깜짝 놀란 듯 얼른 손으로 허리 아래를 확인하고는 안도의 숨을 쉬었다.

"농담이에요. 근데 얼굴이 빨개지셨네요. 완전 홍당무같이."

"아, 그그 그건······ 실은 자주 그래요. 너무 혼자 오오래 있다 보니. 지퍼 올리는 걸 잊을 때가 많거든요."

"엥? 그러면 안 되죠. 다 큰 성인 남자가. 변태라고 오해받을 수도 있고."

"그그 그러게요."

"근데 말은 언제부터 더듬은 거예요?"

"아안-안성 살면서부터요. 말할 일이 거-의 없거든요. 그러다 보니 어쩌다가 말을 하게 되면 가끔 더-듬-더라구요. 일주일에 서너 번 같은 말만 되풀이하거든요. 편의점 카운터에 소주 한 병 올려놓고 '디스 두 갑요' 이 말만 해요, 주로······."

"제가 웃긴 얘기해 줄까요? 말더듬이 협회의 표어가 뭔지 아세요? '우리가 말할 때 ㄲㄲㄲㄲㄲ 끝까지 들어 줘'래요. 재밌죠?"

그러자 파스칼이 갑자기 배꼽을 잡고 웃었다. 한참 동안이나. 그리곤 이상하게도 그때부터 더 이상 말을 더듬지 않았다. 누군가 화들짝 놀라게 하는 바람에 문득 딸꾹질을 멈추게 된 사람처럼.

"그런데 이런 파티 어색해하시는 것 같아요."

"아니요. 즐거워요. 매-우."

그렇게 말하며 파스칼이 진짜 즐거운 표정으로 의기양양하게 와인 한 모금을 마셨다. 근데 그 모습이 영 어색했다.

"진짜요? 아까부터 보니까 꿔다 놓은 보릿자루 같던데요?"

"꿔다 놓은 보릿자루도 즐길 수 있어요."

그 말에 이번엔 내 편에서 폭소가 터졌다. 너무 웃겨서 살짝 눈물까지 났다. 눈가의 눈물을 찍어내며 내가 말을 이었다.

"근데 왠지 낯이 익어요. 우리 언제 만난 적 있나요?"

"모르겠는데요. 난 처박혀 있는 인간이라 만날 수가 없었을 텐데."

"주로 어디에 처박혀 있는데요?"

"집에 처박혀 있죠. 안성 집."

"거기서 뭐 하시는데요?"

"그냥 놀아요."

"논다고요? 제가 듣기로는 작가라고 하던데? 저기 저 그림 그린……."

그러자 파스칼이 아무렇지 않은 듯 답했다.

"그림 그리면서 놀아요."

"재밌나 보죠? 그림 그리는 거?"

"응 별로……. 노는 게 꼭 즐거운 것만은 아니에요. 그런 편견을 버려야 해요. 노는 게 힘겨울 수도 있고, 지겨울 수도 있고, 뭐 때로는 고통스러울 수도 있는 거죠."

그 임기응변에는 뭔가 감동적이고 흥미로운 구석이 있었다. 나도 모르게 고개를 주억거리며 미소가 나올 정도로. 아주 오래전에 이미 알고 있었던 것처럼 친근하게 느껴지기도 했고.

"혹시 옛날에 '도서관 보이'였어요? 도서관에서 한 번쯤 만났던 것 같아요."

"난 주로 개포 도서관 다녔는데. 대치 도서관도 좀 다니고. 그 이전에 영등포 도서관 다녔고. 어디 다녔어요?"

영등포 도서관? 나도 거기 다녔던 기억이 있는데. 혹시 진짜로 거기서 만났나? 가느다란 희망을 갖고 물었다.

"몇 살 때 다녔는데요?"

"고등학교 때. 그쪽은요?"

"저도 고등학교 때."

하지만 우린 나이 차이가 제법 나는 걸로 안다.

"근데 몇 살이세요?"

"마흔하나인가, 둘인가, 뭐 그래요. 그쪽은요?"

"서른일곱쯤? 좀 많죠? 일이 바빠서 아직 시집도 못 갔는데."

"무슨 일 하시는데요?"

"저요? 사실은, 그러니까…… 저도 아마추어 예술가예요. 밤에는 노인 전문 택시 기사로 일하고."

"아, 네~."

"실망하셨어요?"

"네, 완전."

"왜요? 뭐가 실망스럽다는 거지? 쳇!"

"같은 아티스트인 게 버겁네요. 완전……."

버겁다는 말은 뭘까? 내가 마음에 드는데 예술가라 좀 그렇다, 뭐 그런 말일까? 아님…….

"아티스트 싫어하세요?"

"아니요. 그게 아니라……. 내가 나를 봐도 그런 것 같으니까. 상대편은 얼마나 힘들까. 나는 뭐 아무 생각 없지만……. 그렇다고 아무 생각 없는 건 아니고……."

"힘드세요?"

"아휴, 죽겠어요."

"뭐가요?"

"다 그래요."

"아까 보니까, 오프닝 첫날부터 유일하게 작품이 솔드 아웃 됐다고 하던데?"

'흐흐흐……' 그가 소리 없이 웃었다. 그러다가 갑자기 벌떡 일어섰다.

"어디 가세요?"

"담배 피우러."

"저……, 같이 가도 돼요?"

테라스에서 나란히 담배를 피우다 내가 물었다.

"전시는 마음에 드세요?"

"아주 감탄이 나와요. 인간들이 아주 우주적이야. 마인드를 보면……. 알 것 같아요. 얘기 안 해 봐도."

"저야말로 그쪽 그림이 그렇게 느껴지던데요. 아부 아니 고……."

무안해서 일부러 그런 건지, 아님 진짜 자연 현상인지 파스 칼이 그 순간 '꺼억' 하고 트림을 했다. 그런데 그 모습이 어찌나 귀엽게 보이던지……. 역시 난 벌써부터 '제 눈의 안경'을 쓰게 된 걸까?

갤러리로 돌아오자 한영화가 나와 파스칼을 기다리고 있었다.

"두 사람 벌써 인사한 거야?"

"응. 뭐 대충."

"최지암 작가님, 쟤 헐렁해 보여도 제법 괜찮은 기자예요."

"기자요?"

"네. 유명한 패션 잡지 피처팀 팀장. 모르셨어요? 여하튼 두 분 곧 뒤풀이 가야 하니까 준비하세요. 영희야, 네가 최지암 작가님 좀 잘 챙겨드려. 부탁한다."

'유명은 무슨…… 얼어 죽을' 사라지는 한영화를 잠시 째려보다가 그에게 왠지 미안한 기분이 들어서 바로 자수했다.

"죄송해요. 저, 사실은 기자 나부랭이였어요."

"기자가 어때서요? 기자가 꿈인 친구들도 많을 텐데……."

"쇼펜하우어Schopenhauer가 이런 말을 한 적 있어요. 신문 기자들은 오직 그날그날만을 생각하고 되는 대로 쓰기 때문에, 이들을 감시해 달라고 경찰에게 요청한 적이 있다고요. 그거 읽고 얼마나 웃었는지 몰라요. 정말 정곡을 찌르는 촌철살인의 유머거든요, 그게. 마감에 쫓겨서 쓴 어떤 기사들은 솔직히 내가 내 원고를 봐도 토가 나온다니까요. 하긴 어떻게 쇼펜하우어처럼 쓰겠어요? 천재가 아닌 이상……. 기자들의 무사안일을 그렇게 통렬하게 비판하면서 또 그렇게 웃길 수 있다니……."

"어, 나도 쇼펜하우어 좋아하는데……. 말씀하신 것처럼 웃겨서. 핵심을 찌르면서도."

"그죠, 그죠?"

"실은 저도 깜짝 놀랐어요. 기자들이 생각보다 너무 무식해서. 지난번 개인전 하면서 인터뷰했어요. 몇 군데 매체랑. 근데 대화가 안 돼요. 내가 무슨 말을 해도 그들이 못 알아들으니까. 더 이상한 건 저를 보는 그들의 표정이었어요. 저 비리비리하고 어벙한 새끼! 뭐 딱 그런 느낌? 은근히 화가 나더라고요."

"알만해요. 그들이 원하는 건 기사 쓰기 편하게 작가가 그럴 듯하게 포장한 명쾌한 언어로 자기 작품을 설명해 주는 거거든요. 그런데 최지암 작가님 화법이 그렇지 않잖아요."

"어리바리 버벅대죠. 제 말투가……. 그런 새끼가 그림에 의도나 의미 같은 건 없다고 해 놓고 쓸데없이 파스칼이나 윌리엄 블레이크 얘기를 하니까 기분 나쁜 거죠. 맞죠? 그런 거?"

파스칼이든 윌리엄 블레이크든 모르는 척해야만 했다. 그렇지 않으면 '익명의 발신자 젠티가 바로 저예요'하고 고백하는 꼴이 될 테니까.

"음, 아마도……. 하지만 걱정 마세요. 적어도 제 눈엔 기자들한테 입에 발린 말들을 잘도 내뱉는 예술가들보다는 어리바리한 편이 훨씬 믿음직하니까. 근데 혹시 기자들 도움이 필요하다고 생각하세요?"

"됐어요. 관심도 없고……. 커피 마실래요?"

뒤풀이 장소로 걸어가고 있는 중이었다. 제법 쌀쌀한 날씨였고 거리는 온갖 불빛들로 번쩍거렸다. 어디선가 심형래 스타일의 크리스마스 캐럴 소리도 멀리서 들려오고.

"달달한 거 마시면 좋지 않겠어요? 마침 자판기도 저기 있고. -주머니를 뒤적이더니- 잔돈이 없네. 백 원만 줘요. 아니 한 삼

백 원쯤?"

'이 남자는 날 웃긴다. 계속. 일부러 웃기려고 전혀 애쓰지 않고. 그냥 꾸밈없는 그 모습 그대로' 백 원만 달라는 말에 폭소를 터뜨리며 그런 생각을 했다. 그런데 너무 웃어 그런가? 문득 허기가 느껴졌다.

"근데 배 안 고파요?"

"별로요."

"전 뒈지게 고픈데……. 근데 몇 킬로그램이세요? 졸라 말라 보여요."

"졸라는 빼요."

그 말에 내가 또 웃는다. 부드럽게 명령하는 말투, 은근 섹시하기까지 하다.

뒤풀이 장소는 삼겹살집이었다. 열댓 명이 앉을 식탁이 미리 준비된. 다행히 그 널따란 식당에는 손님이 별로 없어서 조용한 편이었다. 워커 끈을 풀고 테이블을 보니 파스칼이 제일 구석 자리에 앉아 있었다. 잽싸게 그 옆자리를 차지하며 너스레를 떨었다.

"근데, 진짜 낯이 익어요. 2002년 월드컵 때 어디 계셨어요? 왠지 그때 만났을 것 같은데."

대화를 계속 이어나가고 싶은 마음에 그냥 떠오르는 대로 아무렇게나 물었다.

"축구장 가 봤어요?"

그렇게 묻는 파스칼의 눈빛이 진지하다.

"아니요. 길거리 응원이 더 재밌게 느껴져서 시청 앞에 자주 나갔어요."

"아, 되게 액티브하신 분이구나. 전 그때 전단 돌렸어요, 전단지."

"무슨 전단?"

"왜 있잖아요? 폰-팅!"

폰팅이라는 말이 하도 경쾌하게 들려서 나도 모르게 웃음이 나왔다.

"아 알아요. 반나체의 언니 사진 박혀 있고 '오빠 나 기다리다 먼저 가, 전화해' 뭐 이런 문구 박혀 있는 불법 청소년 유해음란 전단? 안 창피했어요?"

"밤에 잠깐 하는 거라 창피하지는 않았는데 짭새들이 무서웠어요. 덕분에 뒤통수에 눈이 달리게 됐다니까요. 밤에 하다 보면 짭새 특유의 불빛이 보여요. 번쩍번쩍 돌아가는 게. 뒤에서도. 그럼 잽싸게 주머니에 손 넣고 집에 가는 척하는 거죠."

드디어 말문이 트였는지 그는 '짭새'에게 붙잡혀서 경찰서에 끌려간 이야기도 제법 길게 했다.

"그렇잖아요? 형사들이 실적 채우려고 잔챙이만 잡아들이는 거잖아요. 오폐수 몰래 버리는 기업, 그 기업의 돈세탁해 주는 놈들, 가난한 사람들 속여서 돈 뜯어내는 악당, 심지어 남의 신장이나 췌장 떼어다 팔아먹는 놈들⋯⋯. 세상에 나쁜 놈들이 얼마나 많냐구요? 그런데 겨우 하룻밤에 3만 원 버는 불쌍한 아르바이트생 하나 잡아다가 벌금 때리는 거, 내가 경찰이라면 그거비겁해서 안 할 거라고 대들었어요."

"전단 그거 좀 요령껏 뿌리지 그랬어요? 듣자하니 다들 눈치봐서 막 버리고 그런다던데?"

"저는 뭐든지 열심히 해요. 멍청하게⋯⋯. 나도 어이가 없어. 생각해 보면 나처럼 열심히 한 놈도 없었던 것 같아요. 이게 뿌리는 게 아니라 차량 유리창에 꽂는 거거든요. 4천 장, 5천 장가지고 나가면 거의 다 꽂고 나중에 40장, 50장 남아요. 그럼 가지고 들어와요. 이만큼 남았다며 반납하는 거죠. 버리지는 않았어요. 단 한 장도⋯⋯."

"와, 굉장히 정직한가 봐요. 지나치게 성실한 타입이든가."

"아니, 자존심 문제죠. 쪽팔리게 그걸 왜 버려요? 좀스럽게⋯⋯. 전 그게 더 쪽팔린 것 같아요. 그렇게 버리고 속이고⋯⋯. 그게 뭐라고? 별것도 아닌 거 갖고."

"그때도 그림 그리고 있을 때였나요?"

"네. 낮에는 그림 그리고 밤에는 알바 뛰고. 돈이 없으니까. 월세 내려고."

"왜 부모님들에게 제일 괴로운 자식 1번이 게이고, 2번이 예술가라면서요? 보통 예술 하면 배고프다고 하니까⋯⋯. 그러니까 제 말은 그런 배짱이 어디서 나온 거냐고요, 돈 없는데 어떻게 예술 할 생각을 했냐는 거죠?"

가만히 소주잔을 내려다보고 있던 파스칼이 한참 만에야 입을 열었다.

"저도 그게 궁금해요. 진짜로……. 원래는 화가를 해야겠다는 생각이 별로 없었거든요."

"그럼요?"

"미대를 가긴 했는데 책이나 실컷 읽고 싶어서 야간 근무 수위를 하려고 했어요. 실제로 무슨 재벌 집 수위로 들어가기도 했고. 근데 며칠 해 보니까 책 읽을 짬이 안 나는 거예요. 계속 다른 수위 선배님들이 감시하는 통에 눈치가 보여서도……."

"신기하네요. 옛날에 저도 9급 공무원이 꿈이었는데. 6시 칼퇴근해서 책이나 읽을 수 있으면 그게 좋은 인생 같았거든요."

내가 그렇게 말하자 파스칼이 내 눈을 정면으로 응시했다. 그리곤 의심스럽다는 듯이 물었다.

"이상하시네. 친구 없어요? 여기 혼자 왔어요?"

"아니, 처음엔 친구랑 같이 왔어요."

"남자 친구예요? 여자 친구예요?"

"남자 친구이긴 한데 현재 애인은 아니에요. 혹시 보셨는지 모르겠지만 아까 그 큰 키의 영국인 남자……. 옛날에 1년 유럽 여행할 때 사귀었는데 지금은 그냥 친구예요. 왜요? 그게 궁금했어요?"

"아니 뭐……."

"작가님은 여자 친구 없으세요?"

"없는데요."

"얼마나 됐는데요? 연애 안 한 지?"

"그런 거 꼭 말해야 하나요? 대답하기 싫어요."

"어, 미안. 아직 많이 아픈가 보죠?"

물으면서도 미안했다. 혹시 내가 너무 정곡을 찌른 게 아닌가 싶어서……. 역시나…….

"안안안안 아픈 데가 없어요. 저는……."

제기랄……. 그 의도가 순수했다 해도 남을 아프게 하는 건 싫다. 그런데 이 남자는……, 엄살이 좀 심한 게 아닌가 싶어서 한편 웃기기도 했다.

"아이 참, 또 더듬네. 그러지 마세요. 오늘 보니까 작가님한 테 꼬리 치는 여자들이 엄청 많던데 뭘……. 궁한 것도, 궁할 것 도 없어 보이세요."

"저 궁한 거 진짜 많아요. 돈도 없지, 여자도 없지, 정도 없 지……. 이런 걸 고독이라고 하나요? 딸꾹!"

혹시 내가 잘못 들은 게 아닐까 싶어서 다시 물었다.

"네? 마지막에 뭐라고 하셨어요. 고독이요?"

기어들어가는 목소리로 파스칼이 답했다.

"네, 고-독. 전 고독해요."

"그 고독 좋아서 선택한 거 아닌가요?"

"그야 그렇죠. …… 딸꾹."

파스칼이 많이 취했다는 신호였다. 옆에서 보고 있던 한영화 실장이 얼른 파스칼을 챙겼다.

"마실 만큼 마셨으니 우리 여기서 파하는 게 어때요? 크리스마스를 가족과 함께 보내기 위해서도. ―그리고는 파스칼을 향해― 우리 최지암 작가님이 좀 취하셨나 보네. 작가님, 택시 불러드릴게요. 개포동 집으로 가실 거죠?"

한영화가 남편과 함께 먼저 자동차에 올라타면서 '영희야, 부탁한다' 하고는 윙크를 보냈다. 무슨 의미지? 이건? 여하튼 파스칼과 나만 남아서 택시를 기다리고 있었다. 찬바람이 매서웠다. 그 바람을 맞으며 파스칼이 혼잣말인 듯 웅얼거렸다.

"그거 아세요? 저 잘나가는 작가 아니에요. 근근이 생계를 이어 가는 작가죠. 저희 어머니와 형제들이 모여 사는 개포동 영구임대 아파트는 닭장보다 조금 더 큰 정도에요……. 아까 꿈이 뭐냐고 했죠? 지금보다 더 고요한 시골로 가서 사는 거요. 돈 벌어서 식구들 먼저 좀 더 큰 집으로 옮겨 준 다음에요. 이제 알겠죠, 영희 씨?"

나한테 왜 이런 말을 하는 걸까? 자신에게 전혀 유리할 게 없는 우울한 고백조의 이야기 말이다. 우린 이제 막 만났을 뿐인데…….

"저한테 궁금한 건 없나요? 그러고 보니 계속 나만 질문했네."

그렇게 말하는 내 눈을 파스칼이 잠시 들여다보다 해맑은 표정으로 물었다.

"술 한 잔 더?"

또 웃고 말았다. 얼마나 어린애처럼 눈을 반짝이며 묻던지……. 하지만 안다. 내가 여기서 '예스'하면 이 나라 남자들이 '잡년' 취급한다는 거. 정말이지 이 남자에게만큼은 잡년이고 싶지 않았다.

"다음에요. 오늘은 여기까지."

그렇게 말하고 파스칼에게 택시 문을 열어 줬다. 그는 아무 말 없이 택시에 바로 올라탔고, 나에게 손을 흔들었다. 그 표정이 쓸쓸하면서도 씩씩했다. 기묘하게. 왠지 옆구리가 결렸다. 불현듯 곰탱이 생각도 나고. 너구리같이 어여쁜 나의 아기.

"택시! 보광동이요. ─택시 운전사가 고개를 설레설레 흔들자, 미소와 함께 눈을 반짝거리며─ 따블이라도?"

그러자 택시 아저씨가 피식 웃으며 고개를 끄덕인다. 어느새 내게 전염된 파스칼식 유머가 통한 느낌. 불길할 정도로 기분이 상쾌했다. 그 느낌이…….

10

꼭 훌륭하게 존재할 필요는 없는 거라고. 그냥 존재하면 돼.

다른 사람한테 피해만 안 주면 되는 거지.

그러니까 쓸데없이 널 너무 괴롭히지 마.

그냥 가만히 있어. 가만히 기다려 보라고.

찬바람이 다 지나갈 때까지.

10. 그대는 고양이로소이다

집에 돌아왔다. 자정이 넘은 시간이니 크리스마스이브라고 불러도 좋을 시간이었다.

"메리 크리스마스, 곰탱~."

현관문을 열고 들어가며 이렇게 외쳤던 기억이 난다. 보통 같으면 기꺼이 현관 입구까지 마중 나오던 녀석인데 오늘은 단단히 삐친 모양이다.

"느려 터진 털복숭이 고양이 어딨냐? 곰탱이 나와라, 오바. 미안, 미안, 늦……."

얼어붙고 말았다. 화장실 앞에 녀석이 누워 있었다. 왠지 딱딱해 보였다. 울먹이며 천천히 다가가서 몸을 만져 봤다. 딱딱했다. 잘 얼려 놓은 황태처럼 너무 딱딱했다. 무서웠다. 심장 부근을 만져 보니 미동조차 느껴지지 않았다. 머리와 입 부분이 젖어 있었다. 머리 아래 투명한 토사물이 흥건했다. 울면서 따뜻한 물에 수건을 빨았다. 울면서 곰탱이 몸을 닦아 줬다. 울면서 또 수건을 빨았다. 울면서 또 닦아 줬다. 그리곤 드라이기로 말려 줬다. 그래도 여전히 미동조차 없다. 체념해야 할 시간. 아무리 애써도 가망이 없다는 사실에……. 곰탱이를 모포에 싸서 침대 위에 눕혔다. 그 옆에 나도 누웠다. 그러다 설핏 잠이 들고 말았다.

2009년 12월 24일 목요일이었다. 오전 9시 무렵 부장 핸드폰으로 전화를 걸었다.

"부장님, 저 오늘 회사에 못 갈 것 같아요. 너무 아파요."

"야, 웬만하면 그냥 나와. 오늘 회장님 댁에서 파티하는 거 몰라? 그걸 나 혼자 감당하라는 거니? 너?"

"죄송해요. 너무 아프고 슬퍼서 파티 같은 건 때려죽여도 못 갈 것 같아요."

내가 그렇게 말하자 부장은 화가 났는지 전화를 뚝 끊어 버렸다. 곰탱이가 죽었다는 말은 하고 싶지 않았다. 아직도 체념이 안 된 모양이다. 내 사랑스러운 고양이가 죽었다는 사실이……. 너무 슬퍼서 인정하기가 싫었다.

"심장마비 같아요. 좀 더 정확한 사인은 배를 열어 봐야 알겠는데 그걸 원하시는 건지?"

인근 동물 병원의 곰탱이 담당 의사였던 남자가 물었다.

"아니요, 됐어요. 근데 막 화가 나요. 나이 많다고 마취하지 않고 하는 미용을 권하셨잖아요? 한 달 전에……. 그래서 무려 15만 원이나 되는 그 고가의 미용을 시켰죠. 그런데 그때부터 애가 먹은 걸 자주 토했어요. 근데 의사 선생님께서 괜찮다고 아니 괜찮아질 거라고 사료를 조금씩 나눠서 자주 주라고 하셨어요. 그래서 그렇게 했어요. 하라는 대로. 그런데 느닷없이 죽었어요. 그러니까 제 말은 의사 선생님께서……."

의사는 난처하다는 듯 콧잔등에 걸쳐진 안경테를 들었다가 내려놓으며 답했다.

"나이가 12살이면 노령입니다. 심장도 약했고. 그래서 마취를 피하라고 권유 드린 거고. 그게 잘못됐다는 건가요?"

누굴 탓한다고 죽은 내 고양이가 살아 돌아오지는 않는다. 나도 그걸 안다. 의사 선생을 향해 힘없이 목례를 하고는 병원을 나와 정처 없이 걸었다. 어디에 묻어 주면 곰탱이가 좋아할까, 생각하며.

곰탱이는 생긴 것과 달리 매우 예민한 고양이었다. 너무 예민해서 오줌 못 싸는 병에 걸리기도 했고. 고양이 요로증후군이라는…… 내 집에서 살기 시작한 지 한 달도 안 돼서 발병했는데 그때 곰탱이를 치료해 준 동물 병원 의사 말이 이랬다.

"스트레스와 불안 때문일 거예요. 거주 환경과 동거인들이 자주 바뀌는 바람에 생긴……"

5년 전, 곰탱이를 내 책상 아래 데려다 놓은 사람은 부장이었다. 안미진 부장. 그때는 안미진 차장이었다. 난 수석이었고. 여하튼 곰탱이는 안미진이 결혼 전에 키우던 고양이었다. 안미진이 결혼하고 임신하면서 이 집, 저 집 떠돌다 결국 내게 왔다.

"저 고양이는 한 번도 안 키워 봐서 자신 없어요."

"개랑 똑같아. 내가 보기에 넌 개보다 고양이를 더 좋아할 타입인데 지금까지 기회가 없었을 뿐이라고. 그러니까 일단 한 달만 데리고 있어 봐."

안미진의 말을 듣고 보니 생긴 게 마음에 들었다. 잘생긴 타입은 절대 아닌데 왠지 정이 가는 얼굴. 어린 잭 니콜슨^{Jack} Nicholson 같은 얼굴이 제법 귀엽게 보이는⋯⋯. 그 수더분한 외모와 달리 매우 까칠한 성격이라는 건 집에 데려가서야 알았다.

녀석은 일주일 동안이나 베란다에 숨어서 나오지 않았다. 막상 나와서 처음으로 내 다리 사이를 돌며 일말의 친근감을 표시한 날은 오줌을 갈겼고. 천으로 된 내 오렌지색 소파에⋯⋯. 그래서 난 지린내 나는 패브릭 소파를 버리고 검정색 가죽 소파를 샀다. 그러자 녀석은 새로 산 소파 밑으로 기어들어가 거의 한 달쯤 살았다. 언제 나와서 물과 사료를 챙겨 먹고 화장실에 가서 오줌을 누는지 전혀 알 수가 없었다.

그러던 어느 날이었다. 녀석이 나를 향해 등을 돌린 채 마른 발에 침을 묻혀 세수를 하고 털을 다듬고 있었다. 그러곤 벽을 향해 동상처럼 앉아 있다가 이내 꾸벅꾸벅 졸았다. 그 모습에 내 마음이 무너져 내렸다. 너무 사랑스러워서. '뭐야, 저 건방진 태도는⋯⋯' 그렇게 투덜거렸지만 이내 반해버렸다. 고양이의 독립적이고 자기만족적인 모습에. 게다가 파란색인가 하면 초록빛으로 빛나는 그 눈의 아름다움은⋯⋯.

"그 어떤 보석도 이보다 더 아름답지는 못할 거야."

옛 남자 친구 우식은 그렇게 말하곤 했다. 그러고 보니 우식에게는 알려야 하지 않을까 싶었다. 헤어진 지 2년이 넘었지만 그는 자격이 있었다. 곰탱이가 죽은 슬픔을 나눌 만한 유일한 한 사람으로서의 자격.

우식은 정말이지 내 고양이를 나보다 더 잘 돌봐 줬다. 아프면 수의사에게 데려가고 때맞춰 약 먹이고 잠들 때까지 하염없이 어루만져 주고. 심지어 내가 1년 동안 유럽을 여행하는 내 집에 들어와서 나 대신 집세를 내주고 내 고양이를 성심으로 보살핀 남자였다. 그러니 당연히 이 슬픔을 함께 나눌 자격이 있었다. 그러나…….

"미안해, 누나. 가 보지는 못할 것 같아. 나 곧 결혼해. 결혼식이 일주일도 안 남았어."

아, 그렇구나. 내가 또 내 생각만 했구나. 이기적으로, 지 멋대로 생각하고 해석하며……. 미안했다. 곰탱이에게도, 우식에게도.

"나야말로 미안해. 이제 와서 괜히 이런 소식 전해서……. 곰탱이는 내가 좋은 데 묻어 줄게. 걱정 마. 네가 아니었다면 곰탱이는 훨씬 더 일찍 죽었을 거야. 곰탱이도 그걸 알고 나도 그걸 알아. 고마워. 결혼 축하하고."

진심이었다. 그래서 울지 않으려고 애썼지만 마음먹은 대로 되지 않았다. 무엇보다 우식이가 기껏 연장해 놓은 곰탱이의 수명을 내가 단축한 건지도 모른다는 생각에…….

정말이다. 곰탱이는 나보다 우식을 더 좋아했다. 변덕스러운 내 사랑을 별로 신뢰하지 않았다. 변함없이 무던한 우식의 사랑을 신뢰했지. 그런데 그 둘을 내가 헤어지게 만들었다. 날 떠난 건 우식이었지만 우식을 떠나게 한 건 나였다. 내 이기심, 내 교만, 내 같잖은 이상이 우식을 가차 없이 밀어냈다.

"나는 작가가 되고 싶어. 진실한 작가. 타샤 튜더Tasha Tudor나 패티 스미스처럼 자기 삶과 예술을 일치시켰던 사람들처럼 되고 싶다고. 그런데 너랑 결혼하면 그럴 수 없을 것 같아. 중산층을 이끄는 유복한 부속품 같은 삶을 살겠지. 너도 알다시피 그건 내가 원하는 삶이 아니야. 나중에 널 증오하게 될지도 몰라."

고양이는 주인이 아니라 자기 영역에 더 애착을 느끼는 동물이다. 그런데 난, 우식과 헤어지고 무려 다섯 번이나 이사했다. 그때마다 곰탱이가 받은 정신적 충격과 스트레스, 불안이 그 조그마한 심장을 조금씩 갉아 먹었을 거다. 처음엔 그게 걱정스러워서 엄마네 집 지하에서 여의도 오피스텔로 이사 나갈 때, 난 과감하게 엄마네 집에 곰탱이를 두고 갔더랬다.

"영희야, 곰탱이 데려가. 너무 불쌍해서 못 보겠다. 널 기다리는 건지 온종일 동상처럼 앉아서 창문만 바라본다."

그때 생각을 하니 눈물이 또 왈칵 쏟아진다. 그 다음 날 눈 뜨자마자 엄마네 집에 달려가서 곰탱이를 데려왔다. 여름이었다. 곰탱이는 덥고 답답한 오피스텔 침대 아래서 온종일 웅크리고 있다가 내가 돌아오면 그제야 침대 위로 올라오곤 했다. 그럼 우리는 한동안 서로의 눈을 응시하곤 했다. 지금 생각해 보면 그때 난 난민 같은 눈동자를 하고 있었다. 곰탱이는 슬픔과

신성이 깃든 눈동자를 하고 있었고. 그 눈길로 우리는 사랑을 잃은 서로의 두려움과 고독을 핥아 주었던 것 같다.

난 그때 정말 엉망이었다. 내가 자초한 실연의 아픔이 생각보다 너무 지독했다. 우식이 떠난 빈자리가 너무 컸고 책은 써지지 않았다. 책은커녕 심지어 기사조차 써지지 않았다. 나만큼이나 쓸모없게 느껴지는 원고 더미 사이를 떠다니며 죄의식과 자책감으로 매일매일 절망했다. '책 몇 권 냈다고 개떡 같은 재능으로 교만을 부리다가 내 인생에서 가장 신실했던 사랑을 잃었다. 그 죗값을 톡톡히 치르리' 그때 내 결론은 그랬다.

무엇보다 나 자신이 끔찍하게 싫었다. 우식이 결혼하기 좋은 여자, 그러니까 나와 달리 성실하고 겸손한 성품의 아가씨를 만나 연애하는 동안, 나는 거식과 폭식을 오가며 나쁜 날씨에 저주를 퍼붓고 눈가의 다크 서클을 노려보며 나 자신을 저주했다. 그러다 뷰티 클리닉 시술실에서 울음을 터뜨린 날도 있었다. '필러 잘못 넣어서 녹여내고 있는 상황도 충분히 괴로운데 지금 뭐하시는 거예요?' 내 얼굴에 그려진 유성펜 자국을 지우며 진땀을 흘리던 간호사의 얼굴이 떠오른다. 갑작스러운 내 눈물에 어쩔 줄 몰라 하던 그 얼굴.

그냥 나 자신을 잊고 싶었다. 무능한 주제에 교만하기까지 한 병신 같은 내 모습……. 사랑이란 자아로부터 도망치려는 욕구라고 했던가? 서둘러 사랑에 빠지는 사람들의 심리 말이다. 그래서 다른 남자들을 만나기 시작했다. 우식과 구제불능의 나 자신을 잊기 위해. 애인 혹은 애인 비슷한 남자들을. 나는 그들이 나를 선택하도록 했고 내게 오도록 했다. 그들을 내 마음에 두려 노력했고, 가끔은 그들이 좋다고 믿으려 했다. 나름 진지했던 관계도 있었다. 그중 한 사람이 조영진이고 다른 한 사람이 C였다.

C는 정말이지 내 인생 최악의 시기에 만난 최악의 남자였다. 전두엽이 고장 난 전직 헤로인 중독자. 통제되지 않는 폭력성 때문에 종종 사고를 치고 전과를 만드는 현직 보석 감정사. 의심과 질투심에 휩싸여 몇 번이나 내 등이며 엉덩이를 걷어찼고 내 목을 움켜쥐고 벽으로 밀어붙이기도 했다. 그럼에도 불구하고 난 진지하게 결혼을 고려했고 심지어 엄마 없이 자란 그의 조카까지 양육하려고 했다. 그만큼 다른 사람의 삶에 슬그머니 스며들어서 나 자신을 잊고 싶은 마음이 컸다.

그러나 거기까지였다. 이대로는 안 된다고, 나 자신을 이렇게 홀대해서는 안 된다고 결심한 어느 날 난 단호하게 그 남자를 밀어냈다. 자존심이 셌던 C는 다행히 두말 않고 날 떠났다. 그러나 금방 후회가 됐다. 바보 같은 외로움 속에서 또 그 남자를 생각하며 술을 마셨다. 술에 취한 눈을 내 고양이의 신비롭게 빛나는 눈에 고정하며 소리 없이 말했다.

'도와줘, 곰탱아.'

오래오래 들여다봤다. 그 눈을……

'영희야, 문제는 남자가 아니야. 너도 그 정도는 알지 않니?'

침묵 속에서 곰탱이 눈이 꼭 그렇게 말하는 것처럼 느껴졌다.

'넌 내가 홀로 자족적인 동물이라 좋다면서? 너도 그렇게 될 수 있어. 꼭 훌륭하게 존재할 필요는 없는 거라고. 그냥 존재하면 돼. 다른 사람한테 피해만 안 주면 되는 거지. 그것도 괜찮은 인생이란 말이지. 그러니까 쓸데없이 널 너무 괴롭히지 마. 그냥 가만히 있어. 가만히 기다려 보라고. 나쁜 계절이 다 지나갈 때까지.'

난 내 고양이의 영혼을 믿는다. 그 영혼이 그렇게 말해 줬다는 것도. 녀석 덕분에 난 고독을 조금은 좋아하게 됐다. 견디지 않고 홀로 그냥 가만히 있는 고독을. 남자들이 떠나도 내겐 고양이가 있었다. 내 고양이와 함께 기다렸다. 글이 써지길, 다시 입맛이 돌아오길, 만족감 속에서 평온해지길……. 기다렸다. 불면증 환자가 잠이 오길 기다리는 것처럼. 그리고 결국 그날이 왔을 때 난 깨달았다. 내 고양이가 날 구원했다는 사실을.

"그건 정말이야. 곰탱이가 아니었다면 나는 감히 남자들을 떠나보내지 못했을 거야. 혼자 남는 게 무서워서도. '나쁜 남자라도 없는 것보다는 낫잖아'하면서."

내가 내 고양이의 장례식에 참석한 두 여자, 미선과 지희에게 그렇게 말하자 남자보다 개를 더 사랑하는 미선이 적극 동의했다.

"인간 수컷보다는 개나 고양이가 훨씬 더 믿을 만한 존재지. 애초부터 서로 그다지 바라는 게 별로 없으니 실망시키는 일도 결코 없고."

"전 동물을 안 키워 봐서 잘 모르겠지만, 미선 선배나 영희 선배 보면 인간과 인간의 사랑보다 인간과 동물 사이의 사랑이 더 순수하게 느껴져요. 그냥 좋은 거잖아요? 서로 바라는 거 없이, 그냥 존재하는 것만으로도……."

지희 말이 맞다. 그냥 좋다. 존재한다는 사실이. 그러면서 종종 한 마리의 개나 고양이가 보여 주는 우주와 신비를 느낀다. 그 진지한 눈 속에 담긴…….

"생각해 보면 개와 고양이는 우리에게 진짜 사랑이 뭔지 가르쳐 주는 존재인 것 같아. 학교에서는 경쟁에서 이기는 법만 배우잖아. 정작 가장 중요한 건 사랑인데. 사랑이 없으면 누구도 결코 행복할 수 없는데……. 약육강식의 세계에서 살아남기 위해 힘만 강조하는 교육을 시키는 거지. 그 때문에 사람들은 연애를 무슨 헤게모니 싸움처럼 생각하게 됐고. 덜 사랑하는 사람이 이기는 거라는 둥 하면서 말이야. 그런데 인간과 동물의 사랑에는 그런 저울질 자체가 없어. 서로의 사랑을 의심하는 법도 없고. 상대가 변화하길 바라지도 않고. 그냥 아무 요구 없이 상대의 존재 자체를 사랑하는 게 진짜 사랑이라는 걸 우리에게 가르쳐 주는 게 아닌가 싶어. 그런 점에서 난 사실 그들이 인간보다 더 신성하게 느껴져."

한 마리 짐승이 되어 그들과 함께 살고 싶다.

저렇게 평화롭게 만족스러운 삶이 있는 것을.

나는 선 채로 오랫동안 짐승들을 바라본다.

그들은 자신이 처한 상황을 걱정하거나 불평하지 않는다.

어둠 속에 깨어 자신의 죄를 뉘우치며 눈물짓지도 않고

하나님에 대한 의무를 들먹여 나를 역겹게 하지도 않는다.

불만을 드러내는 놈도 없고

소유욕에 혼을 빼앗기는 놈도 없다.

다른 놈이나 먼먼 조상에게 무릎 꿇는 놈도 없다.

이 지구를 통틀어 보아도 어느 한 마리

점잔 빼는 놈도, 불행한 놈도 없다.

월트 휘트먼Walt Whitman, 「내 자신의 노래 32Song of Myself」 중에서

'고독한 곰' 같은 내 고양이에게 바치는 시다. 하얀 종이에 그 시를 적어서 곰탱이 배 위에 올려 줬다. 그리고 내가 가장 좋아하던 담요로 곰탱이 몸을 잘 감쌌다.

"어디 생각해 둔 장소는 있는 거야?"

미선이가 걱정스러운 눈빛으로 물으며 옷을 챙겨 입었다.

"용산 가족 공원에 묻어 주려고. 자주 산책하는 곳이라 잘 알아. 봄이면 꽃도 피고 나비도 날아드는 곳인데 오는 사람이 별로 없어서 대체로 늘 조용해."

"하지만 그거 불법 아니에요?"

그렇게 묻는 지희의 목소리에 두려움 같은 게 묻어 있었다.

"그래서 공원 관리인도 잠든 시간에 가려고 지금껏 기다린 거야. 무서우면 지희 넌 그냥 집에서 기다려."

"아니에요. 저도 갈 거예요."

12월 24일 밤 11시 무렵이라 공원은 무섭도록 조용했다. 산책로에서 한참 벗어난 언덕 위에 곰탱이를 내려놨다. 어디에 묻어 줄까? 가장 예뻐 보이는 나무 하나를 골랐다. 그 나무 아래를 화분용 삽으로 팠다. 땅이 얼어붙어서 잘 파지지 않았다. 그래도 미선이와 지희가 도와준 덕분에 한 시간도 안 돼서 70센티미터 가까이 팔 수 있었다. 그 구덩이에 곰탱이를 누였다. 심심할 때 가지고 놀라고 사 준 장난감도 같이 묻어 줬다. 눈물이 나지는 않았다. 더 이상은……. 비교적 편안한 마음으로 곰탱이를 보낼 수 있어서 기뻤다.

"천국에 갔을 거야. 크리스마스잖아."

미선이 그렇게 위로했지만 그렇다고 슬프지 않은 건 아니었다.

무사태평으로 보이는 사람들도 마음속 깊은 곳을 두드려보면 어딘가 슬픈 소리가 난다.

곰탱이 때문에 읽게 된 나쓰메 소세키夏目漱石의 『나는 고양이로소이다吾輩は描である』에는 그렇게 쓰여 있었다.

11

우주의 외로운 여행자들이

모두 모여 축제의 집회를 연다면

저런 느낌일까?

11. 거기 아직 있나요?

연민-부처의 나그네 길에는 그것이 훌륭한 안내자이다. 연민을 통해 우리들은 육체에서 스스로 해방이 되고, 울타리를 무너뜨리고, 무無와 하나가 된다. … 불가항력으로 아무렇게나 몸을 내맡기고 그들은 젖을 빨러 가는 새끼 염소들처럼 뛰어간다. 인간뿐 아니라 모든 짐승들이, 사람들과, 짐승들과, 나무들이……. 그리스도와 달리 부처는 인간들만 골라내지 않고, 모든 것을 불쌍히 여기고, 모든 것을 구원한다.

니코스 카잔차키스Nikos Kazantzakis의 『영혼의 자서전Report to Greco』에서 발견한 이 문장 때문이었을까? 아님 내 고양이가 환생하길 바라는 마음 때문이었을까? 문득 절에 가야겠다는 생각이 들었다. 마침 신정 연휴였다. 멀리 가지는 못할 것 같아서 경기도 인근의 절을 알아봤다. 가평에 있는 백련사가 적당해 보였다. 마침 새해맞이 템플스테이 지원자를 받고 있어서 접근하기가 비교적 용이해 보였다.

여행 가방을 꾸리며 절에서 읽을 만한 책을 골라냈다. 『영혼의 자서전』과 어울릴 만한 책들. 알베르 카뮈Albert Camus의 『안과 겉L'envers et L'endroit』과 밀란 쿤데라Milan Kundera의 『참을 수 없는 존재의 가벼움L'insoutenable Légèreté de L'être』 중 뭘 고를까 고민하다가 그냥 둘 다 집어넣는다. 그 와중에 파스칼에게 좀 더 다가가고 싶다는 생각에 윌리엄 블레이크의 시선집도 챙겨 넣고. 그러면서 나 자신을 나무란다. 겨우 3박 4일, 그것도 절에 머물 계획이면서 또 이리 책 욕심을 부리다니…….

항상 이런 식이다. 책 욕심을 버리지 못해 여행 가방이 늘 무거워진다. 하지만 어쩔 수 없다. 책을 챙기지 않으면 나로서는 여행 가방이라는 걸 아예 꾸릴 수조차 없다. 책 한 권도 없이 어딜 간단 말인가? 당황스럽고 두려운 일이다.

당연히 여행이 길어지면 여행 가방이 감당해야 할 책의 무게도 늘어난다. 그 때문에 1년 동안 여행하면서 터득한 방법이 하나 있다. 낯선 이국의 땅에서 본 책들을 고국의 내 집으로 보내는 거다. 그러면서 각 나라의 우체국을 경험한다. 구멍가게 스타일의 몰타 우체국, 궁전도 울고 간다는 바르셀로나의 중앙 우체국, 손님의 우편물에 도무지 관심이 없는 로마 우체국, 로마에 비하면 사랑스럽기 짝이 없는 스위스 우체국, 유난히 육중한 문과 고풍스러운 분위기로 날 압도한 부다페스트 우체국…….

사실상 여행과 독서는 내게 동일한 것이다. 모양새나 방법이 다를 뿐 한 목적으로 움직이는 영혼의 샴쌍둥이랄까? 느닷없이 우리를 다른 세계로 데려가 일상에선 전혀 생각하지 못한 것들을 생각하게 하는가 하면, 자발적 고독 속에서 가차 없이 자신을 돌아보게 하는 것. 한마디로 알랭 드 보통이 말한 '생각의 산파'로서의 독서와 여행은 내연과 외연처럼 한 몸인 거다. 그 때문일까? 남녀가 한 몸이었던 최초의 인간처럼 여행과 독서는 함께할 때 더 막강한 힘을 발휘하는 것 같다. 신이 두려워할 만큼 힘이 세진 최초의 인간 말이다.

"넌 피곤하지도 않니? 회사 갔다 와서 매일 밤 자전거 타고 곰탱이 보러 다니는 것도 부족해서 이젠 절까지 가시겠다고? 왜? 곰탱이를 위해 108배라도 하려고?"

"응."

여행 가방을 현관 앞까지 들어 주며 걱정하는 엄마한테는 미안했지만 그냥 그렇게만 답했다. 그러자 엄마가 또 혀를 찼다.

"혼기 놓친 처자가 아주 잘도 싸돌아다니는구나. 겁도 없이."

나와 내 결혼에 대해서 왔다 갔다 하는 엄마를 이쯤에서 안심시킬 필요가 있었다.

"내가 만약 결혼했다면 지금쯤 전 부치고 있겠지. 허리가 끊어질 때까지. 그보다는 여행이 낫지, 안 그래? 그래서 엄마도 나보고 되도록 늦게 결혼하라고 한 거고."

"하긴 그 나이가 되도록 아직까지 다리 떠는 버릇 하나 못 고친 우리 딸에게 살뜰하게 챙겨야 하는 남편이나 아이, 시댁이 없다는 건 다행일지도 모르지."

"그러니까 내 걱정 말고 엄마는 오빠 집에 가서 오랜만에 올케들 요리하는 거나 좀 도와줘."

"알았다, 알았어, 잘난 우리 따님. 조심해서 갔다 오셔."

돌아오기만 하면 된다. 엄마는 그렇게 말했었다. 결혼 적령

기가 지난 처자의 몸으로 내가 무려 1년씩이나 집을 비우고 여행하는 동안 엄마는 좀 아팠던 모양이다. 부다페스트의 한 공중전화 박스에서 내가 어디가 아프냐고 묻자 엄마는 그렇게 대답했다. '돌아오기만 하면 된다고. 네가 돌아오기만 하면 낫는 병이라고'

네르발에 올라타서 시동을 걸고 음악을 틀자 〈흑인 오르페 Orfeu Negro〉의 OST로 유명해진 보사노바 명곡 '카니발의 아침 Manha De Carnaval'이 흘러나왔다. 리라를 연주하면 동물들까지도 귀를 기울였다는 리라의 명인 오르페우스의 슬픈 사랑 이야기.

"리라 대신 기타, 고대의 음악 대신 보사노바를 부르는 오르페우스를 상상해내는 것이 영화야. 그게 바로 내가 영화를 미치도록 좋아하는 이유이기도 하고."

〈흑인 오르페〉를 보며 조영진이 들려줬던 얘기다. 한없이 부드럽고 감미로운 노랫소리에 아이들과 짐승들이 꿈꾸는 듯 오르페 주변에 모여들어 음악을 듣던 장면이 떠오른다. 가난한 브라질의 오두막 풍경이 천국인 듯 행복해 보이는 장면. 그러나 어딘지 '재의 수요일' 같은 슬픔의 냄새가 나던 장면.

오디오 트랙이 〈흑인 오르페〉에 삽입된 또 다른 보사노바 명곡 '행복 A Felicidade'으로 넘어가자 이번에는 파스칼의 얼굴이 떠올랐다. 커다란 손에서 건들거리던 코스모스, 택시에 앉아서 힘없이 손을 흔들던 모습, 그 고아 같은 얼굴. 사실은 그 얼굴을 꼭 안아 주고 싶었다.

"문제는 언니가 너무 연민에 이끌리는 경향이 있다는 거야. 그래서 계속 실패한 연애만 되풀이하고 있는지도 모른다고. 그런 생각 안 해 봤어?"

언젠가 주리가 그렇게 말했을 때 난 부정하지 않았다. 사실이 그랬다. 연민할 구석이 눈곱만큼도 없어 보이는 잘난 남자들에게 난 좀처럼 인간적인 매력을 느끼지 못했다. 이른바 능력 있고 돈 많고 자신감 넘치는 남자들 말이다.

"언니, 그것도 일종의 콤플렉스 아닐까? 여자가 자신과 아이를 안정적으로 부양해 줄 수 있는 능력을 가진 수컷에게 끌리는 건 동물적 본능 같은 거야. 여자들은 본능적으로 자신의 지위와 돈, 서열을 함께 나누고자 하는 남자에게 끌리게 되어 있다는 거지. 그런데 언니는 그 동물적 본능에 거부감을 느낀다는 거잖아? 왜 그럴까? 여하튼 언니만의 어떤 무의식, 혹은 학습된 자의식이 작동한 결과겠지. 콤플렉스가 아니라 의도된 의식인지도 모르고……."

우리 아빠 때문일지도 모른다. 처자식 먹여 살리는 능력도 없는 주제에 곧잘 거지에게 연민을 베풀던 남자. 자기 무능력을 술로 잊고자 했던 남자. 결국 마흔도 안 돼 일찍 죽은 남자.

"모르겠어. 난 내가 장차 앞으로 낳을 아이에 대해 조금도 관심이 없어. 심지어 그 존재가 무섭고 두려워. 앞으로도 낳고 싶지 않아, 솔직히. 내 생체 시계가 얼른 끝나서 아이를 낳을 수 없는 불모의 몸이 됐음 좋겠다고 생각해, 심지어……. 그 대신 남아도는 모성애를 마음껏 베풀 수 있는 남자를 찾고 있는지도 모르지. 개나 고양이보다 더 오래 사는 인간 파트너 말이야."

그러고 보니 주리를 못 본 지 너무 오래됐다는 생각이 든다. 한때 우리는 친자매보다 더 친했다. 그런데 어느 순간 소원해졌다. 너무 다른 삶의 방식이 소통 자체를 불가능하게 만들었다. 주리가 준재벌 아들과 결혼하고 그의 2세를 낳고 또 아이를 낳아 기르며 상류층 며느리로서의 교양 수업을 받는 동안 우리는 조금씩 할 말을 잃어 갔다. 우정에도 사랑처럼 유통기한이 있는 걸까? 그런 생각을 하면 문득 슬퍼진다.

이런저런 생각을 하며 운전을 하다 보니 어느새 두 시간이 훌쩍 지나 목적지에 도착해 있었다. 경기도 가평군 상면 연하리 축령산 자리에 위치한 백련사. 창건이 오래되지 않은 절이라 보물이나 문화재는 없지만 여느 절에 비하여 매우 깔끔하고 정돈된 느낌을 주는 절이다. 전각에 단청이 안 되어 있는 점이 오히려 마음을 편안하게 하고, 절 뒤쪽으로 20여 분을 올라가면 하늘이 보이지 않을 정도의 아름드리 잣나무숲이 사방 4킬로미터에 펼쳐져 있어서 그대로가 천연삼림욕장이었다. 스케줄대로 움직이는 체험형 템플스테이가 아니라, 마음 내키면 예불에 참석하고 안 내키면 책을 읽거나 산에 오르거나 혹은 종일 지치도록 잠을 자도 누구 하나 뭐라는 사람 없는 휴식형이라 처음부터 마음이 편했다. 게다가 때는 오후 1시 무렵이라 나 혼자뿐이었다. 여러 사람이 함께 묵는 선방에서 절복으로 갈아입고 주변을 좀 둘러본 후 선방 마당에 나와 느긋하게 『영혼의 자서전』을 펼쳐 들었다.

이 세상에서 삶을 인내하게끔 만들기 위해 내세의 보답과 벌을 심어놓은 종교는 얼마나 교활한가. 나는 격분해서 소리쳤다. 현재의 삶에서 하찮은 것을 내놓고 내세에서 불멸의 재산을 주도록 알량하게 계산하는 주님의 계획서 같은 종교는 얼마나 약삭빠른가! 얼마나 단순하고, 얼마나 간악하고, 얼마나 인색한가! 그렇다, 천국을 바라거나 지옥을 두려워하는 자는 자유로울 수 없다.

이 대목을 읽으며 내 영혼을 강타하는 듯한 카잔차키스의 우렁찬 목소리에 전율하고 말았다. 감히 신을 부정하고 종교를 질책하는 글이라 달콤한 죄책감마저 들었다. 그러나 다행히 내가 아는 한 불교는 가장 비종교적인 종교다. 아이러니하지만 사실이다. 어떤 영국의 철학자도 그렇게 말했다. 왜냐하면 불교에서는 전지전능한 창조주로서 하느님을 믿지 않기 때문이다. 부처는 신이 아니고 인간이었다. 세상에 대한 호기심이 많아서 안락한 궁전을 빠져나온 노마드적 인간. 그러나 고행 끝에 보리수나무 밑에서 깨달음을 얻은 자. 그 때문에 불교에서는 부처를 믿으라고 강요하지 않고 스스로 부처가 되라고 주문한다. '전도하라' 주문하지 않고 '성불하라' 주문한다. '성불'이란 글자 그대로라면 '부처를 이룬다'는 뜻이다.

주지 스님이 저녁 예불을 마치고 수련생들을 불러 차 한 잔씩 ―실은 한 잔이 아니라 저마다 다섯 잔쯤 마신 것 같다― 내주시는 자리에서 말씀하셨다.

"불교에 입문하고 귀에 못이 박히도록 들은 말이 있습니다. 네 마음이 부처다. 그런데 불교의 핵심이 뭔 줄 아십니까? 자비심, 측은지심입니다. 그러니까 모든 생명체에게 자비와 측은지심을 베푸는 너의 마음이 부처라는 얘기입니다."

그런가 하면 불교는 믿음이 아니라 의심의 종교라 했던 말도 기억에 남는다.

"다른 종교는 절대자를 향한 믿음의 종교지만 불교는 인간 스스로 끊임없이 질문하고 의심하는 종교입니다. 부처는 뭘까, 나는 뭘까, 우리는 어디서 와서 어디로 가는가? 그런 질문과 의심 속에 스스로 깨달음을 얻는 종교인 거죠."

스님의 얘기를 듣고 있으니 불교는 종교라기보다는 합리적인 과학이나 철학에 가까운 것 같았다.

"맞습니다. 그런 면에서 불자들은 자부심을 가질 필요가 있다고 생각합니다. 스스로 의심하고 깨달을 수 있는 사람은 사실 절에 오실 필요도 없습니다."

그렇다. 종교적 깨달음을 얻기 위한 가장 좋은 방법은 절에 가는 게 아니라 스스로 내면을 바라보는 것이다.

'스스로 등불이 되어라.'

나는 불자라기보다 무신론자 혹은 다신론자에 가까웠지만 부처가 남긴 이 말을 오랫동안 마음에 품어 두고 싶었다.

새벽에 듣는 법당의 염불 소리가 듣기 좋았다. 아직 여명이 오지 않은 새벽녘의 푸르스름한 시공에 울려 퍼지는 작은 스님의 그 부드럽고도 모호한 기도 소리가 신성하게 가슴을 헤집고 들어오자, 내 영혼이 그 음이 울리는 동안 공중에 머물러 있는 듯했다. 밤마다 저녁 예불을 마치고 취침 전에 하는 108배도 좋았다. 내 몸이 한없이 낮아지는 느낌. 그 느낌으로 곰탱이를 향해 나아갔다. 그 영혼이 편안하고 행복하길 바랐다. 무거운 육체를 벗어난 그 영혼이 춤추길 바랐다. 나비와 함께. 23배, 24배, 25배. 아, 그런데 파스칼이 머릿속으로 불쑥 뛰어든다. 이건 잡념이다. 지금은 곰탱이를 위한 시간이다. 다시 마음을 잡는다. 76배. 다시 나타난다.

'아, 정말 왜 이러세요? 그래요, 편지 보낼게요. 한 달 가까이 못 보낸 거 안다고요. 늘 생각하고 있어요. 정말이라고요.'

후들거리는 다리를 붙잡고 겨우겨우 방에 도착했건만 잠이 오지 않았다. 삼십 분쯤 뒤척였다. 다른 사람들은 벌써 잠이 든 것 같다. 새근거리는 소리가 여기저기서 들려왔다. 살금살금 선방을 나와 모바일폰에 계정된 이메일을 열었다. 헉, 내가 오직

한 사람을 위해 계정했던 이메일에 뭔가 와 있었다.

어제 오후 7:50

목소리가 듣고 싶어요. 얘기하고 싶다고요. 종알종알, 나불 나불……

어제 오후 9:47

전화번호 줄까요? 016-3700-3737. 아무리 머리가 나빠도 결 코 잊어버릴 수 없는 번호라고 생각하지 않아요?

어제 오후 11:01

이봐요. 당신 나빠. 왜 기다리게 하는 거죠? 난 원래 기다리 던 게 없는 사람이었는데……

오전 8:46

아침이네요. 아침 빛이 참 예뻐요. 해가 떴거든요. 이 빛을 보고 있나요? 이럴 때 '안녕?' 하고 인사할 수 있는 누군가가 있다면 좋겠다는 생각을 했어요.

오후 9:26

거기 아직 있나요?

당장 전화하고 싶었다. 나 여기 있다고, 그리 멀지 않은 곳에 있다고 말하고 싶었다. 그런데 그러기엔 너무 늦은 시간이었다. 밤 10시, 파스칼은 자고 있을까? 내일 아침까지 기다리자니 너무도 가슴이 답답했다. 다행히 코트를 입고 나와 있었다. 그래도 추워서 손이 떨렸다. 가슴도 떨렸다. 주체할 수 없이 온몸이 떨렸다. 가만히 있을 수가 없었다. 가만히 앉아서 두툼한 하얀 눈이 방사하는 고요를 쳐다보고 있기엔 내 온몸이 너무 요동쳤다. 간신히 주차장까지 걸어가서 네르발에 올라탔다. 시동을 켜고 파스칼의 전화번호를 눌렀다. 신호음이 세 번 울리고 네 번째 울리려고 할 차례였다.

"여보세요?"

음악 소리와 함께 파스칼의 목소리가 울렸다.

"저예요."

"영희 씨?"

"네."

"히히 내가 그럴 줄 알았어요. 영희 씨가 젠티일 줄 알았어요."

"젠티요?"

"시치미 떼지 말아요. 젠티에게 준 전화번호로 영희 씨가 전화했으니 젠티가 영희 씨인 거잖아요. 게다가 그 번호는 완전 새 번호라 젠티 말고는 아무도 모르는 번호라고요."

"오, 그렇게 영악한 구석이 있었다니. 제법 용의주도한 면도 있고."

"어디예요?"

"가평에 있는 절에 와 있어요."

"이쪽으로 올래요? 난 가고 싶어도 차가 없어서 못 가요."

"너무 늦지 않았어요?"

"겨우 10시인데요, 뭘······."

웃으며 전화를 끊은 뒤 담배에 불을 댕기고 별을 바라봤다. 어느 별이 나를 이끌어 그에게 닿도록 했을까 생각하다가 문득 부처의 말을 다시 떠올렸다.

스스로 등불이 되어라.

전혀 모르고 살던 한 남자에게 의미를 부여하고 그에게 다가가 말을 걸고 편지를 쓴 사람은 그 누구도 아닌 나 자신이었다. 그러니 '인간은 자기 자신의 별이다'라고 해도 좋으리라. 그런 생각이 들었다. 황홀하게도.

12

"또 어떤 남자를 좋아하는데요?"

"최근에 안 사실인데요.

느끼고 반응하는 게 좀 걱정스러울 정도로 순빵인데

그 때문에 더 의지가 되는 남자랄까?"

12. 어느 별에서 오셨어요?

밤 10시 반 무렵이었다. 살금살금 산방을 빠져나온 나는 안성으로 차를 몰고 있었다. 눈길에 네르발이 몇 번인가 주춤거리며 이상한 소리를 냈다. 불안 섞인 만족감을 드러내는 고양이가 갸르릉거리는 소리 같았다. 그 소리를 들으며 나는 지금의 내 감정, 내 행동에 대해 생각했다. 이 야심한 밤에 무엇이 나를 끌어당기기에 잘 알지도 못하는 타인을 향해 이렇게 겁도 없이 달려가는 것일까?

만유인력이란 서로를 끌어당기는 고독의 힘이다.

다니카와 슌타로谷川俊太郎의 시집 『이십억 광년의 고독二十億光年の孤獨』에 그렇게 쓰여 있었다. 반은 맞고 반은 틀린 말 같다. 고독하다고 결코 아무나 끌어안지는 않으니까. 또다시 실망하느니 차라리 혼자가 낫다. 게다가 세상에는 스밀라처럼 고독을 '은혜의 불빛'처럼 여기는 사람들도 많다. 이런저런 행사나 모임, 칵테일 파티 같은 데서 나 자신을 멍청하게 소모하고 있노라면 서둘러 귀가해 혼자가 되고 싶은 마음이 오히려 간절해지기 마련이니까. 사람들이 수도원이나 사찰을 찾는 이유도 실은 그 때문일 거다. 정적과 고독을 충전할 수 있는 시간과 장소를 구하는 거다. 내가 혼자 낯선 도시를 여행하고 무리 속에 있으면서도 기꺼이 혼자 외톨이가 되어 책을 읽는 이유도 마찬가지일 테고. 여행과 독서, 산책과 몽상, 누구도 침범할 수 없는 자기 내면에 충실해지기 위해 기꺼이 고독 속으로 들어가는 시간.

난 고독을 두려워하지 않는 사람을 좋아한다. 그게 내 취향이다. 알베르 카뮈처럼 고독 속에서 충만감을 느끼는 사람들에게 동경심을 느낀다. 아무 방해도 받지 않고 혼자 있는 시간 속에서 무엇인가 진실로 이해하고 표현하고자 하는 시도를 멈추지 않고 계속하는 사람들. 카뮈에게 호화로움은 물질적 풍요가 아니었다. 그건 오히려 어떤 '헐벗음'으로서 고독한 순간, 아무것도 가진 것이 없는 어떤 순간에 느끼는 충일감에 가깝다고 그는 썼다. 그 문장을 읽었을 때 난 전율했고, 전율하며 파스칼을 떠올렸다. 그게 잘 알지도 못하면서 막연히 그럴 거라 추측하며 내가 다가가게 된 남자의 존재 방식인 것 같았다.

바로 그 남자, 파스칼이 빈민구제원에서 얻어 온 것 같은 허름한 외투 차림으로 집 앞에 나와 있었다. 바지 주머니에 손을 찔러 넣고 쑥스러운지 몸을 흔들었다. '아, 진짜 왔네' 하며, 방긋 웃는데 그 얼굴이 좋아서 어쩔 줄 몰라 하는 것 같았다.

"집 찾기 어렵지는 않았어요?"

"아니요, 전혀. 아무도 내리지 않고 타지도 않는 논밭 한가운데 있는 간이역처럼 찾기 쉽던데요."

어색한 분위기가 없진 않았다. 하지만 이런 게 음악의 힘이라는 거겠지? 파스칼이 틀어 놓은 재즈 피아노 음악에 순식간에 동화되며 마음이 편안해졌다.

"누구 음악이죠?"

"오스카 피터슨Oscar Peterson이요."

"잘 모르겠지만 좋네요. 오길 잘했다는 생각이 들 정도로. 혹시 곡 제목이 뭔지 좀 확인해 줄 수 있나요?"

세상에······. 나도 파스칼도 얼굴이 빨개지고 말았다. 'What Is This Thing Called Love?'라니······. 지금 우리 상황에 너무도 잘 맞게 연출된 선곡 같아서 소름이 끼쳤다. 혹시 이거 〈트루먼 쇼The Truman Show〉 같은 거 아니야? 어딘가에 카메라가 설치되어 있고 사람들이 맥줏집 같은 데 모여서 우리의 첫 러브신을 구경하고 있는 거 아니냔 말이다.

술이 필요했다. 마침 편의점에서 사온 와인이 있어서 혹시 잔이 있냐고 물었다. 그러자 그가 머그잔을 내밀었다. 그보다는 차라리 편의점에서 사온 투명 플라스틱 컵이 낫겠다 싶어서 두 잔 가득 따르고 건배도 없이 한 모금 급히 마셨다. 그리곤 천천히 파스칼의 그림들을 살펴봤다.

우주의 외로운 여행자들이 모두 모여 축제의 집회를 연다면 저런 느낌일까? 저마다 알 수 없는 어둠 속에서 온 우주 여행자들이 반딧불 같은 작은 빛을 가지고 와서 모두 한데 모이는 시간. 마치 태국의 카오산 로드에서처럼 여행자들이 한곳에 모여서 노래하고 춤추며 서로의 빛을 교환하는 거다. 그러다 한바탕 축제가 끝나면 다시 어둠 속으로 사라져 가고. 우주의 외로운 여행자들이니까.

그 압도적인 스케일의 서정성 앞에서 잠시 숨죽이고 있었다. 아득하다고 할까? 멍하다고 할까? 그런 이상한 느낌 속에서 내가 물었다.

"어느 별에서 오셨어요?"

"네?"

"아니, 무슨 생각을 하길래 이런 그림을 그리냐구요, 그림 그리면서 우주랑 교신하시는 거 맞죠?"

맞다는 건지, 틀리다는 건지 파스칼이 히죽 웃었다. 머리까지 긁적이며…….

"사실 다음 전시 제목을 〈코스믹 댄서Cosmic Dancer〉라 할까 싶었어요."

"우와 그럼 제가 정확히 맞춘 거네요? 우주적 춤꾼이라…….혹시 패티 스미스의 'Ghost Dance' 같은 곡 갖고 있어요? 왠지 그게 듣고 싶네. 혹시 없으면 산울림의 '내 마음의 주단을 깔고' 같은 곡도 좋고요."

"패티 스미스를 알아요?"

그가 깜짝 놀란 듯 물었다.

"저도 놀라운데요. 패티 스미스, 그거 반신반의하며 물어본 거예요. 당연히 없겠지 싶어서 산울림을 주문한 거고."

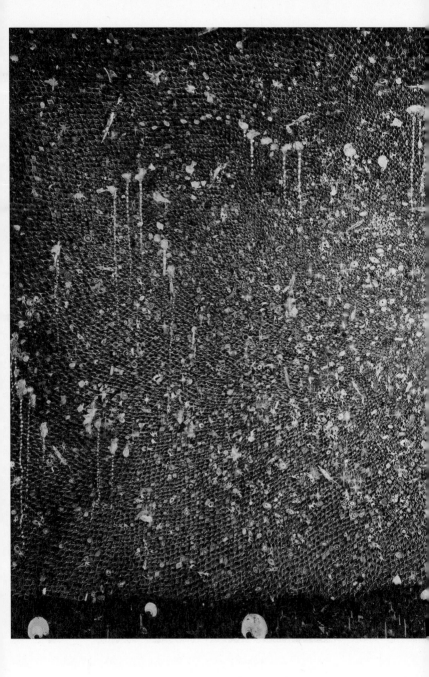

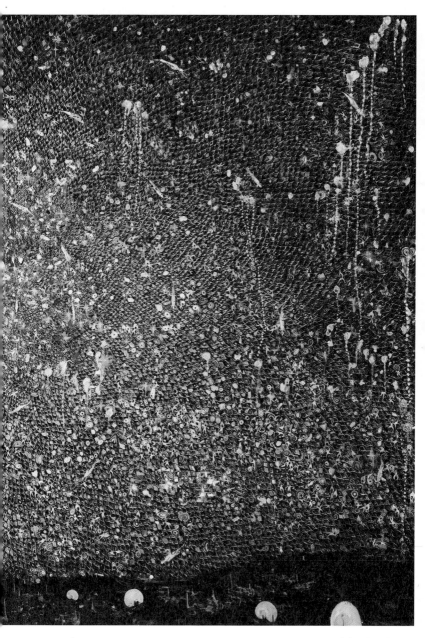

Cosmic Dancer, JI Yonghyun, 1,097×145cm, 캔버스에 유채, 2012

"있어요. 물론 산울림도 있고요."

이럴 수가……. 이건 정말 대단한 표식이다. 이제 막 사랑에 빠진 사람들이 그런다는 거 안다. '어마 뉴욕 좋아하세요? 저도 그런데……', '커피는 역시 스타벅스죠. 취향이 저랑 정말 잘 맞으시네요' 뭐 이러면서 별거 아닌 기호들에 대단한 우연인 양 의미를 부여한다는 거. 하지만 이건 그런 거랑은 차원이 다른 얘기다. 예컨대 뉴욕이나 스타벅스를 좋아하는 취향에 그 사람의 영혼이 담겨 있다고는 할 수 없을 거다. 그럴 수도 있지만……. 하지만 음악은 다르다. 여하튼 다르다. 니체^{Nietzsche}가 그랬듯 '음악은 동지를 구별하는 영혼의 식별표' 같은 거다. —니체는 '예술'이라고 했지만 나는 '영혼'이라고 고쳐 쓰고 싶다— 게다가 산울림과 패티 스미스 둘 다 좋아하고 음반이든 뭐든 음원까지 가지고 있는 사람이 세상에 몇이나 될까? 세계 인구의 0.1퍼센트, 아니 0.01퍼센트도 안 될 거다. 이건 파리에서 런던으로 가는 브리티시 항공 이코노미 클래스에서 그 여자와 만날 확률을 일일이 계산하며 —5,841분의 1의 확률이라나?— 그 만남을 운명화 했던 알랭 드 보통의 '낭만적 착각'하고도 다른 얘기다. 그보다는 운명으로서의 우연을 만드는 건 인간 그 자신이라고 했던 산도르 마라이의 통찰력에 걸맞은 만남이리라.

모든 일이 어느 날 갑자기 닥치는 것이 아니다. 누구나 스스로 일을 자초하기 마련이다. … 운명이 슬쩍 우리 삶으로 끼어

든다는 말은 맞지 않아. 그게 아니라 우리가 열어놓은 문으로 들어오고 또 우리는 더 가까이 오라고 청하는 걸세.

모든 것을 감싸 안고 있는 넉넉한 어둠 속에서 우리는 함께 음악을 들었다. 패티 스미스를 듣고, 산울림을 듣고, 웨스 몽고메리Wes Montgomery를 듣고, 이장희를 듣고, 한대수를 듣고, 도어즈The Doors를 듣고, 벨벳 언더그라운드The Velvet Underground를 듣고, 주다스 프리스트Judas Priest를 들었다. 음악을 들으며 함께 춤을 췄다. 춤과 음악에 너무 고무된 나머지 하늘로 솟구칠 듯 방방 뛰다가 넘어질 듯 부둥켜안고 웃음을 터뜨렸다. 그렇게 충분히 고무된 상태에서 우리는 서로를 안았다.

이게 혼자만의 상상 속에서 갈고 다듬고 매만지던 그의 방식이었을까? 처음으로 두 사람의 입술이 닿자 그가 조용히 명령하듯 말했다.

"혀!"

천천히 그의 혀가 나의 혀를 맞이하도록 내버려 두었다. 나를 바로 그에게 주어 버리고 싶은 마음을 억누른 채 그의 손길에 조용히 복종했다. 한 남자가 내 안에서 용해되고 충분히 잠기는 시간. 만물의 원리에 순종하는 사람들처럼 우리는 아무 조건 없이 서로를 완전히 받아들였고 그러자 완전하게 무장해제된 느낌이었다. 사랑을 나누면서 그는 신음하다 때때로 흐느꼈고 쾌락의 힘에 흠칫흠칫 놀라곤 했다.

"너무 강렬해서 폭발해버릴 것 같아요."

그 증폭되는 에너지에 실은 나 자신도 놀랐다. 끝도 없이 밀려드는 파도를 타고 지상으로부터 점점 더 멀리 나아가는 것 같았다. 시간과 공간은 더 이상 존재하지 않고 너와 내가 구별되지 않는 충만한 황홀감. 그렇게 우리가 함께 영원이 되는 기적이라도 부릴 수 있을 것 같았다.

"그동안 어떻게 해결했어요? 결혼하려고 했던 첫 번째 여자친구랑 헤어지고 쭉 연애 안 했다면서요? 10년 가까이. 그 긴 시간 동안 성욕을 어떻게 해결했냐고요?"

썰물도 밀물도 모두 빠져나간 해변에 앉아 노을을 보는 시간, 내가 그에게 물었다.

"좀 창피하긴 한데 1~2년에 한두 번 가까이 창녀에게 갔어요. 그게 맨정신엔 할 수 있는 일이 아니어서……, 술에 진탕 취해 있을 때 누가 돈 내준다고 같이 가자고 할 때만 갔는데 그러다 보니 늘 사정이 잘 안 됐어요. 한 번은 어떤 나이 든 여자가 호통을 치더라고요. 아직 멀었냐고? 씨발 지친다고. 얼마나 억울한지……. 새벽에 버스 타고 집에 가면서 차창에 내 머리를 막 쥐어박았어요. 다시는 이런 짓 하지 말자, 맹세하며."

미안한데 '호통'이라는 표현에 내가 정신없이 웃고 말았다. 그리곤 그 정직함이 예뻐서 볼에 쪽 소리가 나도록 뽀뽀해 줬다.

"전 정직한 남자를 좋아해요. 그 때문에 존 버거 책에서 '아들이 정직할수록 어머니의 두려움이 줄어드는 세상을 꿈꾼다'는 표현을 읽고 심지어 울고 말았어요. 그건 역으로 얘기하면 아들이 정직할수록 살기 힘든 세상이라는 말이잖아요? 슬프더라고요. 그게 내가 사랑했고 앞으로 사랑할 남자들의 운명인가 싶어서."

"또 어떤 남자를 좋아하는데요?"

그가 물었다.

"한동안 까맣게 잊고 있다가 최근에 안 사실인데요. 어릴 때 제 이상형은 만만해 보일 정도로 존재감 없어 보이는데 사실은 자기 세계가 견고한 남자였던 것 같아요. 아니면 느끼고 반응하는 게 좀 걱정스러울 정도로 순빵인데 그 때문에 더 의지가 되는 남자랄까? 그러니까, 예를 들자면······ 저 어릴 때 좋아했던 고행석 만화 주인공 구영탄처럼요."

내가 그렇게 말하자 파스칼이 갑자기 벌떡 일어나 앉았다.

"정말 구영탄을 좋아했어요? 처음 봤어요. 구영탄 좋아하는 여자는······. 저 어릴 때 유일하게 한 나쁜 짓이 구영탄 만화 훔치는 거였거든요. 왠지 그건 훔쳐도 될 것 같은 거예요. 지금도 봐요. 그때 훔친 만화를······. 요즘은 구영탄 만화를 파일로 받아서 텔레비전으로 보기도 하지만."

"진짜요? 저도 구영탄을 좋아한다는 사람은 무조건 좋아하는 이상한 편애가 있었는데······. 구영탄이라는 이름으로 편지를 쓰곤 했어요. 구영탄 좋아한다는 남자애한테. 그럼 그 애가 답장을 보내요. 박은하라는 이름으로. 어릴 때 저 사내아이 같았거든요. 그 남자애는 어딘지 계집애 같았고."

"우리 별 보러 갈래요? 잠이 안 올 것 같아요. 너무 흥분해서. 남자, 여자 통틀어 이렇게 마음 잘 맞는 사람은 처음 만난 것 같거든. 그 역사적인 날을 기념하기 위해서 별을 보러 가는 거예요. 어때요?"

"좋아요."

어찌 싫다 할 수 있겠는가? 내 생애 이보다 더 로맨틱한 순간은 없었고 앞으로도 그럴 것 같았다. 내 얘기가 영화로 만들어진다면 이 순간 어떤 음악이 흐를까? 영화 〈트루 로맨스True Romance〉에서처럼 한스 짐머Hans Zimmer의 음악이 흐른다면 어울리겠지만 신선한 선곡이 아니라 별로다. 그렇다면 폴 매카트니Paul McCartney와 윙스Wings의 'No More Lonely Nights'는 어떨까? 좀 촌스러운가? 아, 딱 맞는 노래가 생각났다. 아마츄어 증폭기의 '금자탑'.

머리 위로 쏟아지는 별을 보며 핸드폰에 저장된 아마츄어 증폭기의 노래를 파스칼에게 들려줬다.

"어때요?"

"꾸밈없이 설레게 하는 뭔가가 있어요. 아름다워요."

"그죠? 별과 그 별을 품은 무한한 우주를 보며 나 자신이 그저 하나의 작은 점에 불과하다고 생각될 때 외롭다거나 초라하다기보다 소박하고 겸허하게 작아지는 느낌인데, 이 노래 들을 때도 비슷한 정서가 느껴져요. 요즘 같은 때 이렇게 원시적이다 싶을 정도로 소박한 노래를 들을 수 있다는 게 얼마나 위로가 되는지 몰라요."

"사실 예술이라는 게 그런 것 같아요. 그게 그림이든 시든 혹은 음악이든. 그 원류라는 게 실은 원시시대로부터 온 건데. 그러니까……."

"그렇죠. 덜 진화된 털복숭이 인간들이 모닥불 주위에 모여 춤추거나 부르짖거나 동굴에 뭔가 그리는 것에서부터 시작된 거니까."

"그 옛날에도 인간들이 인간 존재의 답답함을 무한한 우주 공간에 폭발시켰던 게 아닌가 싶어요. 그런 식으로……. 그 과정에서 예술이라는 게 탄생한 거고. 그 때문인지, 아닌지 모르겠지만 여하튼 예술이라는 것이 나한테는 인간적이라기보다는 실은 매우 우주적인 걸로 느껴져요."

"하긴 인간들이 답답하긴 해요. 우리는 모두 우주에 단 하나뿐인 매우 우주적인 존재인데 맨날 남과 똑같은 잣대로 서열화하고, 손바닥 보이듯 뻔히 들여다보이는 세상에서 오직 뒤처지지 않으려고 발버둥치는 삶에만 골몰하고 있잖아요. 사실 저도 얼마간 그렇게 살아왔고. 아마 그래서였을 거예요. 최지암이라는 남자에게 무작정 편지를 쓰게 된 배경에는 답답한 내 삶의 조건을 보다 우주적인 걸로 개선하고 싶은 기대 심리가 작동했을 거라는 얘기죠."

"와, 그럼 내가 영희 씨의 구원자가 될 수 있는 절호의 기회인 셈이네요."

"흠, 그렇죠. 우리 처음 만났을 때 이런 말 했잖아요. 그쪽이……. 더 조용한 시골로 가서 내 손으로 나만의 집을 짓고 살고 싶다고. 그 집은 별 무리를 이불인 듯 덮고 잘 수 있는 집이라고 했던가? 암튼 그렇게 자연 친화적인 집을 짓고 싶다고. 그때 그 얘기 듣고 저 무슨 생각한 줄 아세요? 앗, 이 남자를 잡아야겠다. 놓치면 절대 안 되겠다. 이건 일생일대의 기회다. 뭐 이런 생각이 들더라고요."

"정말요? 와 이거 완전 신 나는 얘기인데요."

"왜냐하면……. 도시에서 아이 키운다고 분주하게 살기보다 도시를 떠나 자연 속에 함께 집을 짓고 싶은 남자가 사실은 제가 가장 최근에 품게 된 이상형이었거든요. 그러고 보면 저도 계산기를 두드렸던 것 같아요. 여자들은 보통 자신이 영위하고자 하는 라이프 스타일을 근거로 파트너를 선택한다 하는데, 그런 점에서 저도 다른 여자들이랑 다를 게 없는 거죠. 심지어 혼자 집을 지으려면 구영탄 같이 바보스러울 정도로 순수한 지구력이 필수라고 본능적으로 계산했는지도 모르고, 그런 점에서 내가 무척 더 영악한지도 모른다는, 뭐 그런 얘기?"

내가 답하자 파스칼이 헤벌쭉 미소를 지었다. 그리곤 내 몸을 조용히 끌어당겨 머리 위에 키스했다. 그 머리 위로 유성 하나가 길게 꼬리를 흔들며 날아가고 있었다.

13

그때 난 가슴이 벅찼다.

내가 어린아이처럼

경탄할 줄 아는 능력을 가진 남자를

사랑하고 있다는 사실에.

13. 발가락이 닮았다

"엄마 우리 일단 같이 살아야 할 것 같아. 장거리 연애는 너무 피곤해. 내가 매번 운전해서 가야 하는데, 이렇게 연애하다가 사고 날까 봐 겁도 나고. 게다가 그 사람 집에 화장실 말이야. 세숫대야 물이 얼 정도로 추워. 6년 동안 그렇게 추운 데서이를 악물고 그림 그려서 그런지 잇몸이 아주 아작이 났어. 겨우 마흔에 임플란트를 무려 여섯 개나 해 넣을 정도로. 자기 말로는 영양이 다소 부실하고 무엇보다 말을 하도 안 해서 그렇다고 하는데 여하튼, 그 말 듣고 나 결심했어. 하루라도 빨리 같이지내야겠다고."

아침 식탁 테이블에 시금치 나물과 배춧국을 놓으며 엄마가물었다.

"그 사람 돈은 있어? 전세라도 얻으려면……."

"거의 없어."

"그럼?"

"나한테 있잖아."

엄마는 뭐가 마음에 안 드는지 본인 몫의 배춧국을 국물이튈 정도로 식탁에 세게 내려놨다.

"너 집 있는 거, 그 사람이 알아? 네 소유의 집인 거 아냐고?"

"그게 무슨 말이야? 왜 그걸 물어보는데? 엄마 혹시 그 사람이 내 몇 푼 안 되는 돈 때문에……."

화가 났다. 그런 질문을 하는 엄마의 저의에.

"엄마, 그런 얘기 너무 속물스러워. 아주 실망스러울 정도로."

뭔가 부글부글 끓는 감정을 내려놓듯 숟가락을 내려놓으며 엄마가 물었다.

"속물이 뭔데?"

"돈 없고 지위가 낮으면 얕잡아 봐도 된다고 생각하는 거. 세속적이고 물질적인 가치로 다른 사람의 가치를 함부로 판단하는 거?"

"그래? 그렇다면 나는 속물이 아니고 또 속물이기도 한 것 같구나. 다른 사람들한테는 안 그러는데 이상하게 내 딸이 데려온 남자만큼은 나도 모르게 그런 걸 바라게 되고, 자꾸 의심하게 되고 그러니……. 그게 딸 가진 부모 마음일 거다. 아무리 많이 배우고 잘난 부모라도 아마 다들 비슷할걸? 내 딸이 그까짓 돈 때문에 혹여나 고생할까 봐 싫은 거지."

"하지만 엄마한테는 아들도 있잖아? 생각해 봐. 이 세상 여자들이 돈도 없고, 지위도 그저 그런 남자들을 다 개똥처럼 무시해서 오빠들이 아무 여자한테도 사랑받지 못하고 스스로를 비참하게 여긴다면 좋겠어? 적어도 엄마랑 나는 알잖아. 우리 오빠들이 남들 눈에 별 볼 일 없어 보여도 착하고 성실한, 제법 괜찮은 남자라는 거. 안 그래?"

"그래, 알았어. 네가 무슨 말 하는지……. 그런데 말이다, 그래도 니 오빠들은 화가는 아니잖냐?"

그렇다. 엄마는 불안한 거다. 딸이 사랑하고 함께 살기를 원하는 남자가 화가라는 사실이. 하기야 커트 보네거트는 심지어 이렇게 말하지 않았던가? '만일 부모에게 치명적인 상처를 주고 싶은데 게이가 될 배짱이 없다면 예술을 하는 게 좋다'고. 그게 그냥 농담일 수 없는 게 예술가는 돈벌이가 안 되는 최악의 직업이기 때문이다. 내 자식이 평생 배고프게 살아야 할지도 모른다는 두려움, 부모에게 그만큼 상처가 되는 일도 없을 터다.

"엄마, 걱정 마. 그 사람 제법 전도유망한 화가야. 지난해 있었던 첫 번째 개인전에서 작품을 전부 다 팔아치웠대. 굉장하지 않아? 물론 이제 막 알려지기 시작한 신인 작가라 작품 밀도에 비해 작품가가 혹여 너무 저렴했다 해도 말이야. 그거 매우 드문 케이스이거든."

그렇게 말해 놓고 보니 나야말로 속물 같았다.

두려움은 또 한 세대를 따라 전해지고 속물은 계속 속물을 낳는다.

알랭 드 보통의 『불안Status Anxiety』이라는 책에서 발견한 이 문구를 나만의 컴퓨터 노트에 적어 넣으며 난 몸서리를 쳤었다. 너무 무시무시하고 슬프게 느껴져서……. 하지만 엄마는 그제야 마음이 놓이는지 '그래?'하고는 다시 밥숟가락을 들었다. 난 우리 엄마에게 상처 주고 싶지 않다. 이미 너무 많이 줬다. 그녀를 안심시키고 싶다. 그렇다면 내가 속물을 싫어하는 속물이라 해도 할 수 없는 거다.

"엄마, 엄마는 내가 돈 많고 사회적 지위도 높은 재수 없는 놈이랑 결혼해서 계속 무시당하고 혹여 버림받을까 봐 겁먹은 채로 외롭게 사는 게 좋아? 아님 물질적으로 별로 가진 게 없어도 자기의 사명감에 따라 성실하게 일하면서 계속 날 웃게 만들고 나랑 대화하는 게 제일 재밌다고 하는 남자랑 결혼하는 게 좋아?"

"당연히 후자지."

"그러니까 걱정 말라고. 내 목표도 후자니까."

엄마한테는 그렇게 말하고 방에 와서 잽싸게 옷을 갈아입었다. 옷 입고 화장하는 데 15분 이상 쓰지 않는다가 철칙인데 -너무 오랜 시간 거울 앞에서 어정거리는 건 어쩐지 모던하지 않게 느껴진다. 나에게 멋은 편안함과 지나치게 애쓰지 않은 나다움이며, 그리고 그날그날의 기분에 따라 자유롭게 입을 수 있는 유연함 같은 거니까-, 오늘은 예외적으로 20분이나 썼다. 봄 기운이 완연한 것 같아서 모처럼 스커트를 입었다. 처음엔 스트라이프 티셔츠에 무릎길이의 데님 스커트를 입고 트렌치코트를 걸쳤다. 장 뤽 고다르Jean Luc Godard의 뮤즈이며 아내였던 '안나 카리나Anna Karina 룩'이라 부르면서 평소 즐겨 입던 앙상블이었지만, 입고 보니 오늘따라 왠지 식상하게 느껴졌다. 그렇다면 패스. 사랑스러운 도트 무늬 원피스를 입고 그 위에 오버 사이즈 스타일의 헐렁한 그레이 재킷을 걸쳐 봤다. 뭔가 훨씬 나답다. 썰렁하게 사랑스럽다고나 할까? 물론 '자뻑'이다. 하지만 괜찮다. 내가 보기에 내 모습이 마음에 든다는 건 여하튼 좋은 일이니까. 특히 나 같이 타고난 미인이 아닌 경우엔.

우라질, 더럽게 추워다 때는 2월 말로 봄은 아직 오지 않았고 내 마음의 봄만 왔을 뿐이었다.

"차장님 안 추우세요. 그렇게 입고?"

종종걸음치면서 사무실을 향해 걸어가는데 뒤에 따라오던 두툼한 패딩 점퍼 차림의 윤태정이 물었다. 근데 맨발이었다. 맨발에 지난번 프레스 세일에 산 마이클 코어스Michael Kors의 플랫폼 슈즈를 신고 있었다.

"너야말로 안 춥냐? 발에 동상 걸릴 것 같은데……."

나도 나지만 윤태정의 몸 상태가 진심으로 걱정됐다. 가만히 보아하니 12센티미터가 넘는 킬힐을 노상 신고 다니는 걸로 봐선 틀림없이 몸이든, 정신이든 어딘가 분명히 문제가 있을 것 같았다. 심지어 그 '죽음의 킬힐'을 마감 때도 신고 있었다. 윤태정에게 테이크 아웃 카페에서 아메리카노 한 잔을 사 주며 진지하게 물었다.

"비욘세Beyonce는 운전수 딸린 전용 자가용에 심지어 헬기까지 타고 다녀. 너처럼 무거운 짐 들고 다닐 일도 없고. 그러니까 내 말은 우리 같은 사무실 노동자가 그걸 맨날 신고 다니면 죽을 수도 있다는 거야. 재수 없으면……. 너 솔직히 말해 봐. 고통스럽지? 때로는 눈물나게? 근데 왜 그걸 죽어라 신고 다니는 거니? 게다가 넌 키도 크잖아? 진짜 궁금해서 묻는 거야. 그 이유가……."

윤태정이 한동안 비실거리며 웃기만 하더니 이내 마음을 털어놨다.

"솔직히 말씀드리면 어시스턴트 일하면서 자존감 유지하는 거 되게 힘들어요. 나약함에 수시로 무너지거든요. 아무 때나 주저앉아서 막 울고 싶고. 근데 하이힐을 신고 있으면 위안이 돼요. 자존감이 그나마 유지된다고 할까? 게다가 하이힐 신고 무너지거나 주저앉으면 정말 죽을 수도 있기 때문에 늘 긴장하게 되고……. 그래서요."

갑자기 위장이 쓰린 느낌이었다. 미안하기도 하고, 좀 슬프기도 하고. 하지만 이럴 때 누구나 할 수 있는, 그러나 사실상 아무 의미도 없는 위로의 말을 건네는 건 내 스타일이 아니다.

"야, 윤태정. 에디터가 자존감을 하이힐 따위로 세워서야 되겠니? 자기 꼭지 –아티클Article, 그러니까 자기 몫으로 배당된 기사를 잡지계에서는 '꼭지'라 부른다– 로 세워야지. 너는 물론 다른 어시스턴트들 모두 기획안 준비해서 내일 기획 회의에 들어오라고 해. 니들도 슬슬 기사 만들 때가 된 것 같으니까."

"하지만 부장님이……."

"부장한테는 내가 얘기할 테니 니들은 기획안이나 열심히 준비해. 부장을 깜짝 놀라게 할 만한 신선한 아이템을 모아 보란 말이야. 선배들이 위기감을 느낄 정도로. 아이템만 좋으면 어시스턴트한테는 물론 평소 경멸하던 '듣보잡'한테도 꼭지를 주는 게 데스크들의 심리라는 것만 알아 두고. 오케이?"

나를 놀라게 해 봐!(Surprise Me!)

생각해 보니 이건 알렉세이 브로도비치Alexey Brodovitch가 리처드 아베돈Richard Avedon에게 했던 충고다. 너무도 우아하고 감각적인 편집 레이아웃으로 잡지 디자인의 새로운 지평을 열었던 전설적인 아트 디렉터, 알렉세이 브로도비치. 그가 만든 『하퍼스 바자Harper's Bazaar』의 어떤 페이지들은 지금 봐도 깜짝 놀랄 만큼 신선하고 우아하다. 혁신적인 아트 디렉터이면서 동시에 유명한 포토그래퍼를 많이 배출한 훌륭한 교육자이기도 했던 그다. 어떻게? 단순하다. 독자들에게 놀라움을 줄 수 있는 사진을 요구했고, 리처드 아베돈은 그 요구에 부응하는 사진을 만들어냈다.

패션 잡지가 만든 역사상 가장 위대한 사진과 레이아웃으로 회자되는 '도비마와 코끼리Dovima with Elephants' 같은 페이지들. 앞다리를 들고 있는 두 마리의 코끼리와 이브 생 로랑의 이브닝 드레스를 입은 연약하고 고상해 보이는 여자의 앙상블이라니……. 그들은 독자들에게 눈이 번쩍 뜨일 만큼 놀라운 즐거움을 줬고 그것으로 불멸의 승자가 됐다. 하긴 쇠렌 키에르케고르Søren Kierkegaard도 『유혹자의 일기Forforerens Dagbog』에서 이렇게 말하지 않았던가? '놀라게 만드는 방법을 아는 사람이 항상 이기게 되어 있다'고.

그런데 사람들을 놀라게 하기 위해선 스스로 경탄할 줄 알아야 한다. 어린아이처럼. 나는 그것을 『그리스인 조르바Zorba the Greek』에서 배웠다. "놀랍지 않소, 두목? 이 세상에 노새 같은 게 산다는 사실 말이오!" 그 책을 읽고 난 오랫동안 조르바 같은 남자를 만나고 싶다고 생각했다. 나도 모르게 만나는 남자들에게서 조르바 같은 면모를 발견하려고 애썼다. 하지만 그 기대 심리에 늘 배반당했다. 나의 파스칼? 그는 조르바에 비하면 너무 연약하고 소심해 보인다. 심지어 겁이 얼마나 많은지 웃길 정도다. 낙엽 떨어지는 소리에도 놀라서 문득 얼어붙는 모습을 보고 옆에서 얼마나 배를 잡고 웃었는지 모른다. 그런데 지금 생각해보니 조르바의 가장 좋은 점을 닮은 사람이 바로 그였다.

"영희야, 이 모텔엔 욕조가 있어. 심지어 엄청 크고 으리으리해. 끝내준다! 뜨거운 물이 펑펑 쏟아지고……."

둘이서 처음으로 모텔에 갔을 때 파스칼이 했던 말이다. 그리고는 뜨거운 물이 가득 담긴 욕조에 누워 다 큰 성인 남자가 얼마나 어린아이처럼 좋아하던지……. 그때 난 가슴이 벅찼다. 이 남자를 즐겁게 해 줄 수 있는 일이 너무 많을 것 같아서. 그리고 감사했다. 내가 어린아이처럼 경탄할 줄 아는 능력을 가진 남자를 사랑하고 있다는 사실에. 그만의 순진무구한 매력과 사심 없는 충동이 얼마나 예뻐 보이던지……. 그날 결심했다. 이 남자와 함께 살리라, 이 남자에게 내가 살 수 있는 가장 좋은 욕조를 사 주리라, 이 남자와 생의 봄날을 처음 맞은 새끼 염소들처럼 팔짝팔짝 뛸 듯이 기쁘게 살리라.

그 남자와 함께 살 집을 보러 가는 중이었다. 네르발에 올라탄 파스칼은 말없이 창문을 응시하고 있고, 난 혼자 신이 나서 종알거렸다.

"경기도 광주 오포읍에 있는 단독 주택인데, 마당도 있고 제법 커. 뒤에는 산이 있어서 도심처럼 그렇게 답답하지는 않을 거야. 오빠는 안방에서 그림 그리고 제일 작은 방을 침실로 삼으면 딱이겠던데? 내가 운전해 보니까 청담동 사무실까지 50분 정도 걸려. 출퇴근할 만한 거리지, 그 정도면. 어떻게 생각해?"

"좋지. 그런데 그런 집이면 비싸지 않아?"

"오빠, 천만 원 정도 보탤 수 있다며? 내가 지금 살고 있는 집 보증금에 그 돈 합치면 돼."

"응, 그래……."

"뭐야? 별로 내키지 않는 얼굴이네? 얼굴이 좀 어두워 보여. 왜 그래? 같이 사는 거 싫어? 그림 때문에 혼자만의 공간과 시간을 놓치기 싫은 거야? 혹시?"

"아아, 아니야. 나도 좋아. 그런데 뭐랄까? 너한테 빚, 빚지-는 것 같아서⋯⋯."

"그런 말 들어봤어? 사랑한다는 건 서로가 서로에게 빚지는 거라는 거. 그게 물리적이든 정신적이든. 예컨대 나에 비하면 오빠는 매우 순진한 사람이잖아. 나처럼 연애질 많이 하고 심지어 동거도 한 애가 오빠처럼 순진한 사람하고 사는 거, 그것도 알고 보면 내가 오빠한테 빚지는 거야. 근사하잖아? 빚져도 되는 유일한 대상은 사랑하는 사람뿐이라는 거? 그 빚 때문에도 서로 평생 사랑하고 의지하고 존중할 수 있다면, 그 빚은 사실상 빛 그러니까 'Light'처럼 좋은 거고."

"암튼 말은 잘해. 그것도 매우 유혹적으로다가."

"기자라는 인간들이 원래 그래. 간사하게. 뭐 그만큼 보고 듣는 게 많으니까. 오늘은 내가 뭘 읽은 줄 알아? 『앤디 워홀 일기 The Andy Warhol's Diaries』. 더럽게 두껍더라. 한 700페이지쯤? 특히 말년 일기를 보다가 앤디 워홀이 너무 불쌍해서 나 엄청 웃었어. 뭐라고 써 있냐면, 파티에 잘생긴 남자들을 엄청 초대했는데 아무도 자기를 사랑해 주지 않아서 기가 죽어 집에 갔대. 그러면서 이렇게 썼어. '부활절, 울었다' 아무리 돈이 많고 성공한 인생이면 뭐하냐고? 사랑하는 사람 하나 없이 매일 밤 혼자 잠들어야 하면 그가 아무리 부자고 유명인이어도 울 수밖에 없다는 얘기잖아, 앤디 워홀 그 일기는⋯⋯."

"남자들 어떤 면에서는 불쌍해. 성공해야만 사랑받을 자격이 생긴다고 생각하거든. 『위대한 개츠비The Great Gatsby』의 개츠비처럼."

"알아, 위대하면서도 불쌍한 남자지. 가난하거나 비참한 남자를 똥파리 피하듯 피하는 미모의 부잣집 아가씨 마음 한번 얻어 보겠다고 자기 인생을 걸잖아? 여자의 속물적 변심을 욕하는 대신 죽어라 노력해서 결국 엄청나게 성공하고. 하지만 그럼 뭐하냐고? 제수기 없으면 오늘 당장 개죽음을 당할 수 있는 게 사람 인생인데."

"그러게……. 하지만 난 말이야, 니가 날 발견해 주지 않았으면 아마 끝까지 혼자 살았을 거야. 오기가 생기더라고. 둘이어도 혼자인 듯 편안한 여자 못 만나면 차라리 계속 혼자 살겠다. 여태 혼자였는데 계속 혼자면 뭐 어떠냐? 이러면서……."

"우와, 그럼 내가 오빨 구제한 거네."

"쳇, 전에는 내가 널 구원한 거라고 하더니?"

"그게 그거야, 멍청아. 서로가 서로를 구원, 'Save' 하는 게 바로 사랑이라고. 그나저나 '쳇?' 이런 말 언제부터 썼어? 그거 내 껀데. 나 따라 하는 거야, 지금?"

"아니야, 그거 원래 내 꺼야. 내가 20년 전부터 즐겨 사용하던 말이라고."

"그래? 발가락이 닮았다고 하더니 별게 다 닮았다, 우리……."

다행히 집이 마음에 들었다. 두 사람 모두에게. 엄청 큰 거실 창을 통해 마당의 나뭇가지 사이를 통과한 늦겨울 빛이 들어오고 있었다.

"좋다. 내가 지금까지 살았던 집 중에서 제일 좋아. 나, 이렇게 널찍한 집은 처음이거든. 큰 방의 붙박이장도 심플한 게 마음에 들고. 나 이 집의 쥐구멍도 사랑할 수 있을 것 같은데, 오빠는 어때?"

"쥐구멍도? 난 그 정도는 아니다. 하지만 니가 좋다니 나도 좋지 뭐."

"오빠, 오빠. 양말 좀 벗어 봐. 혹시 정말 발가락이 닮았는지 지금 당장 확인해 보게."

"여기서?"

"뭐 어때? 부동산 남자도 갔잖아. 우리 둘밖에 없다고."

텅 빈 남의 집 거실에 앉아 우리는 양말을 벗었다. 그리고 나란히 앉아 거실 창을 향해 두 발을 쭉 뻗었다.

이럴 수가……. 닮았다. 둘 다 몸은 마른 편이었지만 발만큼은 두툼하게 못생긴 것이 비슷해 보였다. 심지어 새끼발가락이 약간 기형인 듯 뭉툭하고 발톱이 덜 생긴 듯 두툼한 것이 똑같았다.

무의식적으로 자기랑 매우 다른 사람에게 끌리는 사람이 있고, 반대로 가장 비슷한 사람에게 끌리는 이들이 있다고 하는데 우린 후자였다. 어릴 때 아버지가 일찍 돌아가시는 바람에 생긴

상처며 결핍, 자기만의 고유한 경험이나 책에서 영향받은 개인
적인 취향과 관심사, 가치, 믿음……. 무엇보다 우리는 영위하
고자 하는 라이프 스타일이 너무도 비슷했다.

"우린 완벽한 커플이야. 농담 아니야. 플라톤 말대로 태초에
남녀가 한 몸이었다면, 그래서 자기 반쪽을 찾는 게 사랑이라
면, 두 사람이 비슷해야 맞잖아? 생각해 봐. 이렇게 닮아있는데
이떻게 사랑의 열정이 식었다고 변할 수 있겠어? 상대를 사랑
하는 게 날 사랑하는 거고, 상대를 미워하는 게 날 미워하는 건
데. 안 그래?"

내가 확신에 차서 그렇게 말하자 그가 웃었다. '그런가?' 하고
웃는데 기가 찰 정도로 해맑은 웃음이었다.

14

"그렇게 좋아? 멍청이······.

구속하지 않고 구속하는

영혼의 수갑인 줄도 모르고. 쯧쯧······."

14. 떡하니 차표를, 이마에 찍고

나의 영희에게

영희야, 처음 너는 젠티라는 이름으로 내게 왔지. 처음엔 의심. 그니까 의심은 '씨바' 나의 힘이라고 생각했어. 난 그렇게 느꼈지. 진짜 슬프게도……. 그래야 실망하지 않고 배신당하지 않고 상처받지 않을 테니까. 지긋지긋한 그놈의 상처. 쪽팔린 거지. 게다가 니 편지는 익명이었잖아, 익명. 도대체 어떻게 믿어? 얼굴 한 번 본 적 없는 사람을, 부처도 아니고……. 잘 알고 있다고 믿었던 사람한테도 당하는데…….

그러다가 문득 고민했어. 내 의심, 의혹, 소심한 이 검은 별들……. 그래, 아마 별이 총총한 밤하늘 때문이었을 거야. 아닐지도 모르고. 여하튼 그걸 너에게 보여 주고 싶은 마음이 불안보다 커진 거야. 별들이 천천히 움직이는 모습과 석양이 조금씩 변해가는 모습을 너에게 보여 주고 싶다는 욕망이 내 안에서 점점 더 커졌어. 나, 나는 나의 그 욕망이 아름답게 느껴졌고. 그래서 또 그 희망의 노예가 되었지. 이 세상의 모든 아름다움을 구석구석 함께 바라볼 수 있는 사람이 옆에 있으면 참 좋겠구나, 좋을 수도 있겠구나. 아니면 말고. 그래도 소망했어, 희망했어. 그게 다른 누구도 아닌 너이길 바랐다. 솔직히 그랬어. 신기했어.

그런 내 마음이……. 우린 한 번도 만난 적이 없는데 어떻게 그런 마음을 품을 수 있는지.

그래, 니 말대로 고독과 취향 때문일 거야. 고독과 취향이 한 영혼이 다른 영혼에게 다가가는 구심력이라는 너의 말, 좋아. '취향은 인간 그 자체'라고 했던 톨스토이 말을 1백 퍼센트 믿는 건 아니지만 그래도 거기엔 일말의 진실이 담겨 있지. 너의 온갖 취향과 생각이 담겨 있는 너의 편지는 내게 그 자체로 너 자신이 었으니까. 그래, 그 때문에 얼굴도 모르는 널 기다리게 됐고. 여 하튼 난 니가 보내 준 그 빛이 아니었다면, 만약 혹시 내가 우물 쭈물 망설이다가 그 빛을, 어둠일지도 모르는 그 빛을 잡지 않 았다면 우린 만나지 못했겠지.

그러나 만났어. 만났지, 결국. 세상에 내세울 만한 것 없는 몸 으로 어느 길모퉁이에서……. 어쩌면 잘 짜여진 너의 각본대로 였는지 모르겠지만 나는 그게 늘 굉장한 행운처럼 느껴져. 너 도 알다시피 난 인간관계를 두려워하면서도 갈망하는 서툰 '어 른아이'였어. 내 세계에 틀어박혀 도통 소통할 줄 모르는, 어딘 지 좀 외롭고 무능하고 나약해 보이는……. 우리 주인집 할머니 가 그런 나를 보며 얼마나 혀를 찼는지 몰라. 그런데 그 할머니 가 처음으로 날 보며 환하게 웃었지. 우리 집에 함께 있는 널 보 며……

난 예전에는 몰랐어. 먼저 손 내미는 일, 먼저 다가가서 말을 거는 일……. 그런 게 얼마나 황폐한 이 세상을 아름답게 만드는 일인지……. '이건 씨, 진짜 만화다' 속으로 외치며. 아이 같은 호기심과 직관에 따라 움직이는 너의 그 유쾌하고 명랑한 가능성이 결국 나에게 너를 데려다 준거잖아. 만화지 뭐야.

게다가 넌 뭐랄까? 약장수 같았어. 그렇다고 네가 남자들에게 약을 팔았다는 얘기는 아니야. 넌 어떤 여자들처럼 흥정하지 않잖아? 계산이 없으니까. 숫자가 아닌 생의 산수 말이야. 넌 못해. 아마 안 하겠지. 내 말은, 네가 날개 없이 비약하는 새 같단 말이야. 생전 처음 보는 타인의 세계, 그것도 가장 연약한 구석 한복판으로 곧장 날아드는……. 바리케이드 같은 걸 거침 없이 발로 막 걸어차 내고 말이야. <드래곤 길들이기How to Train Your Dragon>의 그 여자애처럼. 난 그런 네가 너무 좋고 또 너무 두려워. 또 다른 누군가에게 도약할까 봐…….

너도 알다시피 난 10년 넘게 혼자 살았어. 고독과 감금의 공간 속에서……. 늘 좋은 건 아니었지만, 그런대로 좋았어. 대체로는 말이야. 자유로워야만 한다고 믿었지, 그 꼴난 일을 위해……. 늘 그랬는데 이젠 아닌가 봐. 지랄이다, 참말로……. 네가 없는 고독이 이제 고독이 아닌 일종의 '감옥'처럼 느껴져. 고독이 무어람? 잘 모르겠어. 여하튼 난 이제 이 세상에 나 홀로 존재하는 자유를 원하지 않는 것 같아. 자유는 사랑이 있을 때만 존재하는 걸까? 몰라. 넌 혹시 지금 자유를 느끼고 있니? 나 없는 알래스카에서?

난 점점 더 어린아이가 되어 가고 있다. 예쁘다, 예쁘다 해 주니까 점점 더 어려지고 있는 느낌이야. 내 사랑은…… 그냥 쬐그만 오솔길이야. 그 길은 어린 사슴처럼 발랄하고 순진하고 들떠 있고 싶어 해. 니가 내 곁에 있을 때 나는 어린 새끼처럼 안정감을 느끼거든. 그래서 두려움 없는 생의 발랄함으로 막 까불지. 사랑하고 사랑받으며 함께 있을 때 난 그 어느 때보다 자신감이 넘친다는 걸 알았어. 어린아이처럼 막 웃으며 행복 한가운데서 불멸을 창조할 수도 있을 것 같은 엄청난 자신감!

그러니까 빨리 돌아와. 이렇게 긴 출장은 정말 싫어. 음, 이제 삼일 밤 남았구나. 소풍을 앞둔 아이처럼 날짜를 세며 잠이 든다, 나…….

2011. 2. 27

P.S 영희야, 그러고 보니 곧 우리가 함께 살기 시작한 지 꼭 1년이 되는 날이 다가오네. 언제인지 알지?

그는 잠들었다. 식탁에 앉아서 나 혼자 편지를 읽으며 몇 번인가 눈물을 찍어냈다. 또 읽고 또 읽었다. 그걸 읽다가 뭔가 공책에 적었다. 몇 번인가 지우고 다시 썼다. 어슴푸레 새벽이 오는 기운을 느꼈다. 그 어둡고 희미하게 푸른 기운 속에서 뭔가 결심한 바가 있어서 자고 있는 그에게 갔다. 한창 꿈을 꾸고 있는지 그가 특유의 잠꼬대를 하고 있었다.

"야! 이 새끼야, 너 정말 이럴 거야?"

"누구? 나 말이야?"

내가 물으면 그는 늘 잠결에도 답을 한다. 신기하게…….

"아니, 너 말고."

"그럼 누구? 누가 까부는데? 감히 우리 최지암에게."

그렇게 말하며 볼에 입을 맞추니 그가 대답한다.

"드릴."

"드릴? 오빤 드릴하고 얘기도 해?"

"응, 난 그래."

아, 난 이 순진한 남자가 너무 좋다. 그 순박한 코며 귀여운
눈, 방긋 웃는 상냥한 입술과 약간 처진 작은 뺨이 좋다. 말하는
거, 밥 먹는 거, 노래하는 거, 서 있거나 앉아 있는 모습. 그가 그
리는 그림, 그가 듣는 음악……. 뭐든지 다 좋다.

"오빠, 드릴하고는 그만 놀고 이제 나하고 놀자. 일어나 봐.
내가 오빠를 위해 쓴 시 읽어 줄게."

"지금?"

"응, 라잇 나우!"

그가 불평도 없이 부스스 일어나 앉았다. 창가로 스며드는
새벽빛에 의지해 내가 읽고 그가 듣는다.

내가 아는 당신은⋯⋯

잊혀졌거나 상처받거나

혹은 닳아 없어지는 꿈들이

우주의 한숨 속에서 소멸하는 별들과 같다는 것을

알고 있는 사람

그걸 그리며

십 년보다 더 긴 하루를 여행하는 사람

미끄러져 떨어진 별⋯⋯.

그 그림을 보며

그 무한을 주뼛주뼛 쳐다보며

나 조심스럽게 때마침 당신을 찾아갔지요

산책을 권하는 밤의 오솔길

별을 보며

말없이 응시하면서

말없이 빛나면서

초등학생들처럼 떠들며 장난치며 먹으면서

귀엽네, 생각하며

입맞춤하며

춤을 추며

미소 지으며⋯⋯

나는 주저 없이 사랑을 주고

망설임 없이 당신은 나의 손을 잡고

우리는 함께 도가 넘치게 사랑을 확장시켜 나갔지요

이제 한마음이 되어

바보 같다는 소리를 들으면

오히려 반가워하는 우리 두 사람

아이 같은 그 '바보의 힘'으로

이제

우리의 별을 향한 긴 항해를 시작하려고 합니다

떡하니 차표를, 이마에 도장으로 찍고……

잠시 뜸을 들였다 물었다.

"어때?" 내가 묻자 그가 고개를 살며시 가로 저으며 미소와 함께 입을 열었다.

"처음엔 아름답고 중간엔 귀여웠는데, 마지막엔 좀 이상해. 차표를, 이-마-에 도장으로 찍는다고? 그게 무슨 말이야?"

"바보……. 무슨 말인지 모르겠어? 이건 청혼의 시야. 결혼하자는 말이지. 이마에 주홍글씨 새긴 듯 유부녀가 돼도 나는 기쁘겠다는 말이야. 쓸데없이 돈만 많이 드는 결혼식 이딴 거 하지 말고 차표 끊듯이 가볍게. 멍청이……. 그것도 모르고."

"가볍게?"

"그래, 춤추듯 가볍게. 일단 둘이 반지 사서 나눠 끼는 거야. 그다음 제일 근사한 옷을 입고 구청에 가서 혼인 신고서를 내는 거야. 그러고 나서 집에 돌아와 샴페인을 마시고 놀다가 별을 보며 춤을 추는 거야. 끝!"

그러자 그가 깜짝 놀라서 물었다.

"푹푹이는 안 해?"

"해야지, 왜 안 해? 이 색마야!"

2011년 3월 8일, 우리가 같이 살기 시작한 지 꼭 1년이 되는 날이다. 우리는 서로가 서로에게 선물한 새 옷 -평상복으로 활용할 수 있는 우리만의 예복이랄까?- 을 입고 구청에 가서 혼인 신고서를 내고 평소 내가 가 보고 싶어 하던 레스토랑에 가서 저녁을 먹었다. 그리고 집에 돌아와서 미리 주문해 둔 물결무늬 화이트 골드 링을 나눠 꼈다. 손가락이 약간 굵은 편인데 그걸 끼니까 손가락이 예뻐 보였다. 답답해서 반지 같은 걸 끼고 살아본 적이 없는데 이건 느낌이 너무 좋았다. 한 남자에게 구속되는 그 느낌……. 그 반지를 끼고 좋아하는 날 보며 그가 말했다.

"좀 늦었지만, 니 청혼에 답가를 준비했어. 기다려. 기타 가져올게."

서재 방에 가서 기타를 들고 온 그가 내 앞에 앉았다. 적당히 어두운 조명 아래였다. 나무 의자에 앉은 그가 균형을 잡으려는 듯 다리를 꼬았다. 그리고 서툴게 기타를 뜯었다. 살짝 몸을 흔들며.

그대는 나의 깊은 어둠을 흔들어 깨워

밝은 곳으로 나를 데리고 가 줘

그대는 나의 짙은 슬픔을 흔들어 깨워

환한 빛으로 나를 데리고 가 줘

부탁해 부탁해

어린 햇불이 되고픈 나를

마음속에 고향에서 잠자는 나를

천진난만하게 사는 나를

맥빠진 눈을 가진 나를

부탁해 부탁해

부탁해 부탁해

그대는 나의 깊은 어둠을 흔들어 깨워

밝은 곳으로 나를 데리고 가 줘

그대는 나의 짙은 슬픔을 흔들어 깨워

환한 빛으로 나를 데리고 가 줘

부탁해 부탁해

부탁해 부탁해

부탁해 부탁해

한때 좋아했으나, 한동안 까맣게 잊고 있던 곡, 시인과 촌장의 '비둘기에게'였다. 가슴이 벅차게 예쁜 노래. 그 노래를 부르는 남자도 예쁘고…… 자기 몸보다 훨씬 큰 오래된 외투를 입고 투박해 보이는 큰 손으로 기타를 뜯고 노래를 부르는 말라깽이 남자의 불완전한 아름다움에 난 아주 넋이 나갈 지경이었다.

"아름다워…… 진짜로. 레오나르도 다 빈치Leonardo da Vinci의 '인체비례도'에 나오는 남자보다 훨씬훨씬 더…… 심지어 커트 코베인Kurt Cobain보다 섹시하고 비틀즈The Beatles보다 근사해. 나한테는 오빠가……."

"아주 푹 **빠졌구나**, 나한테? 히히, 기분 째지는데?"

기분 좋게 해 주려고 한 빈말이 아니었다. 난 진심으로 감동하고 말았다. 그를 만나기 전 나는 종종 세상이 한없이 지루하고 빈곤하다고 느꼈다. 꽉 막힌 출근길, 귀를 먹먹하게 만드는 소음, 끝이 안 보이는 일 더미, 피곤과 권태가 새겨진 동료들의 얼굴, 상사부터 텔레마케터들까지 온갖 다양한 인간들이 선사하는 매일매일의 분노와 실망, 중압감, 열등감, 질투, 시기, 온갖 험담들…… 그렇게 공허하기 짝이 없는 북새통 같은 하루를 마치고 나면 사람들은 소파에 퍼질러 앉아 텔레비전을 본다. 전쟁, 테러, 불법행위, 녹아내리는 남극과 북극, 홍수, 지진, 기아, 가뭄, 오염, 가난, 다가올 대재앙 등 이 세상의 온갖 끔찍한 뉴스를 보다가 잠이 든다. 변변찮은 현실을 위로받고 망각하기 위해선 정신을 마비시킬 만한 끔찍한 뉴스가 필요한 법이니까.

"오빠, 내가 왜 파스칼에게 편지를 쓰기 시작한 지 알아?"

그가 내 맞은편 테이블에 앉아 두 손으로 그 작은 얼굴을 감싸듯 턱을 괸 채 샴페인 잔을 들여다보고 있었다. 흥미롭다는 듯 내 눈을 응시하며.

"아니, 모르겠는데……."

"그건 말이야. 일종의 '내적인 거리 두기'였어. 내가 살고 있는 분주한 세상과의 거리 두기. 공허하게 바쁘기만 한 세상과의……. 싫었어, 이 세상이……. 늘 해야 할 일에 대한 걱정이 많은 곳이니까. 어림도 없지. 창밖으로 눈길 돌릴 여유 같은 건……. 그래서 아름다움 같은 건 아예 잊고 사는 게 속 편하게 느껴지는 곳이기도 하고. 그러면서 어리석게 아름다움이 무슨 상자 속에 담겨진 상품 같은 거라고 여기고. 그러던 어느 날이었어. '떡실신'되도록 폭음한 밤, 변기를 붙잡고 막 토하다가 문득 멍한 눈으로 창밖을 봤어. 그때 아마 창밖에 눈이 내리고 있었을 거야. 문득 이런 생각이 드는 거야. 이렇게 일을 많이 하고, 이렇게 돈을 써대는데 왜 나는 내 삶이 점점 빈곤하게 느껴질까? 심지어 마구 먹고 토하고, 마구 사들이고, 상표도 뜯지 않은 물건을 금방 잃어버리는 내가 추하다고 생각했어. 세상도 추하고, 나도 추하고……. 슬프고 괴로웠어. 그런 자각이. 날 사랑하기가 어려웠어, 한참 동안……. 그러다 오빠 얘길 들은 거야. 한 실장한테. 시골에서 혼자 사는 화가가 있는데, 영혼이 아름다운 사람이라는 거야. 벼락 맞은 거 같더라. 그 얘기 들을 때 내 느낌이……. 알고 싶었어. 어떤 사람인지. 그 사람을 알게 되면 내 존재의 아름다움이 조금이라도 회복될지도 모른다는 기대감도 들었고. '그렇담 편지를 쓰자!' 싶었지. 그 무렵 세네카 Seneca를 읽고 있었는데, 그가 그러는 거야. 무의미하게 분주하기만 한 이 세상과의 일종의 '내적 거리 두기'로 편지만큼 좋은 게 없다고. 편지 쓰기는 '군중'이 아니라 단 '한 사람'에게 집중하면서 사실은 나라는 인간을 탐색하는 '내적 여행' 같은 거라고."

"영혼이 아름다운? 얼어 죽을……. 창피해, 그런 표현……. 하지만 지금 니 얘기는 니 편지보다 훨씬 와 닿아. 재밌어. 계속해 봐."

"근데 세네카 말이 맞더라고. 편지를 쓰면서 나는 나 자신의 인간성이 점점 회복되는 느낌이었어. 그리고 결정적으로 오빠를 만나 사랑하게 되면서 비로소 나 자신이 된 느낌이었고. 늘 불편했거든. 명함 들고 가서 잘나가는 유명 인사랑 악수하고 인터뷰하는 나, 에르메스 미술상 시상식에 초대된 나, 와인 잔을 들고 파티장을 어슬렁거리는 나, 기자들과 알래스카를 여행하는 나, 눈알 튀어나오게 호화로운 호텔에 투숙한 나……. 직업이 주는 그 모든 '부티 나는 상황'을 나름대로 즐기려고 했지만 실은 별로 그러지 못했던 것 같아. 난 말이야, 사실…… '치장하지 않은 행복'을 찾고 있었거든. 아마 네팔 여행 때부터였을 거야. 여하튼 그때부터 내 몸과 영혼에 꼭 맞는 소박한 행복, 소박한 아름다움 안에 정착하고 싶었어. 그러다 결국 오빠를 찾아낸 거야. 이해해? 내 말…….”

“응. 비로소 나 자신이 된 것 같다는 거, 그게 핵심이잖아?”

“맞아. 그리고 이제야 영혼이 아름다운 게 뭔지 알게 됐어.”

“내 참, 그 얘기는 그만두라니까.”

“들어 봐, 나로서는 매우 중대한 발견이니까. 영혼의 아름다움은 말이야, 정직하고 순수해. 꾸미지 않은 어떤 것이니까. 어린이의 눈빛이나 몸짓처럼. 그런 아름다움은 갑자기 우리를 웃게 만들지. 사랑에 빠졌을 때처럼 세상을 막 아름답게 보게 만들고. 하지만 그건 사랑하고도 달라. 무지하거나 일시적인 게 아니니까. 그건 화가나 시인의 눈으로 세상을 보는 것과 같은 거니까. 상투적이고 공허하고 때때로 추해 보이는 이 세상에서 누구도 훼손할 수 없는 아름다움을 찾아내어 다른 사람과 함께 그 느낌을 공유하는 것이기도 하니까. 그런데 중요한 건 그런 아름다움을 스스로 발견하게 되면 그런 자신에게 일종의 자부심 같은 걸 느끼게 돼. 지성적이되 교만하지 않고 겸손하되 위선적이지 않은 진실된 정신을 느끼게 하는 아름다움을 알아볼 수 있는 자로서의 자부심 말이야. 그 때문에 ‘이 씨뱅이들아, 누가 뭐래도, 내 눈에는 이 남자, 최지암이 제일 아름답다’고 소리쳐 알리고 싶은 교만한 마음이 들기도 해. 그럼 또다시 추해지는 건데 말이야.”

“진짜야? 진짜 그렇게 생각해? 1년이면 콩깍지가 벗겨질 때도 됐는데……. 아닌가?”

"그건 말이야. 실패한 연애를 많이 해 본 사람만이 알 수 있는 능력이야. 세상에 절대 그놈이 그놈 아니라는 거. 다 달랐거든. 내가 만난 남자들……."

"좋겠다. 솔직히 부러워. 니 경험들."

그가 진심으로 부럽다는 듯 말했다. 안쓰럽게도…….

"좋아. 내가 쓴 김에 아주 큰 거 한 장 쓴다. 나 신부 김영희, 최지암에게 연애를 허하노라, 결혼 생활이 공허해졌을 때!"

"와, 대박이다. 정말?"

이제 막 내 남편이 된 남자 최지암이 믿기지 않는 듯 아주 황홀한 표정을 짓고 있었다. 그 모습이 약간 바보 같았다.

"그렇게 좋아? 멍청이……. 구속하지 않고 구속하는 영혼의 수갑인 줄도 모르고. 쯧쯧……."

그러자 그가 수갑 찬 시늉을 하며 강시처럼 콩콩 다가와 내게 키스 세례를 퍼붓다가 명령했다.

"자, 혀!"

에밀 시오랑Émile-M. Cioran이 그랬다.

삶에 대한 자세는 본질적으로 순진무구함과 용기, 이 둘뿐이다. 나머지는 거기서 뉘앙스만 약간 다르다. 어리석음에 빠지지 않을 수 있는 길은 둘 중의 하나뿐이다.

그렇게 살고 싶다. 순진무구하거나 용기 있게. 한 쌍의 비둘기 처럼……. 이 세상의 모든 아름다운 것들과 사랑스러운 것들 앞에는 활짝 열린 채. 어두운 시절이 와도 밝은 빛으로 이끄는 서로의 빛이 되어……. 그런 희망이라면 서로의 노예가 되어도 좋으리.

15

"괜찮아. 문제가 뭔지 알았잖아.

그럼 하나하나 고치면 돼. 니가 그랬잖아.

사랑하는 사람들 사이의 빚은 빛이 될 수도 있는 거라고."

15. 죄와 벌

우리가 결혼식 없이 혼인 신고만 올린 건 사실상 돈 때문이었다. 국민권익위원회인가 뭔가 하는 단체에 의하면 결혼식에 소요되는 평균 비용은 1천7백만 원 정도였다. 여기에 신혼집 마련, 예물, 예단, 혼수, 허니문 비용 등을 합하면 지출해야만 하는 돈이 기하급수적으로 늘어나 억대가 된다. 그리하여 부모에게 손 벌릴 처지가 못 되는 이들은 결국 빚을 낸다. 슬프지 않나? 사랑에 빠졌고 비로소 제 짝을 찾았다고 믿고 있는 연인들이 결혼하여 인생의 제2막을 빚더미 위에서 시작한다는 얘기. 더욱 슬픈 건 그 빚을 갚기 위해 밤낮없이 일하다가 지치면 남편과 아내가 이내 서로를 미워하기 시작한다는 것. 남들이 부러워할 만한 호화 결혼식까지는 아니어도 그저 흉잡히지 않을 만큼의 '때깔'만 낸다 해도 여하튼 그 허영의 젯값을 톡톡히 치러야 한다는 말이다.

"그럴 돈 있으면 난 시골에 땅을 사서 나무를 심겠어. 왜냐? 나는 베라왕 드레스보다 배롱나무 한 그루가 더 좋은 여자이니까."

내가 그렇게 말하자 그가 물었다.

"후회하지 않겠어?"

"전혀. 웨딩드레스 입고 배에 힘주고 억지 미소를 지으며 수많은 하객 앞에 서 있는 나 자신을 생각하면 솔직히 식은땀이

나. 잠깐 그런 민망한 이벤트의 여주인공이 되어보고자 일부러 빚을 낼 필요는 없다는 얘기야."

"나야 좋지만……. 여자에게 결혼식은……."

"일생의 단 하루뿐인 날이지. 어디 멀고 먼 고결한 나라에서 온 여왕처럼 꾸밀 수 있는……. 그런데 생각해 봐. 모든 날이 다 일생의 하루뿐인 날이야. 어느 한 날을 위해서 다른 날들을 희생시키면 안 되는……. 안 그래?"

다행이었다. 두 사람 모두에게 결혼식에 대한 아무런 환상이 없었다는 점.

"그럼 양가 부모 형제 다 같이 모여서 1박 2일 여행이라도 하지 뭐. 양평의 펜션 같은 데 잡아 놓고……."

"그거 좋겠는데. 양가가 좀 더 친해지는 시간을 만드는 거야. 같이 고기도 굽고, 등산도 하고, 카드 게임 같은 것도 하고……. 어차피 인사들은 다 나누었잖아. 어머니들끼리 가끔 통화도 하고……."

남편은 그렇게 말하는 내가 기특했던 모양이다.

"그 대신 내가 너에게 이번 전시 끝나면 제대로 된 결혼 선물을 할게."

그렇게 다짐하듯 말하곤 그가 내 머리를 어루만지다가 목덜미에 입을 맞추었다.

그로부터 한 달 후. 그가 주는 결혼 선물이 내게 너무 과하다는 걸 알았지만 거절하지 못했다. 새로 나온 폭스바겐 CC 2.0 TDI 블루모션. 신차 시승 기사를 위해 내가 2박 3일간 타고 다녔던 녀석이었다.

"나 사실은 되게 불안했어. 네가 네르발 타고 다니는 거. 너무 노령인데다가 에어백도 없는 차잖아. 그런 차로 네가 밤낮 없이 피곤한 몸으로 운전하다가 사고 날까 봐 늘 두려웠어. 때 료는 밤에 아몽도 꿔. 그럼 그럴 때도 그 아몽이 계속 생각나고. 그런데 CC라면 안심이 될 것 같아. 내가 타보니까 알겠어. 너무 듬직해. 심지어 우아하고."

나도 CC에게 단단히 반했던 터였다. 브레이크 밟고 신호등 정지선 앞에 서면 저절로 시동이 꺼지고 브레이크에서 발을 떼면 저절로 시동이 걸리는 친환경 디젤 엔진 자동차. 게다가 디젤임에도 불구하고 힘이 좋아, 오르막길에서 속도가 쑤-욱 나는 느낌이 마치 스포츠카 같았다. 일부러 멋 부린 느낌이 하나도 없는데 멋이 나는, 간결하고 기능적인 디자인은 또 어떻고. 결코 질리지 않을 것 같은 멋 말이다. 자동차 내부가 무슨 스칸디나비아 가구 같았다. 심지어 매우 독일스러운 계기판의 서체만 봐도 너무 좋아서 울컥 목이 멜 지경이었다. 데이지가 개츠비의 아름다운 셔츠 더미를 안고 울 때의 기분을 이제 알 것 같다고 할까? 기꺼이 굴복당하고 싶은 최고급 사치품의 유혹 앞에서 무너지는 느낌……

"기자나 연예인을 위한 특별 리스 프로그램이 있대. 찻값의

30퍼센트만 먼저 내고 매월 이십몇만 원씩 나머지 찻값에 대한 이자만 내고 타는 거야. 그러다 3년이 지나면 차를 반납하거나 나머지 찻값을 주고 가져오는 거지."

내가 그렇게 말하자 남편은 미술은행에서 사 준 그림값이 입금됐다며 내게 그 돈을 보내 주겠다고 했다.

"이번 개인전 끝나고 나머지 찻값도 갚을 수 있으면 갚자. 그게 안 돼도 3년 안에는 갚을 수 있을 거야."

사람들은 모른다. 그가 얼마나 오랜 시간 그림 앞에서 혼자 앉아 있는지. 하루 14시간, 때로 16시간씩 그는 캔버스 앞에 앉아 있다. 다른 사람들 눈에는 안 보이고 자기 눈에만 보이는 세계를 캔버스 위에 옮겨 오기 위해 그는 매일 매 순간 육체노동자처럼 일한다. 요령 피울 줄 모르는, 아니 요령을 수치로 아는 육체노동자처럼 그린다. 그 사실을 아는 나는 거절해야만 했다. 하지만 그렇게 하지 못했다.

그 때문에 나는 벌을 받은 건지도 몰랐다.

그날 우리는 옹색하기 짝이 없는 1박 2일 동안의 휴가를 마치고 서울로 올라가는 고속도로 위에 있었다. 빗발이 유리창을 거세게 때려 와이퍼를 켰다. 그 소리가 너무도 나른하게 들렸다. 그러다 불쑥 발이 빠지는 듯한 느낌이 들었다. 마치 꿈속에서처럼⋯⋯. 알 수 없는 구멍 속으로⋯⋯.

"영희야, 갑자기 속도를 이렇게 줄이면 어떻게?"

"아, 미안. 나 졸린 것 같아."

가수면 상태인 듯 눈앞에 있는 모든 것이 조금씩 흐릿해지고 있었다.

"졸려? 휴게소 나오면 쉬었다 가자. 근데 속도를 조금만 더 높여 봐. 위험하단 말이야. 빠른 속도로 달려오는 뒤차를 생각해야지."

CC 계기판이 50킬로미터를 가리키고 있었다

"못하겠어. 너무 무서워."

되레 40킬로미터로 떨어졌다.

"비상등 켰어. 이제 차를 조금씩 갓길로 붙여 봐."

"발이 안 떨어져."

30킬로미터였다. 손발이 부들부들 떨렸다. 온몸에서 열이 나고 겨드랑이에서는 식은땀이 났다. 금방이라도 정신을 잃을 수도 있을 같은 느낌 속에서 뒤차들을 흘깃 쳐다봤다. 뒤에서 어마어마하게 큰 트럭이며 자동차들이 줄지어 따라오며 경적을 울려대고 있었다.

"나 죽을 것 같아. 이대로 당장 눈이 감길 것 같다고."

20킬로미터였다.

"정신 차려, 영희야. 저기 앞에 봐, 저기 저 쉬어 가는 갓길에 차를 대. 그건 할 수 있겠지?"

하지만 놓쳤다.

"야, 씨발 정신 차리란 말이야."

그가 울먹였다. 그 소리를 듣고 내 손으로 두 번, 세 번 내 볼을 후려쳤다. 그리곤 죽을힘을 다해서 차를 이동시켰다. 별로 안전해 보이지는 않았지만 여하튼 갓길에 차를 세웠다. 간신히……

그렇게 한참을 쉬었다. 한숨 자볼까 싶었지만 잠도 오지 않았다. 온몸의 기가 다 빠져나간 느낌……. 아무것도 할 수 없었다. 불안과 초조 속에 그냥 그렇게 앉아 있었다. 그로부터 2시간 후, 자동차 밖으로 나간 그가 어디론가 전화를 걸었고 대리운전자를 태운 112차가 도착했다.

그날 이후 분당 끄트머리에서 청담동까지 오가는 출퇴근 길이 매번 고역이었다. 두려움과 초조함 속에서 운전대를 잡은 채 자주 식은땀을 흘렸다. 때론 죽을 것 같은 공포감 속에서 심호흡을 하곤 했다. 운전 경력 20년의 무사고 드라이버가, 안락하고 우아한 최고급 세단과 스포티하고 다이내믹한 쿠페의 장점을 절묘하게 조합한 신개념 컴포트 쿠페를 타고 분당-수서 간 고속화 도로를 시속 50킬로미터 미만으로 달리며 민폐를 부리는 나날이었다. 그로부터 2주 후 결국 나는 병원에서 공황장애라는 진단을 받았다.

"특별한 원인은 없습니다. 지난 몇십 년간 쌓인 스트레스와 불안감이 어떤 계기로 갑자기 터져 나온 거죠."

의사는 그렇게 말하며 내게 약물치료를 권했다. 약물치료라니……. 구제불능의 약쟁이가 되라는 건가? 무섭고 두려웠다.
내 앞에 펼쳐진 날들이…….

"유난 떨지 마. 다들 이미 앓았거나 앓고 있는 병이니까. 혜
진이, 지선이 다들 앓았어. 병가라니……. 혜진이가 들으면 아
마 널 비웃을 거다."

내가 병가 얘기를 꺼내자 안 이사가 그렇게 말했다. 그런데
혜진이라니……. 무슨 말인지 모르겠다. 그 애는 건강하다. 일
주일에 한두 번, 기공체조 강사로 뛸 정도로.

"선배, 여의도 시절 기억하세요? 하루는 선배가 절 불러내서
얘기했어요. 회사 생활 이렇게 불성실하게 하면 후배들에게 미
안하지 않냐고? 뷰티팀 팀장이 마감도 제일 늦고, 기사도 제일
엉성하고, 출근도 제일 늦다고. 시정되지 않으면 더 이상 못 봐
준다고."

기억난다. 내가 그랬다. 혜진이에게……. 상급자로서의 내
의지가 아니라 내 임무 때문이었지만 그런 변명은 하고 싶지 않
았다. 미안했지만 그 때문에 전달받은 내용을 돌려 말하고 싶지
는 않았다. 그게 서로를 위해서 깔끔한 처사다 생각했으니까.
그냥 잠자코 고개를 끄덕일 수밖에 없었다. 그러자 혜진이 말을
이었다.

"저 그때 공황장애 앓고 있었어요. 운전할 수 없는 건 물론
택시도 못 탔어요. 혼자서는 버스도 지하철도 무서워서 나갈 때

마다 엄청난 용기를 내야만 했어요. 그래서 많은 구간을 그냥 걸어 다녔고요. 그러다 도저히 안 되겠다 싶어서, 없는 시간 쪼개서 기공체조를 하기 시작한 거죠."

몰랐다. 7년, 어쩌면 8년. 그토록 오랜 기간 같은 사무실에서 일했는데 왜 난 그걸 몰랐을까?

"나한테 무관심한 사람한테 구태여 내 정신 병력에 대해서 말할 필요는 없으니까요."

혜진이는 담백하게 말했지만 그 말을 듣는 내 심장은 얼어붙을 것 같았다. 몰랐다. 함께 일하는 동료들을 향한 나의 무심함이 이토록 질병 수준이었다니…….

그날 밤 나는 취하고 싶었다. 부끄러운 나 자신으로부터 도피하고 싶을 때마다 취하는 나의 오래된 악습 속에서 그냥 무릎을 꿇고 싶었다.

"왜 그래, 영희야? 혹시 울고 있는 거야?"

테이블 맞은편에 앉으며 그가 조심스럽게 물었다.

"울긴……. 그냥 좀 심란해서."

그 얼굴을 보면 이상하게 안도가 된다. 그래서 무슨 애기든 씩씩하게 하게 된다.

"혹시 그 시 알아? '모두 병들었는데 아무도 아프지 않다'는 이성복 시인의 시? 꼭 그 시 구절 같아. 나와 내 주변 상황이……. 나 공황장애래. 터널과 고가, 가드레일 안에 갇힌 채 앞으로 나가는 상황을 유난스럽게 무서워하는 공황장애 환자. 갇힌 공간에서 쫓기는 마음이 되면 곧바로 패닉 상태에 빠지는…… 도대체 뭐 한다고 이런 병에 걸렸을까 싶어. 내 일이라는 게 어쩌면 '악마의 대리인' 역할 같은 건지도 모르는데 말이야."

"무슨 말이야?"

"그냥 그런 생각이 들어. 나는 죄를 졌고 그래서 벌을 받고 있는 거라는……."

"무슨 죄?"

"그동안 일한다고, 일하는 와중에 내 삶을 구원해 줄 수 있을 것 같은 연애 대상을 찾는다고 너무 바빴어. 혹여 여유가 생기면 책이나 처 읽고……, 그런 자신에게 남몰래 자부심을 느끼고……. 고통받는 약자를 연민하는 척하면서 사실은 어려운 일을 겪고 있는 후배나 동료한테는 아무 관심도 없었던 거다. 그 죄……."

"웃기지 말라고 그래. 지난번 회사 천장 속에서 무려 일주일간이나 고양이 울음소리가 났는데 아무도 관심 없었다며. 그 고양이를 구조한 게 너야. 니가 무슨 말 하는지 모르겠지만 다른 사람들 얘기 때문에 괜히 자책하지 마."

그나마 좀 위안이 되는 얘기였다.

'그래, 혜진이는 결코 사무실 천장 속에 갇힌 길고양이 같은 처지는 아니었으니까. 생존에 유리한 조건을 모두 가진 인간 여자지. 외모, 집안, 학벌, 성격, 경력……. 때로 보잘것없는 천사가 되어 길 잃은 개나 고양이들을 자비의 눈길로 쳐다보는 내가 관심 가질 만한 대상은 결코 아니었던 거야.'

속으로 그런 생각을 하며 스스로 합리화할 수 있는 단서를 준 그에게 문득 고마움을 느꼈다.

"모르겠어, 난 어쩌면 인간보다 동물을 더 사랑하는지도. 입이 있어도 말할 수 없는 그들이 너무 애틋해. 무엇보다 내가 키운 개와 고양이가 내게 사랑이 뭔지 알려 줬거든. 바라는 거 없이 그저 존재하는 것으로 기쁜 게 사랑이라고. 그런 사랑은 그 대상이 이 세상에서 사라져도 계속되는 사랑이라고. 다행히도 당신이 내게는 그런 사람이야. 난 알아. 당신이 존재하고, 존재하는 당신을 바라보는 것만으로 난 행복할 수 있는 사람이라는 걸……. 언제까지나……. 그런데 지금 내게는 당신을 바라볼 시간이 없어. 같이 밥 먹을 시간도 없고 같이 산책할 시간도 없어. 바빠서. 회사 가느라 너무 바쁘고, 회사 안 갈 땐 일 걱정하느라 마음이 바빠. 그래서 공황장애라는 병이 생긴 거야. 의사는 특별한 원인이 없다고 했지만 그건 변명일 뿐이야. 환자에게 무관심하고 무지한 의사들의 변명. 세상에, 지금 생각해 보니 그 의사는 내가 무슨 일을 하는지조차 묻지 않았어. 신경정신과 의사라는 자가……."

그렇듯 긴 독백의 말들을 토해내자 그가 기쁜 듯 소리쳤다.

"영희야, 그럼 너무 간단하잖아. 회사 그만두면 돼. 그럼 치유되는 병이라고!"

"그럼 빚은?"

"빚? 무슨 빚?"

그가 깜짝 놀라서 물었다.

"미안해. 사실은 나 빚이 있어. 망원동 빌라 살 때 얻은 은행 빚. 그게 1억이나 돼. 그 빚의 월부금이 한 달이면 80만 원이야. 거기에 우리가 사는 집 월세는 70만 원이고. 합치면 150만 원."

"그런데 왜 말 안 했어?"

"당신이 걱정할까 봐. 당신이 걱정하는 게 싫었어. 그깟 돈 때문에……."

내가 그렇게 말하자 남편이 의아하다는 듯 물었다.

"그런데 왜 그런 빚과 함께 살게 된 거지? 너도 알다시피 난 전세 1천만 원짜리 농가 주택에서 살면서 한 달에 50만 원도 못 벌었지만 빚이라곤 10원 한 장도 없었어. 그런데 그렇게 많은 월급을 받아 온 너한테 무슨 빚이 그리 많냐고?"

"기대감 때문이지 뭐……. 탐욕에 가까운 멍청한 기대감. 혹시 집값이 올라서 내가 가진 1억이 2억, 3억이 될까 하는……. 돈으로부터 자유로워지기 위해서 좀 더 돈을 벌어야 한다고 생각했거든. 그래서 남들 하는 대로 하다가 감옥살이를 하게 된 거야. 사무실이라는 좁은 공간에 갇혀 시시한 종류의 온갖 불안과 걱정 속에서 사는 삶 말이야. 그 감옥살이로부터 빠져나갈 구멍이 보이지 않는 상황이 계속되다 보니 덜컥 이런 병에 걸린 거고."

"바보……."

"맞아, 나 바보야. 당신 보고 알았거든. 빚이 없을뿐더러 돈 때문에 감옥살이할 일도 없는 사람이 진짜 부자구나. 당신 쪼 잔하게 생선 한 마리도 살까 말까 고민하는 사람이잖아. 하지 만 빚이 없어. 물리적인 빚이든 마음의 빚이든. 당신은 이미 선 택했으니까. 무엇을 구매할지에 관한 선택이 아니라, 어떻게 살 것인지를 선택한 사람. 그런 사람이 진짜 부자거든. 돈의 부름 을 떨쳐내고 자기 내면의 불꽃대로 살 수 있는 사람이……. 그 런데 그걸 알면서도 내가 당신을 이 도시로 데려왔어. 데려와서 내가 지금 당신을 나와 같은 가난뱅이로 만들고 있는 거라고. 당신에게도 이제 빚이 생겨 버렸으니까. 나한테 사 준 폭스바겐 때문에 생긴 빚……. 이제 어떡해? 혹시 내가 당신을 망치고 있 는 거면."

언제부터인가 내 눈에서 눈물이 흘러내리고 있었던 모양이 다. 그가 그 눈물을 닦아 주며 말했다.

"괜찮아. 문제가 뭔지 알았잖아. 그럼 하나하나 고치면 돼. 니가 그랬잖아. 사랑하는 사람들 사이의 빚은 빛이 될 수도 있 는 거라고."

"내가 그런 말을 했어?"

"그래."

"그렇게 멋진 말을?"

"그래."

그러자 갑자기 웃음이 나왔다. 울다가 웃는 인간 원숭이 한 쌍이라 해도 좋았다.

과오는 고백으로 반쯤 용서가 된다. 그 나머지 반은 차차 갚기로 하자. 그렇게 마음먹으니 안정이 됐다. 이제 비로소 잠을 잘 수 있을 것 같았다.

16

하필이면 그날이 그날이었다.

'늘 남에게 쓰이는 나'를 이제 그만 내던지고 싶다고 느낀 날.

이제 그만 나 자신의 주인이 되어 피 같은 내 시간을

나와 내가 사랑하는 이들을 위해 사용할 때가 되지 않았나 생각한 날.

16. 애증의 동력

그는 아무 때나 노래한다. 아침잠이 많은 날 키스로 깨우고-정확히 키스라기보다는 이마에 입맞춤 정도. 유달리 비위가 좋은 커플은 아니니- 노래를 부르며 커피를 내리러 간다.

"유 갓 투 체인지 유얼 이블 웨이, 베이비~"

산타나Santana가 부르는 'Evil Ways' 같았다. 살금살금 부엌으로 따라 들어가 흥얼거리며 노래하는 남자의 등을 습격하듯 끌어안았다.

"와락! 어때?"

"놀랬잖아? 하지만 와락은 좋았어."

"와락, 그 단어 참 예쁘지?"

"잊지 마. 그거 내가 먼저 사용한 단어라는 거. 나중에 니 꺼라고 우기지 말라고."

"거 참 아침부터 되게 치사하게 구네. 니 꺼, 내 꺼 따지며……."

"그건 미안. 근데 오늘도 늦어?"

그의 동그란 콧등에 입맞춤하며 내가 대답한다.

"아니야, 오늘은 일찍 오려고. 근데 아침 먹었어?"

"응. 새벽 여섯시에 일어났거든."

"와, 그렇게 일찍부터 작업한 거야? 굉장하다. 아침은 내가 어제 기사 식당에서 사온 김치찌개랑 먹지 그랬어?"

"그랬어. 미원 맛이 많이 나서 좀 별로긴 했지만……."

"미안. 아침도 혼자 먹고, 점심도 혼자 먹고, 저녁도 혼자 먹게 해서. 하지만 오늘 저녁은 같이 먹을 수 있을 거야!"

"빨리 오는 거야? 몇 시쯤?"

"늦어도 8시. 오후에 인터뷰가 있는데 그거 끝나면 회사에 들어가서 정리하고 바로 집에 오려고."

"누구 인터뷰인데?"

"내가 전에 말했나? 권부문이라고. 사진가인데, 나이 마흔에 폴 고갱Paul Gauguin처럼 직장 때려치고 예술에 자기 인생을 송두리째 갖다 바친 굉장한 분이라고."

"어 생각나. 이름 자체가 예술가라고 했잖아. '권력'과 '돈'에 대한 의문이라며? 그 이름 뜻이?"

"빙고! 이따 봐. 작업 재밌게 하고."

그 동그란 콧등에 다시 한 번 입맞춤하고 집을 나서는데 왠지 가슴이 답답했다. 도대체 내가 무슨 대단한 일 한다고 사랑하는 남자랑 하루 한 번 밥도 못 먹는단 말인가? 김수영 시인의 시 「VOGUE야」에 의하면 내가 하는 일은 '선망'할 만한 것도 아닌 것을 '선망'하게 하는 '죄의 앙갚음' 같은 일인데.

그래도 종종 이런 사람을 만날 수 있는 일이기에 나는 내 직업에 염증을 느끼면서도 한편 좋아했다. 그는 동아일보 사진 기자를 거쳐 삼성전자에서 고문으로 있던 40대에 사표를 던진 남자였다. 자신의 운명에 따라 작가로 살기 위해 세상의 끝이나 다름없는 냉엄한 곳으로 스스로를 유배시킨……. 바로 그 남자, 권부문과의 인터뷰. 어디서 그런 용기가 나왔을까? 겨우 백만 원 정도의 돈밖에 없었다고 한다. 서울 생활을 완전히 정리하고 사진가에게는 거의 유배지나 다름없을 것 같은 변방 도시 속초로 자신을 내몰 때 그의 주머니 속에 있던 돈의 액수가……. 그 과정에서 처자식이 있는 가정까지 반납했던 걸로 안다. 그 이후 10년을 속초에 머물며 인적 없는 산과 바다를 헤매며 홀로 작업했고. 그게 뭘 의미하는지 그가 말했다.

"생각보다 훨씬 혹독했죠. 속초에서의 시간이. 그런데 그 혹독한 시간을 견디며 나라는 사람의 다른 국면을 만난 거죠. 뭐, 세르반테스^{Cervantes}가 바깥세상에서 사기 치고 남의 돈 갖고 장난치다가 감옥 들어가서 정신 차렸듯이……. 그리곤 감옥에서 『돈키호테^{Don Quixote}』를 썼지요? 아마……."

그 새로운 국면이란 이런 거다. '남들한테 늘 쓰이던 나, 남들한테 늘 써 먹히던 나가 필요 없어지는 공간에 스스로를 던져놓고 내가, 정말 나 스스로가 나를 쓰는 자신을 만나는 거, 그러기 위한 충실한 시간을 갖게 되는 거'

혹독하게 고독하지만, 확실히 충만한 시간 속에서 그가 카메라에 담았던 사진들을 보고 난 단박에 압도되고 말았다. 말과 의미가 무색해지는 삭풍과 동토의 풍경이 너무도 드라이하고 엄중하게 담긴 사진들. 하지만 그 안에는 권부문만의 서정이 있었다. 대자연 앞에서 감상 떨지 않는 자의 냉정한 서정이랄까? 아니면 떼 지어 몰려다니며 안주하고 타협하기를 대놓고 혐오하고 거부해 온 자 -권부문은 조롱도 작가의 의무고 특권이라고 믿는 사람이었다- 의 고독감이 느껴지는 서정이랄까?

　하필이면 그날이 그날이었다. 내가 권부문을 만난 날. 권부문을 만나고 '늘 남에게 쓰이는 나'를 이제 그만 내던지고 싶다고 느낀 날. 이제 그만 나 자신의 주인이 되어 피 같은 내 시간을 나와 내가 사랑하는 이들을 위해 사용할 때가 되지 않았나 생각한 날.

　오후 1시부터 시작한 인터뷰가 7시 무렵까지 계속됐다. 나로서는 굉장히 의미 있는 인터뷰였고 덕분에 몸은 피곤했지만 이상하게 생생한 느낌이었다. 그래도 얼른 퇴근하고 싶었다. 집에 가서 권부문이라는 아티스트를 만난 내 감흥에 대해 그에게 말해 주고 싶었으니까. 그래서 지희 핸드폰으로 전화를 넣었다.

　"별일 없지? 나 이제 인터뷰 끝났는데 여기서 바로 퇴근하련다."

　"아 선배, 들어오셔야 할 것 같은데요. 방금 전에 이사님한테 연락 왔는데 7시부터 회의한다고 하셨거든요."

　이게 무슨 소리인가? 7시라니? 지금 7시 30분이다.

　"6시에 샤넬 행사 가시면서 행사 끝나는 대로 들어와서 회의하신다고 했는데 그 행사에 갔다 온 애들 말 들으니 식사하고 들어가신다 하셨대요. 그때까지 모두 대기하라고."

화가 났다. 법정 근무 시간은 오전 9시부터 오후 6시까지다. 대개 회사는 그 시간 외 근무에 대해서 노동자에게 별도의 임금을 지급하는 게 원칙이고. 하지만 우리 회사는 그 시간 외 수당을 지급하지 않았다. 한 달이면 15일 넘게 야근을 해도 시간 외 수당이 없는 회사였다. 그런데 이 여자, 안 이사는 느닷없이 저녁 7시에 회의를 주재하고 스스로 그 약속 시간마저 지키지 않는다. 본인이 밥을 먹는 동안 모두 대기하고 있으라니…… 이건 뭔가 너무 부당하고 모욕적이지 않은가?

우리에게도 사생활이 있다. 저마다 지키고 싶은 생활의 중심……. 회사 관리자가 자기들 기분 내키는 대로 마음대로 훼손해서는 안 되는 시간. 게다가 지금은 전쟁 같기도 하고 감옥 같기도 한 마감을 끝낸 지 얼마 지나지 않은 때다. 퇴근 후 가족과 함께하는 저녁 시간을 비교적 마음 편하게 즐길 수 있는 귀중한 며칠. 그래, 저녁이 있는 삶. 매일매일 누려야 마땅하지만 한 달이면 겨우 일주일, 많아야 열흘뿐인 저녁.

"안 이사한테 전해. 난 당신이 회의 호출한 6시 이전에 이미 잡아놓은 약속이 있어서 갔다고. 무엇보다 당신이 회의 소집한 시간에 태연히 밥 먹고 있다는 소식 듣고 비상사태가 아니라고 판단한 나머지 7시 30분에 현장 퇴근했다고."

지희에게 그렇게 말하고 전화를 뚝 끊었다. 그리고 집에 갔다. 남편과의 저녁 약속을 지키기 위해서.

"안 이사? 그게 누구지?"

함께 저녁 먹는 자리에서 남편이 물었다.

"안 부장. 얼마 전 이사 됐잖아? 그 부장 자리를 나한테 넘겨주고."

"아 맞다. 그랬다고 했지. 니가 승진에 아무 관심 없어 하니까 나도 까먹었어."

"얼마 전 내가 회장님한테 그랬거든. 다른 잡지 편집장들은 다 이사다. 그런데 우리 잡지 편집장만 아직 부장이다. 면이 안 선다. 승진시켜 주시면 안 되냐? 뭐 지나가는 말로 캐주얼하게 그렇게 물었어. 그분 정말 제대로 젠틀한 분이라 우리랑 굉장히 격의 없이 지내시거든. 나한테 막 맞담배도 피자 하시고. 그래서 맞담배 폈더니 나중에 안 이사한테 걔가 철이 그리 없다며 놀렸다고는 하더라만, 여하튼……. 그래서 회장님이 애들이랑 사무실에서 노닥거리고 있으시길래 거기 껴서 지나가는 말로 안 부장 승진 얘기 그냥 가볍게 말씀드렸어. 근데 그날 안 부장이 애들한테 그 얘기 전해 듣고 나한테 그러는 거야. 넌 너무 나이브하다고. 그게 통할 것 같냐? 너 때문에 웃음이 나온다고? 그런데 통했어. 며칠 후에 인사 발령이 있었거든. 그때 그녀는 이사가 됐어. 난 부장이 됐고. 근데 말이야. 안 이사는 이사 자리를 바랐고 또 내가 그 마음 알고 그렇게 말한 거지만, 정작 나 자신은 부장 자리에 아무 관심 없었거든. 심지어 싫었어. 안 이사가 부장 발령장 주면서 이제는 부장이니 부장답게 자기 오른팔 역할을 잘해 주길 바란다고 하는데, 기분이 나쁘더라. 아니, 난 나지. 내가 왜 당신 오른팔이 되어야 하지? 당신 팔은 무엇에 쓰려고? 뭐 그렇게 묻고 싶을 정도로. 각자 제 할 일만 잘하면 되잖아. 안 그래?"

내가 남편에게 그 얘기를 하고 있는 사이 사무실에서는 난리가 났던 모양이다. 안 이사가 나의 부재에 대해서 노발대발 불을 뿜었고, 그 불똥의 파편들이 내 대신 나의 피처팀 후배들 면상에 떨어지고 있었다. 후배들에게 미안했고 이사라는 직함을 단 선배에게는 화가 났다. 그 일을 시작으로 우리는 한바탕 전쟁을 치렀다. 하지만 서로 마주 보고 언성을 높인 적은 단 한 번도 없었다. 그건 소리 없는 전쟁이었다. 서로의 무심함과 독단, 이기심, 유치함, 비열함, 교만함, 속물성에 대해 얼마나 실망했는지 따지는 이메일을 수차례 주고받은 직후 나는 사표를 썼다.

사 직 서

지겨워서 그만둡니다.

2011년 9월 23일
김영희

그렇게만 쓰고 싶었다. 처음엔……. 하지만 그것만으로는 뭔가 여전히 끓어오르는 게 내 안에 남아 있어서 안 이사에게 또다시 편지를 썼다.

　자기를 깎아내리는 듯한 예절에 능숙하지만 실제로는 남보다 우월한 신분을 -광고주들의 초대로 비행기 일등석을 타고 파리로, 뉴욕으로, 밀라노로, 런던으로 가서 프론트로우에 앉고 호화로운 디너 파티 후에는 선물을 받아 마땅한 자리를- 사랑하는 이여, 안녕. 저는 이제 그 모든 것이 지겹습니다.

　무엇보다 당신의 지시가, 요구가, 명령이 지겹습니다. '어제 저녁 회의에 참석하지 않은 너의 괘씸함에 대해선 더 이상 문제 삼지 않겠다. 다만 내가 너에게 당부하고자 했던 메시지만 전한다. 추석도 있고, 이 몸이 파리도 가야 하니 마감을 일주일 앞으로 당길 것. 따라서 이번 주말부터 전원 출근하게 하여 마감 전선에 차질 없도록 체크하고. 참고로 나는 월요일에 출근하니 그날 오전에 마감 상황을 보고할 것' 지겹지 않겠습니까? 주말을 가족과 함께 지내는 당신을 대신해서 현장에서 비인간적인 생산 라인을 지키는 감시견 노릇까지 하라니……. 내 몫의 기사를 만들고, 모든 후배 에디터의 초고를 봐야 하는 역할만으로도 숨이 벅찬 노예에게 당신은 노예들을 감시하는 '노예 중의 노예'가 되라고 명한 겁니다. 너무도 당당하게도.

　그게 싫어서 당신의 명에 따라 마감을 진행시키면서도 난 당신의 그 독선적인 명령에 최선을 다해 저항했지요. 당신의 이기적인 리더십을 향한 조용하지만 매우 사나운 반란이라 해도 좋을 만큼……. 하지만 아쉽게도 실패했네요. 아무도 도와주는 이가 없었거든요. 나 홀로 고독한 혁명이라니……. 압니다. 내가 좀 조직적이지 못했다는 거……. 당신이 후배들에게 당신의 정당성을 변호하고 나의 과오를 나열한 기나긴 이메일을 보낸 걸 보고 그 유치함에 기겁한 나머지 나는 회장님께 편지를 썼지요. 당신이 얼마나 독선적이고 무책임한 리더인지 알리는……. 심지어 편집장을 C 고문으로 바꾸어달라고 했습니다. 그분은 후배들에게 '내 오른팔이 되어라' 요구하지 않고 후배들이 더 좋은 기사를 쓸 수 있도록 되레 자기 눈이며 팔을 내주시는 분이라고. 만약 C 고문이 오지 않겠다고 하면 차라리 피처팀 팀장인 내가 패션팀 팀장인 J와 함께 후배 에디터들과 현장에서 화보 찍고 인터뷰하는 '듀오 편집장'으로 일하겠다고 했지요. 광고주에게 아부하고 또 그에 따른 접대받는 일에 귀중한 시간을 낭비하는 편집장들이 많은데 그들에게 '젊은 귀감'이 되어 보겠다고 말입니다. 그와 동시에 노동법에 따라 업무 시간을 준수하는 새로운 잡지 환경을 만들어보겠다고 했습니다. 그건 아주 간단하다고. 사주부터 사원까지 우리 모두가 조금 덜 벌고 고용을 늘리면 된다고. 정말 멋진 발상 아닌가요? 당신은 바보스러울 정도로 순진하다 또 비웃을 테지만…….

부끄럽지 않냐고요? 천하의 그런 하극상 짓이……. 아니요.

절대. 내 통찰과 분노에서 우러난 행동이라는 점에서 나는 조금도 후회하지 않습니다. 되레 인간의 어둡고 긴 역사 속에서 권위와 복종이라는 이름으로 자행된 온갖 종류의 잔혹한 범죄와 비극을 생각하면 설사 나의 반란이 실패했다 해도 '모든 방면으로부터 인간을 압박하는 고난에 대한 투쟁' 그 자체로 의미가 있는 거라고 스스로 위안하고 있습니다. 물론 결과적으로 나의 투쟁은 '처벌받지 않는 성공한 쿠데타'가 되지 못했죠. 법정으로 가서 끝까지 싸우면 내가 이길 수밖에 없는 게임이었지만 —마감은 우리에게 맡기고 무려 열흘 동안이나 무단결근한 사람은 당신이기에— 그조차도 지겨워서 그만두기로 했습니다. 당신은 애가 둘이나 있고, 난 하나도 없으니 내가 물러나 주는 게 맞다 싶기도 하고요.

아시겠지만 한때는 당신이라는 인간을 좋아했습니다. 프라다 스커트와 에르메스 원피스가 잘 어울리는 날씬한 중년의 당신을 그냥 사심 없이 좋아했습니다. 교양이나 지성에 대한 목마름 없이 일찍이 새로운 유행과 스타일이 무엇인지 구명하려 했던 당신을. 강인한 정신력으로 크나큰 상실감과 결핍을 안고 차례차례 경쟁자들을 이긴 승리의 당신을……. 그러나 결핍의 아픔을 알기에 때로는 가정부에게조차 다정해 보였던 당신이었지요. 누구와도 잘 어울리는 사교적인 사람이나 때로는 냉담할 줄도 호통칠 줄도 아는 당신. 능력 있는 아내이며 다정한 어머니이며 또 훌륭한 며느리인 당신. 무엇보다 겉치레가 아니라 충심으로 어른들 섬기는 일을 참 잘했던 당신이었습니다.

그러면서 당신은 점점 더 높은 곳으로 올라갔지요. 그런데 우월감 때문이었을까요? 어느 순간 당신은 고마워할 일도 사과할 일도 반성할 일도 없는 사람이 되었습니다. 매사 당신이 너무도 옳기에 질문도 의무도 없이 독단적으로 결정하고 그에 따른 명령과 지시를 내렸죠. 비판적으로 사고하고 스스로 판단할 줄 아는 후배들에게 혹시라도 '쓴소리'를 듣게 될까 봐 아예 소통 창구를 막아 버린 듯 보였습니다. 그리곤 당신 옆에 예쁘장한 턱을 괴고 앉아 온종일 즐거운 소리를 종알거려주는 어린 녀석들을 편애하며 당신에게 순응하지 않는 큰 녀석들에겐 보란 듯이 상처와 모욕감을 안겨 주었지요. 솔직히 말하면 전 그런 당신이 사춘기 계집애들 무리의 우두머리처럼 너무도 유치하다고 생각했습니다.

아시겠지만 권위주의적 인간들은 힘 있는 자의 '권위'를 귀히 여깁니다. 그래서 알아서 잘 모시고 잘 섬기죠. 동시에 그들은 무력한 인간에 대한 혐오감을 품은 채 약자들을 지배하고 예속하고 싶은 갈망에 젖어 있지요. 그 때문에 자기도 모르게 타인을 억압하는 일을 매우 태연하게 자행합니다. 심지어 전체적 대의를 위한 일이라며……. 그게 나쁜 것이냐고요? 혹시 이런 얘기

들어보셨는지요? 나치즘의 심리적 기반이 구 중산계급이었다는 것. 자본주의가 막 발화할 무렵, 붕괴하는 중산층이 공포 상태에 빠져 몰아붙인 게 바로 권위주의였다는 사실 말입니다. 사족입니다만, 혹시 이해가 안 된다면 한나 아렌트Hannah Arendt의 책을 참고하시길 바랍니다.

인간은 아무런 통제를 받지 않으면 권력을 남용하는 성향이 있지요. 그래서도 전 권위주의에 순응하면 안 된다고 생각했습니다. 그 상대가 당신이었다는 사실은 유감이지만 권위주의라는 시대착오적인 낡은 리더십에 한 번쯤 대놓고 약을 올려 주고 싶었습니다. 선민의식에 빠진 상급자의 이기적 '권위'를 욕보이고 나 자신에게 무죄를 선언하고 싶었습니다. 그래 봤자 제가 잃을 게 뭐가 있겠습니까? 기껏 해 봐야 일자리를 잃는 것뿐이고, 그건 곧 회사라는 감옥에서 나 자신을 해방시키는 일이기도 했지요.

한때 서로 의지했던 선배에게 그렇게 대하는 것은 무척이나 거칠고 무례한 짓이지만, 그럼에도 진실은 가식적인 사랑보다 그편이 낫다고 생각했습니다. 제가 존경하고 흠모해 온 작가 에머슨Emerson이 그러더군요. '우리가 품은 선의에는 얼마간 모가 나 있어야 한다'고. '그렇지 않다면 그것은 아무것도 아니'라고. '사랑의 가르침이 울고 흐느끼는 것에 지나지 않는다면 그런 사랑의 가르침에 대한 반작용으로 증오의 가르침이 있어야 한다'고.

당신은 아니었을 테지만 저는 간혹 스스로 이런 질문을 던지곤 했습니다. 우리가 하는 일의 본질은 뭘까? 혹시 떠들썩한 선전으로 사람들을 꼬드겨 '불필요한 머스트 해브 아이템'을 사도록 만드는 일은 아닌가? 심지어 우리 자신조차 전에는 원하지도 필요하다고 느끼지도 않았던 것들을 사기 위해 이토록 괴롭게 우리의 노동력을 팔고 있는 것은 아닌가? 무엇보다 의심의 여지가 없는 진실 하나는 우리 잡지가 자본을 가진 자와 광고 혜택을 누릴 수 있는 자들을 위한 것이라는 자각이었습니다.

그런데 제 출생의 비극 때문이었을까요? 전 이상하게 자본가들이 만들어놓은 자유경쟁의 규칙에 따라 패자가 된 사람들에게 끌렸습니다. 하기사 비정하고 간교한 자본의 폭력 속에서 자존감은 물론 자아마저 잃어버린 채 알코올 중독자로 살아가다 끝내 자살을 선택하는 사람 중 한 사람이 우리 아버지였으니까요. 압니다. 당신이 '구질구질'하다고 여기는 그런 종류의 이야기라는 걸⋯⋯. '알코올 중독에서 회복 중인 고학력 청년실업자의 녹즙 배달 이야기'가 실린 제 기사를 두고 당신이 그랬다지요? 왜 우리 잡지에 그런 '구질구질'한 이야기가 실려야 하냐고. 그것도 늘 그랬듯 내가 아니라 내 대신 내 자리에 앉히고 싶은 내 후배를 불러다 놓고⋯⋯. 아마 그때부터였을 겁니다. 내 마음속에서 당신을 향한 증오심이 싹 트기 시작한 건.

당신이 질문하지 않기에 이제 내가 묻습니다.

당신은 당신이 하는 일의 본질이 뭐라고 생각하나요? 혹시 근사하게 보이고 싶은 여자아이들의 에너지를 마지막 한 방울까지 쥐어짜 내는 거 아닌가요? '샤넬 슈트를 입을 수 있다면 여자로서 최고의 행복이다' 뭐 이런 식으로 머리에 헛된 꿈들을 잔뜩 불어넣어 주고 그들의 분별없는 허영심을 마음대로 조정하면서 말입니다. 아닌가요? 그러다가 이제 에너지를 다 소진한 나머지 더 이상 쓸모가 없다거나 아니면, 제법 머리가 커져서 고분고분 말을 듣지 않는구나 싶을 때 가차 없이 내다 버리는 거죠. 심지어 당신은 불유쾌할뿐더러 비정한 그 일을 내게 시켰습니다. '저 녀석 더 이상 못 봐주겠으니 니가 잘 타일러서 그만두게 해' 당신은 내게 그저 지시를 내리고 나는 그 지시에 따라 행동했지요. '이까짓 직장 말고도 세상에는 할 만한 일이 많아, 네가 좀 더 잘할 수 있는 일, 무엇보다 너의 가치를 알아봐 주고 배울 게 있는 직장을 찾아보도록' 뭐 이런 얘기를 가능하면 무겁지 않게, 심지어 웃으며, 좌절하지 않길 바라는 내 진심을 담아 전하며 몇몇 후배들의 권고사직을 유도했죠.

그랬습니다. 한때는 당신이 당신에게 순응하는 인간들을 사랑하기에 나도 그런 사람이 되려고 했던 적도 있습니다. 하지만 이제는 싫습니다. 다른 사람을 지배하고 언제나 그에 따른 명확한 보상이 되돌아오기를 바라는 사랑을 전 원치 않습니다. 그건 내가 당신의 직장 후배가 아니라 가족이라도 그럴 것 같습니다.

인간이란 모름지기 누구나 자기중심적이지요. 그에 반하는 감정이 사랑이고……. 한때는 우리가 사랑하는 선후배 사이라고 착각했던 적도 있는데 지금은 확실히 알겠습니다. 내 입맛대로 상대가 변하길 바라는 건 사랑이 아니지요. 당신도, 나도 그 점에서는 한 치의 양보가 없었다는 점 이제 알겠습니다.

혹시 기억하시나요? 나열하자면 한없이 치사해지는 일 빼고 두 가지만 얘기하고 싶군요. 최종 결정권자로서 개인적인 일로 마땅히 자리를 비우면 안 되는 '데드라인'에 당신은 7시간씩 부재중인 채 행방이 묘연했던 일이 있었지요. 하지만 당신은 어떠한 해명도 사과도 하지 않았습니다. 반면 기자들이 작성하고 최종적으로 당신이 '송고' 도장을 찍어준 기사에 문제가 생기면 당신은 담당 기자에게 광고주나 엔터테인먼트사 대표 앞으로 보내는 사과문이나 시말서 등을 쓰게 했지요. 모욕감을 참으며 저도 두 번 썼답니다. 이것이 과연 내 잘못인가 하는 의구심과 함께.

인간은 그렇듯 늘 자기중심적이기에 두루 편협하고 두루 비겁하지요. 그래서 언제든 잘못을 저지르기 마련이거늘, 당신은 결코 무엇 하나 사과하는 법이 없었습니다. 명백한 자기 잘못을 앞에 두고도……. 어느 누구도 아닌, 우리 모두의 당신이었지요.

그런 당신이기에 더욱더 있는 힘껏 저항하고 싶었다면 설명이 될까요?

　당신도 아시겠지만, 저는 광고주와 자본가를 위해 '몇 달 후, 혹은 몇 년 후 유행이 지나가면 쓰레기가 될 것들을 추려내어 보석처럼 치장하는 일(수정합니다. 그냥 이브 생 로랑의 표현대로 '삶의 환영을 만드는 일'이라고 해 두죠. 그렇게 부정적으로 보기 시작하면 이 세상에 쓰레기 아닌 것이 없을 터이니)'에 금지를 느끼는 부류는 아니었습니다. 그 때문에도 전 우리 잡지 부록으로 <PURE>를 만들고 싶어 했지요. 정색하고 환경문제를 이야기하기보다는 여행과 아웃도어 라이프, 지구 상의 가장 멋진 풍경 사진을 통해서 우회적으로 위기에 처한 우리 지구의 문제를 돌아볼 수 있게 만드는 소박한 잡지가 바로 <PURE>이길 바랬습니다. 전 그 잡지의 두 번째 호를 제 손으로 만들어 보기 위해 당신의 요구대로 광고주의 협찬금을 끌어모으는 일로 한동안 골머리를 앓았습니다. 그 때문에 온갖 브랜드에 협조 공문을 보내며 –'이제 사람들은 기왕이면 선한 기업을 향해 호주머니를 열고자 합니다. 그리고 이제 기업은 기왕이면 윤리적 소비를 의식하는 사람들이 관심 가질 만한 마케팅에 투자해야 한다고 생각합니다'라고 호소하며……– 각각의 브랜드가 혹할 만한 이런저런 화보 프로젝트를 기획하여 유혹했지만 돈 버는 일 –사실상 '앵벌이' 짓이나 다름없는– 엔 젬병이어서 목표금의 3분 1

도 모으지 못했었습니다. 그러다 나중에 알았습니다. 돈에 대한 온갖 근심 걱정 속에서 나 자신의 무능함에 절망하던 순간. 그게 바로 '패션팀 뷰티팀에게 손 벌리지 말고 네 기획이니 네 손으로 돈을 모으라' 했던 당신이 내게서 정확히 얻고자 했던 바로 그 결과라는 걸. 우습지 않나요? 그런 당신을 한 번쯤 이겨 보고 싶어서 무리해서 당신보다 더 값비싼 차를 타려고 했던 어리석은 여자가 바로 나이기도 했다는 거?

얼마 전 만난 권부문 선생님은 제게 이런 말씀을 해 주시더군요. 이 세계는 바뀌지 않는다고. 자본주의가 심화된 오늘날 거의 모든 사람이 자본 앞에 자발적으로 복종하는 삶을 살고 있고 앞으로도 그 대세는 변함이 없을 거라는 얘기지요. 그러니 이 세계가 다른 누군가 –예를 들면 양식 있는 선량한 통치자– 에 의해 바뀌길 희망하지 말고, 그 희망에 기대어 살지도 말라고. 그러면서 세계가 변하길 바라지 말고 자기 자신을 바꾸어야 한다고 하시더군요. 그러기 위해서 당신 세대는 당신 부모 세대가 이룩한 모더니즘의 물적 토대부터 극복해야 한다는 강변과 함께.

오래 고민했습니다. 모더니즘을 극복한다는 말은 도대체 무슨 의미일까? "새로운 세대는 마치 난파된 배를 버리듯이 지나간 세대가 벌여놓은 사업을 버리는 법이라오" 제가 읽은 헨리 데이비드 소로Henry David Thoreau의 책에 쓰여 있던 이 문구대로라면 극복한다는 건 결국 '버리라, 떠나라. 그리고 새로 구축하라,

너에게 맞는 새로운 삶의 양식을……' 뭐 이런 말이 아닐까 싶었습니다.

사실상 오래전부터 떠날 준비를 하고 있었습니다. 그런데 결정적으로 용기가 없었습니다. 정확히는 용기를 발휘할 어떤 계기를 기다리고 있었는지도 모르고요. '남들이 생각하는 방식의 성공 따위 관심 없다. 난 나답게 내 속도대로 좀 더 느긋하게 살자. 내 영혼의 속도를 무시하고 남들이 정한 경쟁 질서에 맞춰 살면 삶은 나날이 괴롭고 피폐해질 것이다' 제가 읽은 책들과 여행을 통해서 그걸 깨달았는데, 그 깨달음대로 살지 못했습니다. 아시잖아요? 트랙 바깥세상을 꿈꾸고 있는 자라 해도, 트랙 안에 서면 일단 달려야 한다는 거. 달리다 보면 달리는 것에 너무 열중한 나머지 중요한 것들을 또 잊게 되고……. 아 그래요. 돈 문제가 있죠. 돈 때문에 죽고 사는 이가 많은 이 무서운 세상에서 나 스스로 고액 연봉 –저에게는 그조차도 고액이었답니다– 이 보장된 자리를 박차고 나오는 일이 생각처럼 쉽지 않았습니다. 다른 무엇보다…….

그래서도 난 애증이 뒤섞인 적을 만들어 전쟁을 치를 필요가 있었는지도 모릅니다. 나도 자인하지만, 지극히 비열하고 악랄한 방법으로 나는 당신을 위협했지요. 그건 당신도 마찬가지였고요. 서로의 과오와 치부를 잘 아는 사람들끼리만 주고받을 수 있는 성난 영혼의 난타전이었으니까. 우리는 그렇게 시작과 끝도 알 수 없는 분노에 휩싸였죠. 한 통의 이메일마다 답장을 안 하고는 견딜 수 없을 만큼의 모멸스러운 불쾌감을 주고받으며……. 결국 그렇게 파국이 진행됐습니다. 그런데 재밌는 건 서로가 서로를 원한과 증오로 얼룩진 파국 속으로 밀어 넣고 있는데도 나는 내가 행운아처럼 느껴졌다는 겁니다.

새삼 애증의 힘은 알았달까요? 그동안 가슴 깊은 곳에 품어왔던 경멸의 말을 모두 내뱉고 내 몸과 마음을 옥죄던 달콤한 오욕의 장소를 비로소 떠날 수 있게 만드는 애증의 힘 말입니다.

우리가 '달면 삼키고 쓰면 뱉기' 마련인 일의 세계에서 만났기 때문일까요? 우애와 적의가 그토록 쉽게 한통속으로 변질될 수 있다니……. 한때 우리가 서로의 차이를 존중하고 신뢰한다고 믿었습니다. 실제로 나는 당신이 가지지 않은 재능을 가지고 있고 당신에겐 또한 내게 없는 재능이 있었기에 우리는 서로를 필요로 했습니다. 누가 뭐라건 서로를 나름대로 귀히 여겼지요. 그런데 왜 이렇게 서로의 등에 아무렇지도 않게 비수를 꽂는 사이가 되어 버렸을까요? 서로 너무 다르다고, 너무 달라서 문제라고 생각했지만 사실은 우리가 회사라는 좁은 틀 안에서 서로 닮아가고 있었던 걸까요? 그래서 이내 서로 미워하게 된 걸까요? 그렇다면 이제 나는 그 좁은 테두리를 벗어나 나 자신으로 존재하고 싶습니다.

그동안 내게 할당된 의무를 제시간에 끝내기 위한 '배당표'에 맞춰 살겠다고 너무도 오래 나 자신을 억누르며 살아왔습니다. 덕분에 끊임없는 근심 걱정과 긴장이 공황장애라는 치유 불능의 병을 불러왔지요. 심지어 돈에 대한 이런저런 압박감은 얼마나 크던지……. 다행인 건 한 남자를 사랑하며 나 자신에 대한 신뢰를 회복했다는 겁니다. 회사를 떠나더라도 나 자신 그 자체로 존재하며 내 삶을 이전보다 더 낫고 더 풍요롭고 더 진실되게 만들 수 있음을 알게 하는 '자기 신뢰'라고 할까요? 이제 좀더 행복해지고자 하는 나의 본능이 자본에, 내게 자본을 주는 기관의 권위적이고 독선적인 명령 체계에 종속되는 걸 온몸으로 거부하고 있다고 느낍니다. 이제는 혼자 설 수 있다는 자신감과 함께 말입니다. 설사 내가 가진 재능이 하찮은 것일지라도 계속 탐색하고 끊임없이 배우고 반성하는 자로서의 가능성은 무한하다고 자신합니다. 그 자신감으로 이제 보다 자유로운 상태를 계속 유지하면서도 내가 경험하고 배운 것들을 예전보다 더 광범위하게 전파할 수 있는 일에 내 시간을 바치고 싶습니다.

다만 한때 믿고 의지했던 당신에게 상처를 주고 떠나게 된 점은 미안하게 생각합니다. 그 점만큼은 사과하고 싶습니다. 그러나 당신의 부하 직원 어느 누구도 당신의 왼팔이나 오른팔보다 중요한 한 사람의 온전한 인격체라는 점만큼은 당신에게 알려드리고 싶었습니다. '타인에게 아무것도 바라지 않을 정도로 마음에 구멍이 없는 것' 그게 행복이고 평화고 사랑이라는 것도…….

안녕히 계십시오. 저는 기쁘게 떠납니다. 프론트로우에 누가 앉느냐가 무엇보다 더 중요한 당신들의 세계에 이렇듯 안녕을 고하게 되어…….

2011년 9월 30일
김영희

P.S

참 당신이 열흘씩이나 무단결근했는데도 당신이 아직 무사히 회사에 다니고 있다는 건 후배들이 그만큼 당신의 과오를 눈감아 주었기 때문이라는 점 잊지 마시기 바랍니다. 그대들이 있기에 내가 있다는 감사한 마음으로 군림하기보다 더 낮은 자세로 공감하고 배려하는 '섬김의 리더십'을 발휘한다면 더 이상 바랄 것이 없는 훌륭한 리더로 거듭날 수 있을 거라는 것도……. 순진하게도 당신이 그런 리더로서 아래로부터 무한한 존경과 사랑을 받게 된다면 참 좋겠다는 바람으로 이 편지를 마칩니다.

17

"시골에 작은 집을 사는 거야. 텃밭 딸린 작은 집.

그 속에서 당신은 그림을 그리고 난 책을 쓰다가

돈이 떨어지면 나가서 육체노동을 하는 거야.

난 그렇게 살 수 있는데, 당신은 어때?"

17. 자작나무 타는 냄새는 달다

자유는 친절하지 않다. 그리하여 나는 친절하지 않은 방법으로 자유를 얻은 셈이다. 묵은 상처를 헤집으며 모질고 거침없이 싸운 다음, 단호하게 단절해야만 얻을 수 있는 것, 그게 자유가 아닌가 싶었다. 오직 나 자신의 선택에 따라 무엇이든 할 수 있고, 아무 것도 하지 않을 자유…….

"이제 뭐 하고 싶어?"

열흘간 계속된 야근 근무 끝에 마감을 마치고 그 마감과 동시에 사표를 내고 돌아온 날 아침, 남편이 내게 물었다.

"일단 당신에게 하루 세 끼 성심으로 밥을 해 주고 싶어. 형편껏 최선을 다해 당신의 미각을 만족하게 해 줄 거야. 그저 살기 위해 혼자 대충 챙겨 먹은 지난 10년 세월을 모두 보상해 주는 차원에서."

"그다음? 설마 그게 다야?"

그가 즐거운 듯 물었다.

"내 마지막 기사의 마지막 문장이 뭔 줄 알아?"

내가 되물었다.

"글쎄. 뭘까? 궁금하네."

늙은 소년의 얼굴에 금방 호기심이 일렁거렸다.

"잘하고 못하고를 떠나 우리 모두에겐 누군가의 부림을 받고 하는 일 말고 스스로를 위해 보다 생산적이고 창조적인 일을 할 수 있는 타고난 권리가 있다. 나는 그 권리를 위해서도 이제 그대들에게 안녕을 고한다. 끝으로 월트 휘트먼의 시를 전하며. '그대 영혼을 모욕하는 것은 무엇이든 떨쳐버려라. 그러면 그대의 육신 자체가 훌륭한 시가 될 것이다'"

"오, 멋진데. 그러니까 이제 전업 작가의 길을 가시겠다. 뭐, 그런 선언처럼 들리는데……."

"토니 모리슨Toni Morrison이 그랬어. 자유의 역할은 다른 누군가를 자유롭게 하는 거라고. 당신이 더 이상 좌절한 상태가 아니거나, 어떤 사람이나 어떤 삶의 방식에 속박되지 않게 되었다면 당신의 경험담을 들려주라고."

"그럼 일종의 저항 소설 같은 걸 쓰겠다는 거야?"

"뭐 비슷해. 정확히는 로맨틱 코미디처럼 읽히는 저항 소설. 너무 심각하거나 비장하면 잘 안 읽히잖아. 실제 우리 시대 삶의 방식과도 너무 거리감이 있고……. 예를 들면 윤봉길의 도시락 폭탄 같은 이야기를 누가 읽겠어? 요즘 같은 세상에……. 그보다는 평소 자신이 꿈꾸던 이상적인 사랑을 마침내 쟁취한 여자가 그 사랑 때문에 간이 커진 나머지, 월급 노동자로서의 굴욕감을 못 참고 폭발시키는 거지. 우연한 계기에 지 성질에 못 이겨서……. 결국 자폭인 셈인데 자폭을 되레 반기는 해방된 낭만주의자의 연애와 일 이야기랄까? 우리 시대에 꼭 맞는……."

"좋아. 기발한 구석은 전혀 없지만 나름대로 재미는 물론 진정성도 있을 것 같아. 언제부터 쓸 건데?"

남편이 아침부터 땅콩을 입에 던져 넣으며 물었다. 입가에 소금기 묻은 땅콩 껍질이 붙어 있는데 그 모습이 하도 예뻐서 핥아 주고 싶은 충동마저 느끼며 내가 답했다.

"그 전에 할 일이 있어. 그걸 쓰려면 돈벌이에 대한 압박이 없어야 하는데 지금 우리 처지가 그게 아니잖아."

"이럴 때 그림이 좀 팔렸으면 좋았을 텐데……."

얼마 전 두 번째 개인전을 마친 남편이 풀이 죽어 말했다.

"아니야, 난 괜찮아. 겨우 두 점 팔았다고 한 실장이 엄청 실망한 눈치더라. 근데 당신 위로하려고 하는 말이 아니라 난 그 두 점도 아깝다고 생각했어. 당신도 그랬잖아. 돈 있으면 지금까지 팔아치운 작품들 다시 돈 주고 다 찾아오고 싶다고."

진심이었다. 남편을 통해 알았다. 한 점의 그림을 완성하기 위해 화가가 얼마나 많은 고통과 시련을 감내해야 하는지……. 그리고 그림이란 저마다의 화가들이 캔버스 앞에서 보낸 그 오랜 시간의 고독과 침묵, 투쟁의 흔적이라는 걸. 그런데 사람들은 그걸 자본주의 시장경제 논리에 따라 사고팔았다. 그건 돈 있는 구매자들이 싼값에 사들여 비싼 값에 되팔기 위한 주식투자 같은 거였고. 심지어 미술판이 돈 놓고 돈 먹는 '노름판'이나 다름없다는 걸 알아버렸다. 그런 마당에 그림이 안 팔린다고 속상해하는 건 내 남편에 대한 모욕이었다.

"그림 대신 집을 팔면 돼. 아무리 부동산 경기가 침체됐다 해도 5년 전에 내가 샀던 금액보다 싸게 내놓으면 팔리긴 팔릴 거야. 그걸 팔아서 시골에 작은 집을 사는 거야. 텃밭 딸린 작은 집. 설령 그게 그림이든 책이든 작품이 거의 팔리지 않는다 해도 평화를 확보할 수 있는 공간이 필요하거든, 지금 우리한테는……. 작품 제작에 필요한 평화 말이야. 그 속에서 당신은 그림을 그리고 난 책을 쓰다가 돈이 떨어지면 나가서 육체노동을 하는 거야. 난 그렇게 살 수 있는데, 당신은 어때?"

내가 그렇게 말하자 남편이 가소롭다는 듯이 웃었다.

"푸하하하, 그건 내 전공이지. 다만 풋내기 이상주의자인 너의 무모한 배짱이 우스울 뿐이다. 푸하하하……."

그러고는 정말 만화처럼 웃었다. 한쪽 눈으로 '쨍' 하고 반짝이는 자신감을 표현하고는, 머리를 과장되게 쓸어 넘기는 포즈까지 취하며……. 아이구, 저 바보……. 하기야 일석이조의 효과를 누리겠다고 줄넘기하면서 맥주 사러 가는 여자에게는 딱 맞는 수준의 남편인 거다. 걸핏하면 우혜혜혜 웃는…….

그리하여 우리는 지금 이곳에 있다. 강원도 평창군에 속하는, 해발 700미터 고지대에 위치한 작은 집. 하늘 아래 첫 집. 창밖으로는 이웃의 고랭지 배추밭과 숲의 가장자리가 보이는 곳. 아주 환했다. 밝고 화창한 하늘 아래 태양은 금빛으로 빛나고, 어두운 그림자 하나 없는 땅에는 이름 모를 들꽃들이 가득했다.

늦은 여름 폭우가 지나간 다음 날 아침, 우리가 네르발을 타고 처음 이곳에 왔을 때의 그 느낌은……. 자그마한 벌레들의 웅웅거리는 소리, 새들이 지저귀는 소리, 멀리서 들려오는 개 짖는 소리……. 수천 가지의 살아 있는 생물들이 한데 어우러져 끊이지 않고 온화하게 그들 특유의 삶의 소리를 만들어내며 생명을 이어가고 있는 곳이라 그럴까? 그 때문인지 밤의 어둠과 고요마저 어딘지 정겹게 느껴지는 곳이었다.

이사 온 첫날 우리는 거실 바닥에 나란히 누워 밤하늘을 총총히 수놓은 별들을 바라봤다. 한참을 들여다보고 있자니 별들이 밤 산책을 권하고 있는 느낌이었다. 우리는 스웨터를 챙겨 입고 밖으로 나갔다. 눈이 어둠에 익숙해지자 남편이 전등을 껐다. 달빛이 우리를 숲의 오솔길로 인도하고 있었다. 둘이 손을 잡고 조심조심 5분쯤 걸었을까? 모퉁이를 지나자 밤하늘을 향해 확 트인 느낌이 들었다. 보라색 더덕꽃이 만발한 어마어마한 크기의 밭이 하늘 아래 드넓게 펼쳐져 있었다. 우리는 그 밭의 가장자리에 누웠다. 달빛이 우리 머리맡의 층층나무 사이로 통과하면서 흙바닥에 기묘하고도 아름다운 그림을 그려놓은 걸 보며 내가 물었다.

"아름답지 않아?"

나도 모르게 소리쳐 말했던 모양이다.

"소리치지 않아도 돼."

그가 소근대듯 말했다.

"아, 그런가."

내가 그렇게 말하고는 웃었다.

시간이 너무도 자비롭게 천천히 흘러가는 곳이기에 서두를 필요가 없었다. 우리는 그저 우리에게 주어진 모든 것을 느끼며 하루하루를 사는 데 충실하면 그만이었다. 그러자 금방 겨울이 왔다. 11월 말이면 눈이 오기 시작해 다음 해 봄 4월까지 눈에 덮여 있는 곳. 우리는 유난히 긴 그 겨울을 사랑했다. 하얀 눈과 숲, 청명한 공기, 맛있는 지하수, 그리고 한적함. 그것 말고는 내세울 만한 것이라고는 아무것도 없지만, 바로 그 점 때문에 세상 어느 곳보다 더 귀하게 느껴지는 곳. 다른 모든 것이 부재하기 때문에 비로소 존재하는 것들. 우리는 다른 무엇보다 그 느낌을 공유하며 사랑했다. 그 때문이었을까? 장작을 패고 밥을 짓고 개들과 함께 눈 덮인 산길을 걷고 먹고 마시고 장을 보러 가는 일이 마치 폴 세잔Paul Cézanne의 그림처럼 느껴졌다.

"놀랍지 않아? 일상적인 삶의 연속이 더 예술적일 수 있다는 거 말이야. 예술이 액자 속에 있는 게 아니고 삶 속에 있다는 거……."

자작나무 타는 냄새가 유난히 달게 느껴지는 밤이었다. 만월에 가까운 달이 뜬 밤. 나는 남편에게 그렇게 물었고 그가 대답했다.

"이제 때가 된 것 같아. 봄이 오면 집을 짓자."

사실상 동문서답이었지만 바로 내가 원하던 대답이었다. 우리의 '삶의 터전'이자, '일터'이자, '쉼터'이자, 삶의 예술을 보관한 '박물관'이 될 수 있는 집. 그걸 우리 손으로 직접 짓고 싶었다. 처음부터 끝까지 우리 손으로 창조하고 싶었다. 원시시대 사람들이 스스로 살 곳을 마련하고 동굴 벽을 그림으로 장식했던 것처럼 말이다.

"소박할수록 좋아. 수도원처럼 검박하게……. 그러나 부족함이 없는……."

남편이 꿈꾸듯 말했다.

"당신 삶의 소박하고 고결한 영역에서 살아가라. 마음의 북소리에 복종하라."

내가 선언하듯 남편이 좋아하는 소로의 말을 인용했다. 그러자 그가 또 바보 같이 웃었다.

"난 지금도 신기해. 니가 날 어떻게 찾아냈는지……. 시골 풀숲의 귀뚜라미 같은, 그렇게 존재감 없이 사는 나를 니가 찾아냈잖아. 그래서 우리가 지금 여기에 있는 거고. 원대한 꿈에 부풀어."

"그건 말이야. 내가 지고의 사랑을 찾아 끊임없이 탐색하고 여행하고 경험하고 의심하고 좌절하고 울고 짜고 지랄을 했기 때문인 것 같아. 나 헛다리도 많이 짚었어. 헛고생은 물론이고. 어리석게 아우디 탄 남자 따라갔다가 얻어맞고 경찰서 간 적도 있었으니까. 그래도 멈출 수가 없었어. 행복해지고 싶으니까. 그러다 문득 깨달았어. 아마 여행하면서일 거야. 이탈리아 시골 마을들 여행할 때……. 내가 영구적으로 머물고 싶은 곳은 내 마음의 고향 같은 장소라는 걸 알았어. 내 어린 시절의 이상에 가까운 사람과 함께 그런 곳에서 살고 싶었어. 강렬한 것은 없지만 내 근원 같은 것이기에 싫증 내는 일 없이 오래 사랑할 수 있는 장소와 대상. 그게 당신이고, 여기고 뭐 그렇다는……. 뭐 한마디로 내 마음의 '북소리'에 복종한 거지. 남다르게 아름다운 남자를 알아보는 내 안목도 출중했고."

그러자 남편이 갑자기 개 짖는 소리를 냈다.

"멍멍!"

안다. 내게 복종하고 싶을 때, 아니 사랑한다고 말하고 싶을 때 남편이 내는 소리라는 걸. 그게 살짝 부끄러웠는지 남편이 물었다.

"우리 모처럼 홈메이드 포도주 한 잔 마실까?"

왜 아니겠는가? 아무렴, 마셔야지. 음악도 틀고. 이 모든 일상의 경이로움이 우리만의 것인데……. 우주 구석구석에서 날아드는 바람과 더할 나위 없이 쾌적한 공기와 머리 위로 쏟아지는 별, 하얀 눈 위의 고요. 소유하고자 애써 돈을 벌고 비용을 치를 필요가 없는 것들. 무엇보다 그 속에 우리가 함께 있다는 사실. 넉넉한 시간 속에서 새로운 이상을 향해 기지개를 켜며…….

아마 힘들 거다. 돈도 없이 자급자족할 수 있는 그런 이상 세계를 건설하겠다니……. 두 사람의 육체와 정신으로 지은……. 얼마나 힘들까? 어마어마하게 힘들 거다. 하지만 가슴이 뛴다. 얼마나 많은 할 일이 지금 우리 앞에 놓여 있는지 생각하면…….

영희가 직접 소개하는 취향 리스트가 이어집니다.

취향 리스트

1. 『스밀라의 눈에 대한 감각』Froken Smillas Fonemmelse for Sne

영희가 지암의 집에 처음 찾아갈 때 떨리는 마음을 다잡으며 떠올렸던 이
책은 스밀라라는 여주인공이 죽은 이웃집 아이의 사인을 파헤치는 추리소
설이다. 목격자도 증거도 없어 경찰도 서둘러 덮어버린 사건을 냉철한 판
단과 그녀만의 통찰력으로 파헤쳐가는 모습이 같은 여자가 봐도 반할 만
큼 매력적이나. 스밀라가 어떤 여자인지 이 문장만 봐도 대충 심작할 수
있을 터.
"나는 내가 완벽하다고 주장한 적이 없었다. 권력이 있고, 그걸 사용하기
를 즐기는 사람을 대할 때면, 나는 다른 사람으로 돌변한다. 더 천하고 비
열한 사람으로."

2. 주성치周星馳

영희가 지암의 모습을 묘사할 때 말했던 주성치는 중국 최고의 코믹전문
배우이자 영화감독. 주성치 코드를 한마디로 표현하자면 '동북아시아 루
저들의 별'이랄까? 주성치 영화의 마니아적 매력이란 바로 '퇴행적 카타르
시스'이다. 영희의 경우 대학을 졸업한 이후 거의 한 번도 실업자였던 시
절이 없었던 인물이지만 온갖 종류의 진보에 지쳐 마음속으로 퇴행을 꿈
꾸었던 것. 추천작은 〈파괴지왕破壞之王〉〈희극지왕喜劇之王〉〈식신食神〉〈도학
위룡逃學威龍〉.

3. 바흐의 평균율, 에드윈 피셔^{Edwin Fischer}의 연주

쇤베르크가 그랬듯이 베토벤도, 하이든도, 심지어 모차르트조차도 끝내 도달할 수 없었다는 바흐. 스트라빈스키^{Stravinsky}도 온갖 음악기법을 시도한 끝에 단말마처럼 외쳤다. '바흐로 돌아가자' 특이하게도 바흐는 평생 교회와 귀족에 귀속되어 많은 일에 시달린 고단한 직장인이었다고 한다. 그 때문일까? 모든 조성을 돌고 돌아 막을 내리는 평균율은 우리의 인생살이가 모두 집약된 '작은 우주' 같다. 그래서 쇼팽도 이런 말을 했다.

"평균율을 너의 일용할 양식으로 삼아라."

영희가 인구 총조사를 빙자하여 지암의 집에 찾아갔을 때 지암의 집 안에서 왈칵 쏟아져 나온 음악인 바흐의 평균율은 피아노 음악사 불멸의 명곡으로 불린다. 수많은 피아니스트가 연주하였지만, 스위스의 피아노 연주자이자 지휘자인 에드윈 피셔의 연주는 품격 있고 깊이 있는 연주로 단연 으뜸으로 꼽는다.

4. 파스칼^{Pascal}과 『팡세^{Pensées}』

영희가 지암에게 붙인 이름 혹은 애칭인 파스칼은 프랑스의 수학자이자 물리학자, 철학자이자 신학자이다. 어릴 적부터 수학적 재능이 매우 뛰어난 천재였으나 신체적으로 허약하고 정신적으로는 심약한 사람이었고, 오늘날에는 수학자보다는 『팡세』라는 책과 '인간은 생각하는 갈대'라는 말로 유명한 철학자로 더 잘 알려졌다. 『팡세』가 얼마나 위대한 정신의 책인지는 다음의 대목을 읽으면 누구라도 단번에 알 거라고 믿는 바 이렇게 옮겨 적는다.

"우리는 너무나도 경솔하기에 우리의 것이 아닌 시간 속에서 방황하며 우리에게 주어진 유일한 시간에는 아랑 곳도 하지 않는다. 또 우리는 너무나도 공허하기에 있지 않은 시간에 사로잡혀 현존하는 유일한 시간을 아무 생각 없이 피한다. 현재는 흔히 우리에게 상처를 주기 때문이다. … 과거와 현재는 우리의 수단이고 단지 미래만이 우리의 목적이다. 따라서 우리는 사는 것이 아니라 살기를 바라고 있다. 그리고 항상 행복하려고 준비하고 있으니 결코 행복할 수 없다는 것은 불가피하다."

5. 윌리엄 블레이크 William Blake

영희와 지암이 좋아하는 윌리엄 블레이크는 영국이 사랑하는 시인이자 화가다. 시를 쓰며 생계를 위해 책에 삽화를 그려 넣거나 판화를 제작했던 윌리엄 블레이크는 늘 가난했다. 하지만 다행히도 빈털터리인 그가 천재임을 알아본 여인이 있었다. 둘은 결혼했고 윌리엄 블레이크는 당시 문맹이었던 아내에게 글과 판화 기술을 가르쳐 평생 함께 작업했다고 한다. 그의 시는 산업혁명 이후 영국 민중의 삶을 불행하게 만드는 현실의 모순을 폭로하는 동시에 자연과 순수, 영혼을 노래하는 것이었고 그의 그림은 엉뚱한 상상력과 독창적인 표현력이 가득 담긴 매우 천재적인 것이었으나 당대에 그의 예술적 재능을 알아준 이는 거의 없었다. 그의 아내 말고는.

6. 베토벤 Beethoven 의 운명 Symphony No.5

영희는 이렇게 썼다. '파스칼을 좋아하는 당신은 아마도 비참한 인간의 조건 속에서 어떤 위대함의 정신을 찾아내고 있을 거'라고. 음악가로서 가장 중요한 청력을 잃고도 불굴의 의지로 영원히 죽지 않고 인류가 끝나는 날까지 인간을 독무할 수 있는 위대한 음악을 수도 많이 만들었던 베토벤처럼 말이다. "나는 '운명'을 지배한다. 운명에 완전히 굴복당하는 일은 결코 없을 것이다"했던 베토벤의 5번 교향곡을 두고 흔히 '운명 교향곡'이라고 한다. 드라마틱한 리듬의 활기와 박력, 혁명적 장렬함, 폭풍우 휘몰아치는 듯한 격정이 느껴지는 9개의 교향곡을 썼고 '건반 음악계의 신약성서'라고 불리는 (참고로 바흐의 평균율 클라이비곡집을 구약성서라 한다) 32개의 피아노 소나타와 50세 넘어 청력을 완전히 잃은 상태에서 완성한 16곡의 현악4중주를 우리 인류에게 남긴 진정 위대했던 음악가. 그는 만년에 이렇게 썼다.

"나는 거의 절망 상태에 빠진 채 하마터면 자살을 기도할 뻔한 일까지 있었다. 나를 만류한 것은 예술뿐이었다. 나 자신에게 부과되어 있다고 생각되는 모든 창작을 완성하기 전에는 이 세상을 떠날 수 없다고 생각했었다. 이 때문에 나는 이 비참한 생존을 견뎌 낼 수가 있었다."

베토벤이 동생과 조카에게 남기는 유언장과도 같은 편지에 쓰인 이 글이 영희와 지암에게는 이런 메시지로 들렸다. '비참한 인간의 조건을 훌륭하게 견디기 위해서도 우리에겐 예술이 필요하다'

7. 스칼렛 요한슨 Scarlett Johansson

영희가 한영희 실장에게 적극적으로 남자를 찾아 나서겠다며 예로 든 스칼렛 요한슨은 할리우드 여배우로 〈어벤저스 The Avengers〉, 〈사랑도 통역이 되나요? Lost In Translation〉, 〈진주 귀걸이를 한 소녀 Girl With A Pearl Earing〉 등 다양한 영화에 출연하였다. 자신만의 주관으로 당당하게 살아가는 모습이 매력적인 배우로 추천작은 〈판타스틱 소녀 백서 Ghost World〉. 어린 시절부터 스스로 작품을 선택했던 스칼렛 요한슨의 '촉'이 돋보이는 초기작으로 토론토 영화비평가협회의 최우수 여우조연상을 수상하며 그녀에게 평범한 틴에이저 스타가 아닌 자기 색깔이 분명한 독보적인 배우의 길을 열어준 작품이다.

8. 우디 앨런Woody Allen과 〈맨하탄Manhattan〉

뉴욕행 비행기에서 영희에게 행운이 함께할 것 같다는 인상을 심어 준 영화인 〈맨하탄〉은 멋진 뉴요커들의 모습이 아닌 예민하고 수다스러운 뉴요커들의 삶을 그대로 드러낸 영화다. 사실상 우디 앨런의 모든 영화에서 가장 중요한 게 수다처럼 들리는 대사들이다. 우디 앨런 특유의 유머와 철학이 배인 대사. 예컨대 이런 대사들.

"우리는 인생을 살며 항상 고통스러운 결정들을 마주하게 됩니다. 도덕적 선택들이죠. 어떤 건 매우 중요한 결정일 때도 있지만, 대부분 그건 사소한 것들입니다. 하지만! 우린 그 결정들에 의해 스스로를 정의하게 됩니다. 어떻게 보면 우리 자신은, 우리가 했던 모든 선택의 총합과도 같은 존재입니다." 〈범죄와 비행Crimes And Misdemeanors〉

"오래된 조크 하나가 있죠. 한 남자가 정신과의사에게 말했어요. '내 동생이 미쳤어요. 자기가 닭인 줄 알아요' 의사가 '그럼 빨리 병원으로 데려오시죠'라고 하자 남자는 대답해요. '그러려고 했죠. 하지만 전 달걀이 필요하거든요' 제가 인간관계에 대해 느끼는 감정도 이런 거예요. 그건 너무나 비이성적이고 미친 짓이고 부조리하죠. 하지만 우린 관계를 지속시켜야해요. 왜냐고요? 우린 달걀이 필요하니까요." 〈애니홀Annie Hall〉

9. 『호밀밭의 파수꾼The Catcher in the Rye』 속 홀든

순수함을 지향하는 젊은이들의 경전과 같은 소설. 1951년에 출간되어 매년 천만 부씩 팔리며 어마어마하게 많은 젊은이에게 큰 영향을 끼쳤는데 특히 프랑스 작가 르 클레지오Le Clezio는 2008년 스톡홀름에서 노벨문학상을 받으며 그 상을 자신에게 영감을 준 작가들에게 바친다며 다음과 같이 언급했다.

"열네 살 먹은 소년의 진심을 얻을 수 있게 된다는 것을 생각해 보라. 샐린저와 그의 특별한 걸작 『호밀밭의 파수꾼』은 문학의 역사에 있어 독특하다. 나는 결코 그 경험으로부터 치유될 수 없었다."

10. 『빌리지 보이스The Village Voice』

영희가 뉴욕 파크뷰 호텔에서 세 번째 맞는 아침에 산 『빌리지 보이스』는 뉴욕에서 발간되는 잡지로 매체의 민주화를 위해 설립된 대표적인 대안매체다.

11. 에미넴Eminem

팝 역사상 가장 논쟁적인 아성을 쌓은 최고의 래퍼. 대도시 빈민가에서 매우 비참할 정도로 불행한 성장기를 보낸 그에게 랩은 분노의 탈출구 같은 것이었다. 세상의 온갖 꼴사나운 것에 대해 독설을 퍼붓는 랩 가사로 유명한데 일명 '부시송'으로 유명한 '모쉬(Mosh)'라는 곡에서는 대통령이 죽었으면 좋겠다고 노래한 적도 있다. 이렇게 말이다.

"빌어먹을 돈/ 난 죽은 대통령들 때문에 노래하지는 않아/ 그보다는 대통령이 죽었으면 좋겠어/ 아무도 그런 말을 못하겠지만 난 선례를 만들고 새로운 기준을 세우지/ 사람들은 그걸 못 참아/ 우리가 미국인이라는 걸/ 우리가 시민이라는 걸/ 우린 스스로 자신을 보호해야 해……"

12. 카미유 클로델Camille Claudel

카미유 클로델은 영희가 동질감을 느끼는 인물로 프랑스의 조각가이자 로댕Rodin의 연인으로 유명하다. 로댕과 결별 후 조각가로 인정받기 위해 노력하지만 경제난과 정신병을 극복하지 못하고 정신병원에서 생을 마감한 비운의 여인이지만 자립하기 위해 무던히 애썼던 강단 있는 여성이기도 하다.

13. 알렉시 드 토크빌Alexis de Tocquevillehool

 '대중 민주주의의 위대한 이론가'로 평가되는 알렉시 드 토크빌. 프랑스 귀족의 몸으로 미국을 방문한 뒤 민주주의의 이득과 해악을 분별하고 프랑스의 가야 할 길을 모색하기 위해 『미국의 민주주의De la Democratie en Amerique』라는 책을 집필했다. 그 책의 핵심은 '모든 미국인을 하나로 묶는 것은 성공에 대한 관심'으로 미국 시민들이 자신들의 사회적 지위를 재산으로 보장받기 위해 돈을 모으는 데만 모든 관심을 집중'하게 됨으로써 '비정치화'되었다는 것. '물질지향적 개인주의에 대한 철학적 비판'과 '시민 사회의 정치적 무관심에 대한 경고'로 읽히는 토크빌의 저서에는 바로 지금 우리에게 유효한 메시지가 가득하다. 잊지 말자. '모든 민주주의에서 국민은 그들의 수준에 맞는 정부를 가진다'는 토크빌의 뼈아픈 충고를.

14. 커트 보네거트 Kurt Vonnegut 와 『나라 없는 사람』 Man Without a Country

누구보다 미국 사회를 통렬하게 비판하면서도 품격 있는 유머와 날선 재치로 언제나 사람들을 천진난만하게 웃게 만들었던 작가 커트 보네거트는 지금 천국에 있다. 『나라 없는 사람』은 그가 끔찍한 세상을 사는 우리의 아픔을 웃음으로 달래주기 위해 쓴 마지막 책이다. 참고로 책을 읽어야 하는 이유에 대해서 그는 이렇게 썼다.

"책과 관련하여 한마디 더 하자면, 우리가 매일 접하는 뉴스 매체인 신문과 TV는 오늘 국민 전체를 대표하기에 너무나 부실하고, 너무나 무책임하고, 너무나 비겁하다. 이 세계가 어떻게 돌아가는지 알 수 있는 매체는 책 밖에 없다."

15. 존 버거 John Berger

죽는 날까지 오직 한 작가의 책만 읽을 수 있다면 영희는 기꺼이 존 버거를 선택할 것이다. 존 버거 전작주의를 지향하는 영희가 추천하는 작품은 『여기, 우리 만나는 곳 Here is Where We Meet』. 존 버거의 작품 중에서 가장 초현실적이며 자서전적이기도 한 여덟 개의 짧은 이야기가 여덟 곳의 도시에서 펼쳐진다. 소설 속의 화자이며 자기 자신의 분신이기도 한 소설가 존을 등장시켜 자신의 인생에서 한때 소중했으나 이미 죽었거나 거의 잊혀진 사람들을 다시 소생시키는 마법 같은 현장을 우리에게 보여준다. 노년의 진정한 지성인이 보여줄 수 있는 따뜻함과 깊은 울림, 그리고 부드럽게 무르익은 유머와 함께.

16. 씨네마테크^{Cinémathèque}

긴 시간을 통해 검증되고 살아남은 진짜 숨은 샘물 같은 영화들이 바로 고전영화다. 좀 누추하다 해도 그런 영화들을 챙겨볼 수 있는 씨네마테크가 있다는 건 너무도 고마운 일이고. 서울에 단 하나밖에 없는 고전영화 상영관이 종로의 낙원상가 4층에 자리하고 있다. 오래된 멋이 있고 울림이 있고 재미가 있는, 심지어 이 혼란스러운 세상에서 어떻게 살아야 할지 생각하게 만드는 힘이 있는 영화들을 만날 수 있는 곳.

17. 존 밀레이^{John Millais}의 〈오필리아^{Ophelia}〉

영희가 영진과 사귀던 시절 화려한 언변의 조영진이 녹턴을 듣고 떠올린 존 말레이의 〈오필리아〉는 셰익스피어의 『햄릿^{Hamlet}』에 나온 여주인공 오필리아의 자살을 그린 작품이다.

18. 풀리니 몽라셰^{Montrachet}

영희가 영진과 함께 술과 음악과 문학에 취해 있던 시절 마셨던 와인으로 몽라셰 마을은 500명 정도밖에 살지 않는 작은 마을이지만 '몽라셰'라는 이름이 붙어 있는 것만으로도 신뢰감을 주는 최고급 와인 생산지다.

19. 쇼팽^{Chopin}의 녹턴^{Nocturne}, 마우리치오 폴리니^{Maurizio Pollini} 연주

폴리니가 연주하는 쇼팽을 듣고 있으면 그가 얼마나 오랜 세월 쇼팽의 음악을 사랑해 왔는지 느껴진다. 사랑하기 때문에 오히려 냉정하다고 할까?

묵묵하게 몰입하고, 어디에도 치우치지 않은 균형 잡힌 연주를 들려준다. 아르투르 루빈슈타인Artur Rubinstein이나 클라우디오 아라우Claudio Arrau가 치는 '녹턴'도 좋아하지만 역시 '녹턴'만큼은 폴리니가 최고라 생각하는 영희. 심지어 지암에게 이런 말을 하기도 했다.

"폴리니의 '녹턴'을 듣고 알았어. 그때까지 내가 안다고 생각했던 녹턴은 광활한 우주에서 한 점 먼지에 불과한 지구 크기였다는 걸."

20. 자크 타티Jacques Tati

'비주얼 코미디의 거장'이라고 불리는 자크 타티는 프랑스의 찰리 채플린 같은 존재다. 그가 연출하고 연기까지 하는 코미디 영화들은 익살스러우면서도 매우 스타일리시하고 또 대단히 철학적이다. 겉만 번지르르한 물질주의 세상 속에서 문명의 장애물을 요리조리 피해 다니며 빈둥거리듯 사는 인물로 분해서 주로 '조용한 어리벙벙함'으로 웃기다고 할까? 추천작은 〈나의 삼촌Mon Oncle〉과 〈월로 씨의 휴가Mr. Hulot's Holiday〉.

21. 마우리치오 카텔란Maurizio Cattelan

영희가 지암에게 마우리치오 폴리니를 설명하다가 언급한 마우리치오 카텔란은 이탈리아 조각가이자 행위예술가다. 그는 장난 같은 특유의 위트 감각으로 종교, 정치, 사회 등 기존 권위와 체제를 비판하고 조롱한다.

22. 산도르 마라이^{Sandor Marai}와 『열정^{Die Glut}』

소설가 이신조는 '인생의 어느 밤, 산도르 마라이를 읽을 수 있다는 것은 축복이다'라고 했는데, 과연 그랬다. 개인적으로 산도르 마라이의 『열정』이 영희에게 더욱 의미있게 다가왔던 건 세상에는 나와는 다른 사람이 있는데, 그 다름에 끌려서는 안 되고, 가능하면 비슷한 성향의 두 사람이 만나야만 서로에게 선물이 될 수 있다는 가르침 때문이었다. 비유적으로 얘기하면 쇼팽의 음악에 자기 영혼을 맡길 줄 아는 사람은 같은 걸 공유할 수 있는 사람과 만나야 한나는 것.

23. 레토나 크루져^{Retona Cruiser}

영희의 자동차인 '네르발'의 자동차명이다. 레토나 크루져는 정통 지프로 오프 로드에 강한 사륜구동 밴이다. 기아자동차에서 생산됐으나 지금은 단종되어 마니아들 사이에서 중고로 거래되고 있다.

24. 제라드 드 네르발^{Gérard de Nerval}

영희가 태정에게 자신의 자동차 이름을 설명할 때 말한 제라르 드 네르발은 프랑스의 시인이자 소설가, 저널리스트다. 그가 번역한 『파우스트^{Faust}』는 괴테로부터 명역이란 칭찬을 받았다고 한다. '티볼트'라는 애완용 바닷가재를 파란색 리본으로 묶어 산책시킨 재미있는 일화가 있다.

25. 골드베르크Goldberg Variations의 변주곡, 글렌 굴드Glenn Gould 연주

영희가 태정과 네르발에서 들은 글렌 굴드가 연주한 골드베르크의 변주곡은 원곡을 왜곡했다는 등의 비판을 받았지만 레코드 역사상 가장 유명한 음반 중의 하나가 되었다.

26. MOT의 '날개'

'고요한 폭설 속을 날아가는 슬픔' 혹은 '땅으로 꺼질 듯한 우울' 한복판에서 무방비 상태로 망연자실 이들의 음악을 듣고 또 듣고 있으면 -그러다 새벽이 오면- 이제 그만 날아올라야겠다는 이상한 오기가 발동한다.

27. 모조소년의 'Ra Rosa'

달파란과 고구마가 스튜디오가 아니라 여행하며 이국의 호텔 방에서 노트북 2개로 만든 음악에 방준석이 스페인어 가사를 붙이고 노래를 불렀다. 저자가 2006년부터 2007년까지 1년 동안 유럽을 여행하며 가장 많이 들었던 곡이라고. '이국의 여행지에서 이 곡을 아마 1백60번쯤 들었을 거다. 파리에서도 리스본에서도 이 노래를 들었다. 이 곡을 들으면 매번 어디선가 바람이 불어오고 달이 떴다' '칠레에서 어린 시절을 보내고 뉴욕에서 젊은 시절을 보낸 음악소년 방준석이 그리는 안갯속의 몽상!'이라고 한 이준익 감독의 멋진 감상평도 참고하시길.

28. 3호선 버터플라이의 '사랑은 어디에'

드라마 작가 인정옥은 허클베리핀의 음악에 대해서 저자에게 이런 말을 들려준 적이 있다. '위로받으려 한다면, 그들의 음악이 아니다. 기꺼이 상처받으려 한다면, 마침내 그들의 음악이다' 저자가 시인 성기완이 이끄는 3호선 버터플라이의 음악 중 개인적으로 백미라 여기는 곡. 슬픔이랄지 공허가 나비처럼 가볍게 떠서 구름처럼 흘러가는 것 같다. 특히 남상아의 가벼운 탄식 같은 보컬이 중독적이다.

29. 아마츄어 증폭기의 '금자탑'

뮤지션 한밭의 아마츄어 증폭기는 아티스트들의 아티스트다. 예쁘고 슬프고 고결하고 진실한 그 아마츄어리즘을 얘기하며 그들은 자주 술잔을 기울였다.

30. 오스카 와일드 Oscar Wilde

영희가 오스카 피츠페트릭과 만나게 된 결정적인 계기가 된 오스카 와일드는 19세기 영국 최고의 극작가이자 소설가, 시인이다. 세간의 이목에 신경 쓰지 않고 아름다움과 사랑을 좇던 그는 동성연애 혐의로 수감되기도 하였지만 그의 파란만장한 인생은 많은 이들에게 강렬한 인상을 남겼다.

31. 패티 스미스 Patti Smith

영희가 전시 오프닝 파티에서 지암에게 추근대는 여자들의 옷차림과 자신의 옷차림을 비교할 때 언급한 패티 스미스는 기존 일반 여성 가수에 대한 고정관념을 무너뜨린 가수이자 시인이다. 분노하듯 토해내는 창법과 직설적인 가사에 걸맞은 중성적인 옷차림으로 일명 패티 스미스 룩이라는 옷차림을 만들어냈다.

32. 쇼펜하우어 Schopenhauer

쇼펜하우어는 염세주의 철학자로 유명하지만 알고 보면 굉장히 유머러스하고 인류에 대한 따스한 정이 많은 철학자였다. '인생은 고뇌'고 '이 세상은 어디나 불행으로 가득 차 있'기 때문에 인류를 '고뇌의 벗'이라고 불러야 한다고 주장하면서 '고뇌의 벗'을 위한 엄청난 분량의 책을 썼을 정도. 예컨대 쇼펜하우어는 '인간의 삶은 곤궁하지 않으면 권태롭다'고 탄식했는데 그 이유인즉 인간은 돈 걱정을 하며 곤궁하게 살기 쉽고 혹시나 곤궁하지 않으면 삶에서 권태로움을 느끼게 된다는 것. 그러니까 요는 돈 벌기 위해서 악착같이 일만 하며 살지 말고 좀 더 폭넓은 흥미를 갖고 세상의 훌륭한 것들과 최대한 많이 만나는 게 좋은 삶이라는 거다.

"인생을 잘 살아가는 비결은 이 세상의 굉장한 것들을 음미하는 기술에 있다. 인간에게는 자연계의 모든 요소가 들어 있다. 조물주가 인간을 그렇게 만든 것이다. 인간은 심미안을 높이고 지성을 키우고 최선을 다해 이 세상의 모든 것을 충분히 음미하기 위해 노력해야 한다."

33. 타샤 튜더 Tasha Tudor

타샤 튜더는 미국에서 가장 사랑받은 동화작가였다. 또한 미국에서 가장 아름다운 정원을 가꾼 '거장 원예가'라고 불리기도 했고 1930년대 물건을 유난히 사랑한 빈티지 콜렉터로도 유명했다. 하지만 직업이 뭐냐는 질문을 받으면 그녀는 늘 '가정주부'라고 적었다. 그러면서 이런 말을 했다. '찬탄할 만한 직업인데 왜들 유감으로 여기는지 모르겠다. 가정주부라서 무식한 게 아닌데. 잼을 저으면서도 셰익스피어를 읽을 수 있는 것을' 훗날 영희로 하여금 처음으로 일상의 아름다움을 창조하는 가정주부의 꿈을 꾸게 한 인물.

34. 『나는 고양이로소이다吾輩は猫である』

영희가 곰탱이 때문에 읽게 된 『나는 고양이로소이다』는 일본의 고전으로 일본 근대문학의 아버지인 나쓰메 소세키의 대표작이다. 소설은 고양이의 눈으로 주인과 그를 둘러싼 사람들의 모습을 그림으로써 인간에 대한 철학적 고찰을 하게 한다.

35. 『영혼의 자서전Report to Greco』

영희가 곰탱이를 보내고 백련사에 갈 때 가방에 챙겨 넣은 『영혼의 자서전』은 니코스 카잔차키스가 죽기 2년 전에 탈고한 잠언집이다. 일흔두 살의 나이에도 청년의 열정과 고민에 휩싸였던 그의 자유로운 영혼을 느낄 수 있다.

36. 알베르 카뮈 Albert Camus 와 『안과 겉 L'envers et L'endroit』

지성계의 '제임스 딘'이라고 할 만큼 '멋있는 반항아'로서의 면모를 두루 갖춘 알베르 카뮈가 스물두 살 때 낸 첫 번째 책. 1958년에 재판을 찍으며 썼던 서문의 다음 글을 읽고 영희는 '이게 바로 예술가로서의 지암의 존재 방식이구나'라고 생각했다.

"나의 원천이 『안과 겉』 속에, 내가 오랫동안 몸담아 살아온 그 가난과 빛의 세계 속에 있다는 것을 알고 있다. … 우선, 가난이 나에게 불행이었던 적은 한 번도 없다. … 빈곤은 나로 하여금 태양 아래에서라면, 그리고 역사 속에서라면 모든 것이 다 좋다고 믿지 못하도록 만들었다. … 다시 말해서 나는 예술가가 된 것이다. … 아무튼, 나의 어린 시절 위로 내리쬐던 그 아름다운 햇볕 덕분에 나는 원한이라는 감정을 품지 않게 되었다. 나는 빈곤 속에서 살고 있었으나 일종의 즐거움 속에 살고 있었던 것이다. 무한한 힘을 나는 나 자신 속에 느끼고 있었다. 가난은 그러한 나의 힘을 가로막는 장애가 되지 않았다. 아프리카에서 바다와 태양은 돈 안 들이고도 얻을 수 있는 것이다. 장애는 차라리 편견과 어리석음 속에 있었다."

37. 『참을 수 없는 존재의 가벼움 L'Insoutenable Legerete de L'Etre』

『참을 수 없는 존재의 가벼움』은 체코슬로바키아 태생의 세계적 작가 밀란 쿤데라의 대표작으로 역사의 상처를 짊어지고 사는 네 남녀의 사랑에 관한 철학적 담론을 담은 작품. 네 남녀 중 영희가 자신과 동일시한 사람은 저속한 세계를 탈출하기 위한 도구로써 책 읽기를 사랑했던 웨이트리스 출신 여성 사진작가 테레사. 자유분방한 외과 의사 토마스의 외도 때문에 항상 병적으로 불안해하던 테레사가 비로소 토마스와 함께 시골에 안

착하며 최고의 행복을 만끽하지만 애견 카레닌이 암으로 죽는다. 소설 거의 마지막 부분에서 애견 카레닌의 죽음을 지켜보며 얻는 테레사의 통찰에서 영희는 현대 도시 남녀의 사랑이 왜 불안한지에 대한 답을 얻었다. 사랑이 왜 불안하냐고? 영희가 테레사에 의해 깨달은 바에 의하면 사랑을 의심하고 저울질하고 탐색하기 때문이다. 그가 나를 사랑할까? 나보다 다른 누구를 더 사랑하는 건 아닐까? 하고……. 우리가 개나 고양이에게 그러듯이 아무런 의심이나 요구 없이 먼저 사랑하지 않고, 그저 사랑받기를 원하며 강요하기 때문이다.

38. 〈흑인 오르페Orfeu Negro〉 OST, '카니발의 아침Manha De Carnaval'

음악은 시간적 경험이므로 그것이 연주되거나 재생될 때만 존재할 수 있다. 그래서 스트라빈스키가 이런 명언을 남긴 거라고 생각한다. '음악은 인간이 현재를 깨닫는 유일한 영역이다' 1959년 아카데미 황금종려상을 받은 영화 〈흑인 오르페〉의 OST로 쓰인 음악 '카니발의 아침'은 뭐랄까? 그 '현재'가 아무리 궁핍해도 음악이 있으면 인간은 언제 어디서든 천상의 행복감을 느낄 수 있고, 음악을 듣는 모든 생명체와 함께 공명하며 인생을 축제로 만들 수 있다는 것을 증명해 주는 음악 같다.

39. 다니카와 슌타로谷川俊太郎

일본이 사랑하는 현존하는 최고의 서정시인 다니카와 슌타로는 시선집 『이십억 광년의 고독』에 이렇게 썼다.
"사람들이 지구의 외로움을 좀 더 절실히 느끼도록/ 어둡고 거대한 시간 속에서/ 미약하나마 확실하게 연이어 타오르도록 지금 불길을 올린다"

그걸 읽으며 영희는 그게 바로 시인들이, 지암 같은 화가들이 하는 일이라

고 생각했다.

40. 오스카 피터슨Oscar Peterson

영희가 지암에게 찾아갔을 때 지암이 틀어 놓은 'What Is This Thing

Called Love?'의 음악가. 오스카 피터슨은 캐나다에서 태어난 흑인 재즈피

아니스트로 탄탄한 구성과 박력 있는 연주로 많은 사랑을 받으며 건반 위

의 황제로 불렸다.

41. 웨스 몽고메리Wes Montgomery

지암의 설명에 의하면 이렇다. "어려운 환경에서 음악을 하려고 누구보

다 치열하게 살았던 사람이었어. 아침에 우유 배달하고, 점심에 행상하

고 저녁에는 재즈바에 가서 연주했지. 그래서 서른 몇 살에 죽었어. 과로

로⋯⋯. 그런데도 대가가 됐어. 그냥 들어보면 알아. 아, 다르구나. 왜냐하

면 엄지손가락으로 연주했거든. 이웃에서 시끄럽다고 지랄하니까 피크를

버리고 엄지손가락만으로 연주했는데 그게 그만의 중량감 있는 연주법이

된 거지. 그때부터 재즈기타 친다는 애들이 너도나도 피크를 버렸지."

참고로 웨스 몽고메리의 첫 번째 앨범 〈The Incredible Jazz Guitar〉는 지

금까지도 최고의 재즈기타 앨범으로 손꼽히고 오늘날 재즈기타의 거장으

로 추앙받는 팻 매스니Pat Metheny나 조지 벤슨George Benson 같은 이들도 가장

존경하는 재즈 뮤지션으로 웨스 몽고메리를 뽑는다고.

42. 이장희

영희와 지암이 영혼의 교감을 이룬 날 들었던 음악가 중 한 명이다. 이장희는 포크록 가수이자 싱어송라이터, 음악프로듀서, 기업인이다. '나 그대에게 모두 드리리', '그건 너' 등으로 많은 사랑을 받았지만 대마초 혐의로 구속 후 음악 활동을 중단한다. 그 후 미국에서 라디오코리아를 설립하고 활동하다가 울릉도의 매력에 빠져 귀농 생활을 하고 있다.

43. 한대수

일간신문 문화면의 헤드카피적인 수식어를 동원하자면 그는 '대한민국 최초의 히피'였으며 '최초의 싱어송라이터'이기도 했다. 그것도 나훈아, 남진이 가요계를 주름잡고, '동백 아가씨'가 히트하던 1960년대 말에 말이다. 그 시절에 뉴욕 이스트 빌리지 한복판에서 온몸으로 히피를 체험하고 서울로 돌아온 스무 살의 장발 청년은 기타를 치며 자신이 직접 만든 모던포크송을 불렀다. 그중에서 가장 널리 알려진 곡이 '행복의 나라', '바람과 나', '하루아침' 같은 곡들이다. 그때 대한민국 청년들이 받았을 문화적 충격을 생각하면 그를 두고 아직도 '한국의 밥 딜런Bob Dylan'을 운운하는 것도 이해가 된다. 재미있는 건 '남자의 육체적 피크는 스무 살, 정신적 피크는 마흔 살이다. 50살이 넘어서 이래저래 하는 건 다 개소리다'라고 말하던 그가 50은 물론, 60이 넘어서까지 계속 새 앨범을 발표하고 콘서트를 하고 있다는 사실이다. 도대체 이 늙은 남자는 무슨 힘이 저토록 넘치는 것일까? 한평생 돈을 번다, 자동차를 산다, 집을 산다, 그런 것에는 전혀 흥미가 없었기 때문일까? 아직도 사랑과 평화의 에너지로 충만한 진짜 히피이기 때문일까?

44. 도어즈 The Doors

1960년대 기성세대를 향한 젊은이들의 저항과 자유의 열기가 정점을 찍었던 시절에 탄생한 미국의 전설적인 록그룹. 요절한 그룹의 리더 짐 모리슨 James Morrison은 '디오니소스적인 열정, 시대정신의 감각, 뿌리 깊은 분노와 저항감, 자유에 대한 목마름, 혹은 우주적 무질서에 대한 아련한 동경' 같은 게 바로 '록 스피릿'이라는 걸 온몸으로 보여줬던 인물로, 두려울 정도로 섹시하고 무서울 정도로 아름다운 남자였다. 또한 그는 단순한 로커가 아니라 랭보에 비견되는 혁명적 시인이며 자기 삶과 주술적인 예술을 일치시킨 행위예술가였다. 그런 그가 예술가로서 주문했던 건 이런 거다. "당신에게 질문을 던지고 해답을 찾아내려 해 보자. 모든 문을 열어 놓으라. 당신은 어느 것이든 자신에게 어울리는 문으로 나갈 수 있으니까 … 시와 노래를 빼곤 아무것도 대학살 속에서 살아남을 수 없지."

45. 벨벳 언더그라운드 The Velvet Underground

1960~70년대 미국 뉴욕에서 활동한 록밴드. 음악은 독보적이다 싶을 만큼 굉장히 좋은데 비틀즈에 비하면 인기가 별로 없어서 팝아트의 대가인 앤디 워홀이 적극적으로 서포트한 밴드로도 유명하다. 그러나 1990년대 들어 〈트레인스포팅 Trainspotting〉, 〈접속〉 등의 영화를 통해 리더 루 리드 Lou Reed의 곡인 'Perfect Day'와 'Pale Blue Eyes' 같은 곡들이 알려지면서 전격적으로 재평가받았다. 그 이름처럼 전 세계 언더그라운드 밴드들에게 엄청난 영향을 미친 인디 록의 효시쯤 되는 밴드인데, 더욱더 고무적인 건 지금은 비틀즈의 대척점에 있었던 가장 위대한 밴드로 평가받고 있다는 점이다.

46. 주다스 프리스트 Judas Priest

'헤비메탈의 왕', '메탈의 신'으로 불리는 주다스 프리스트. 1969년 결성돼 무려 사십여 년을 헤비메탈의 정점에 군림한 밴드다. 환갑이 넘은 나이까지도 계속 새로운 앨범을 내고 녹슬지 않은 연주 실력의 화려한 공연을 선보였던 밴드로 2010년 그래미 시상식에서는 최고의 퍼포먼스상까지 받았다. 환갑이 넘은 나이에도 가죽 스키니바지를 입고 무대에 올라 데뷔 42년을 정리하는 음악을 죽기 직전 최후의 힘을 다 내서 들려준 이 노장들을 보고 지암은 이렇게 얘기했다. '근데 젊은 애들이 너무 쉽게 포기해. 사십 년 지속적으로 해 봐. 안 되는 일이 있나? 솔직히 십 년만 해도 다 되는데' 지암의 말을 들으며 영희는 언젠가 건축가 정기용 선생에게 들었던 이 경구를 떠올렸다.

"진정한 재능이란 열정을 지속적으로 투입할 수 있는 능력이다."

47. 『불안 Status Anxiety』

한국인들이 유난히 사랑하는 영국 작가 알랭 드 보통의 에세이. 이 책에서 그는 현대인들을 끝없이 괴롭히는 불안에 대해 고찰하며 그 이유와 해법을 규명하는데 짧게 정리하자면 이렇다.

인간이 불안한 이유: 사랑결핍/ 속물근성/ 기대/ 능력주의/ 불확실성

불안을 해결하는 방법: 철학/ 예술/ 정치/ 기독교/ 보헤미아

48. 알렉세이 브로도비치 Alexey Brodovitch

영희가 태정에게 기획안을 준비하라고 말하며 떠올린 "나를 놀라게 해

봐!(Surprise Me!)"를 말한 알렉세이 브로도비치는 전설적인 아트 디렉터다. 사진과 디자인의 관계를 본격적으로 연구한 그는 현대적 개념의 아트 디렉터상을 확립한 최초의 인물로 꼽힌다.

49. 리처드 아베돈Richard Avedon

알렉세이 브로도비치의 충고를 듣고 그에 부응하는 사진을 만들어낸 리처드 아베돈은 미국 패션 사진계 최고의 사진가다. 풍부한 감수성과 예민한 성격으로 방황하기도 했지만 스승 알렉세이 브로도비치와 만나면서 본격적으로 사진가의 길을 걷게 되었다.

50. 시인과 촌장

1981년에 데뷔한 포크 듀오. 조성모의 리메이크곡으로 큰 인기를 끌었던 '가시나무'와 소설 속에서 최지암이 노래하는 '비둘기에게' 두 곡만 들어보면 알 거다. 왜 시인과 촌장, 특히 작사 작곡을 맡았던 리더 하덕규가 '노래하는 시인'이라 불렸는지. 화가를 꿈꾸었고 또 시인을 가장 이상적인 인간으로 생각했지만 가난 때문에 예술가의 꿈을 포기하고 대신 세속의 가수가 되어 노래로 서정시와 풍경화를 실어 나르게 됐다고 할까? 하덕규의 성장기를 수놓은 그 많은 불우와 상처, 예술적 고뇌와 고독의 냄새들이 거의 모든 곡에 배어 있다. 그래서 어딘지 어둡고 슬프다. 그런데 나중엔 미소 짓게 된다. 이 세상의 그 많은 어둠을 놀라운 서정과 동화 같은 은유의 어법으로 소박하게 노래하기 때문일까? 시인과 촌장의 노래를 듣고 있으면 어이없을 정도로 기분이 좋아진다. 동심으로 정화된 맑고 밝은 느낌.

상처받은 영혼을 치유하는 음악이란 아마도 이런 것일 게다. 특히 '비둘기에게'가 실린 2집은 그 투명하고 순수한 밝음이 정점에 이른 명반이다. 참고로 앨범 재킷엔 하덕규가 직접 그린 그림 -온갖 역경 속에서 그가 언제나 그리워했다는 고향 동해 그림- 이 담겨 있다.

51. 랠프 월도 에머슨 Ralph Waldo Emerson

'미국의 성신'이라고 불리는 에머슨은 헨리 네이비느 소로루터 노바마까지 수많은 미국인에게 '자기 자신을 신뢰하는 것이야말로 최고의 재능'이라고 가르친 사상가이자 산문가이며 시인이었다. 두 세기가 더 지난 그의 글에서 이 두렵고 혼란스러운 세상을 어떻게 살아야 할지 '벼락같은 강력한 가르침'을 얻은 현대인들이 많은데 영희도 그중 한 사람이다. '아름다움을 식별할 줄 알며 다른 사람에게서 최선의 것을 발견하는 것. 건강한 아이를 낳든, 한 뙈기의 정원을 가꾸든, 사회 환경을 개선하든, 자기가 태어나기 전보다 세상을 조금이라도 살기 좋은 곳으로 만들어 놓고 떠나는 것. 자신이 한때 이곳에 살았음으로 해서 단 한 사람의 인생이라도 행복해지는 것. 이것이 진정한 성공이다'라고 했던 에머슨의 가르침. 참고로 'Self-Reliance'라는 말로 자신의 생각을 정리한 책이 가장 유명한데 한국에서는 『자기 신뢰』, 『자신감』, 『세상의 중심에서 나를 외치다』, 『스스로 행복한 사람』 등 여러 가지 제목으로 번역되어 출간됐다.

52. 한나 아렌트 Hannah Arendt

1906년 독일에서 태어나 1975년 미국에서 죽은 독일계 유대인 철학자이자 정치 사상가. 특히 '악의 평범성'을 발견한 최고의 여성철학자로 유명해졌는데, 이는 『뉴요커The New Yorker』에 낸 나치 전범 아돌프 아이히만Adolf Eichmann 공판에 대한 보고서(나중에『예루살렘의 아이히만: 악의 평범성에 대한 보고서Eichmann in Jerusalem』라는 책으로 나옴)에서 아이히만이 유대인 말살이라는 반인륜적 범죄를 저지른 것은 결코 그의 악마적 성격 때문이 아니라 아무런 생각 없이 자신의 직무를 수행하는 사고력의 결여 -'Thoughtlessness' 직역하자면 '생각 없음'이라고 해야 할 것 같다- 때문이라고 하여 전 세계 지성계를 발칵 뒤집어 놓았다. 악이 근본적인 것이 아니라 단순히 '진부함', 그러니까 평범한 사람들이 비판적 사고 없이 명령에 복종하고 다수의 의견에 따르는 경향 때문이라니 얼마나 놀라운 이야기인가? 아렌트가 보기에 아이히만은 엄청나게 극악한 사람이기보다는 그저 우리 주변에서 볼 수 있는 성실한 관료였다고 한다. 그렇다면 그의 상관이 히틀러와 달리 인간적으로 훌륭한 사람이었다면 어땠을까? 혹은 그가 상관의 명령에 대해서 비판적으로 사고할 줄 아는 사람이었다면 어땠을까? 이건 이미 지나간 역사의 비극 얘기가 아니다. '악마의 꽃'으로 변한 자본주의의 압박 속에서 그저 수동적으로 성실하게, 혹은 '생각할 겨를 없이' 열심히 살기 마련인 지금의 우리 삶에 던지는 가장 충격적인 메시지인지도 모른다고, 영희는 생각했다.

53. 이브 생 로랑Yves Saint Laurent

크리스찬 디오르Christian Dior의 젊은 후계자로 패션계에 입문한 이브 생 로랑은 패션을 예술의 경지로 끌어올리고 싶어 했던 진정한 '패션왕'이었다. 1965년 그 유명한 몬드리안 드레스를 발표한 이래 피카소, 달리Dali, 브라크^{Braque}, 반 고흐^{Van Gogh} 등의 예술 작품에서 영감 받은 패션을 유독 많이 선보인 디자이너이기도 했다. 그는 '삶의 풍요'를 위해 패션이라는 '미적 환영'이 필요하다고 말했지만 이 세상 무엇보다 아름다움 그 자체와 예술가의 고통과 고독이 담긴 예술품을 사랑했던 사람이었다. 그 때문에 패션으로 벌어들인 돈으로 어마어마하게 많은 예술 작품을 사 모은 컬렉터로도 유명하다. 2008년 이브 생 로랑이 세상을 떠난 후 그의 필생의 연인이며 사업적 파트너였던 피에르 베르제^{Pierre Berge}가 두 사람이 함께 수집했던 미술품 컬렉션을 경매에 내놓는다. 이른바 '세기의 경매'라 불렸던 그들의 컬렉션은 3억 7천3백50만 유로 -한화 약 6천억 원- 에 달하는 단일 경매 사상 최고의 낙찰액으로 화제가 되었고, 수익금 전액은 에이즈 재단에 기부되었다. 한때 시인이었으며 혁명가를 꿈꾸던 피에르 베르제다운 결정이었다. 부자들의 거실을 장식하는 예술품이 아니라, '아름다움만이 이 세상을 구원한다'는 괴테의 말을 증명함으로써 죽은 연인을 부활시키고자 했던 '위대한 사랑의 힘'. 〈이브 생 로랑의 라무르^{Yves Saint Laurent-Pierre Berge, L'amour Fou}〉라는 다큐멘터리 영화를 보며 영희는 그 사랑의 힘에 너무도 고무된 나머지 일기장에 이런 경구를 적어두었다.

"여성이 입을 수 있는 가장 아름다운 옷은 그녀를 사랑하는 남자의 포옹이다. 이런 행운을 발견하지 못한 여자들을 위해 내가 존재한다."

 -이브 생 로랑

54. 헨리 데이비드 소로^{Henry David Thoreau}

하버드 대학 시절 자신의 인생에서 가장 중요한 사람인 랠프 월도 에머슨을 만나 그의 지극한 영향력 안에서 스승을 뛰어넘는 최고의 자연주의 작가로 성장했다. 월든 호수가 근처에 소로가 마음껏 글을 쓰며 손수 통나무 집을 짓고 간소하게 살 수 있도록 땅을 내준 것도 에머슨이었는데 그 덕분에 소로는 성경처럼 널리 읽힌 불후의 명저 『월든Walden』을 우리에게 남길 수 있었다. 오늘날 더 많이 소유하기 위한 삶의 방식을 거부하고 자연 속에서 보다 소박하고 자주적인 삶의 행복을 실천하고자 하는 이가 있다면 십중팔구 소로와 그의 채 -『월든』과 『시민 불복종Civil Disobedience』- 을 정신적 지주로 삼았을 터. 지암과 영희도 그들 중 한 사람으로, '나는 누구에게 강요받기 위하여 이 세상에 태어난 것이 아니다. 나는 내 방식대로 숨을 쉬고 내 방식대로 살아갈 것이다. 누가 더 강한지는 -강하고 아름다운지는- 두고 보도록 하자' 했던 소로의 후예답게 자연 속에 손수 집을 짓고 순수한 노동과 산책, 독서와 사색, 정신적 창작 활동으로 채워진 하루하루의 삶에 자부심을 느끼며 살게 됐다.

참고문헌

다음은 소설에서 소개된 책입니다.

5, 47페이지 커트 보네거트^{Kurt Vonnegut}, 『나라 없는 사람^{A Man Without a Country}』, 김한영 역, 문학동네, 2007

10, 260페이지 페터 회^{Peter Hoeg}, 『스밀라의 눈에 대한 감각^{Froken Smillas Fonemmelse tor Sne}』, 박현주 역, 마음산책, 2005

16, 261페이지 블레즈 파스칼^{Blaise Pascal}, 『팡세^{Pensées}』, 이환 역, 민음사, 2003

57, 267페이지 존 버거^{John Berger}, 『여기, 우리가 만나는 곳^{Here is Where We Meet}』, 강수정 역, 열화당, 2006

58페이지 존 버거^{John Berger}, 장 모르^{Jean Mohr}, 『말하기의 다른 방법^{Another Way of Telling}』, 이희재 역, 눈빛, 2014

84, 174, 270페이지 산도르 마라이^{Sandor Marai}, 『열정^{Die Glut}』, 김인순 역, 솔, 2001

113페이지 장 앙텔므 브리야 사바랭^{Jean Anthelme Brillat-Savarin}, 『미식 예찬^{Physiologie du Gout}』, 홍서연 역, 르네상스, 2004

129, 273페이지 쇼펜하우어^{Arthur Schopenhauer}, 『세상을 보는 방법』, 권기철 역, 동서문화사, 2005

150, 251페이지 월트 휘트먼^{Walt Whitman}, 『풀잎^{Leaves of Grass}』, 「내 자신의 노래 32^{Song of Myself}」, 유종호 역, 민음사, 1975

151, 274페이지 나쓰메 소세키^{夏目漱石}, 『나는 고양이로소이다^{吾輩は猫である}』, 송태욱 역, 문학사상사, 2008

154, 275페이지 알베르 카뮈^{Albert Camus}, 『안과 겉^{L'envers et L'endroit}』, 김화영 역, 책세상, 2000

154, 160, 274페이지 니코스 카잔차키스^{Nikos Kazantzakis}, 『영혼의 자서전^{Report to Greco}』, 안정효 역, 고려원, 1993

168, 276페이지 다니카와 슌타로^{谷川俊太郎}, 『이십억 광년의 고독^{二十億光年の孤独}』, 김응교 역, 문학과지성사, 2009

186, 280페이지 알랭 드 보통^{Alain de Botton}, 『불안^{Status Anxiety}』, 정영목 역, 은행나무, 2011

191페이지 쇠렌 키에르케고르Søren Kierkegaard, 『유혹자의 일기Forforerens Dagbog』, 황문수 역, 올재클래식스, 2013

191페이지 니코스 카잔차키스Nikos Kazantzakis, 『그리스인 조르바Zorba the Greek』, 이윤기 역, 열린책들, 2009

193페이지 앤디 워홀Andy Warhol, 『앤디 워홀 일기The Andy Warhol Diaries』, 팻 해켓Pat Hackett 편, 홍예빈 역, 미메시스, 2009

211페이지 에밀 시오랑Émile-M. Cioran, 『해뜨기 전이 가장 어둡다 : 폐허의 철학자 에밀 시오랑의 절망의 팡세Sur les Cimes du Desespoir』, 김정숙 역, 챕터하우스, 2013

203, 203페이지 랠프 월도 에머슨Ralph Waldo Emerson, 『자기 신뢰Self-Reliance』, 전미영 역, 이팝나무, 2009

244페이지 헨리 데이비드 소로Henry David Thoreau, 『월든Walden』, 강승영 역, 은행나무, 2011

참고노래

다음은 소설에서 소개된 노래입니다.

64페이지 레너드 코헨Leonard Cohen, 〈The Future〉, 'Anthem', 1992

206, 281페이지 시인과 촌장, 〈푸른 돛〉, '비둘기에게', 1986

228페이지 산타나Santana, 〈Santana〉, 'Evil Ways', 1969

265페이지 에미넴Eminem, 〈Encore〉, 'Mosh', 2004